Rainer Kraft

Wanja

4. Band aus

Jahrhundert -
Vier Generationen
in Deutschland

© 2017 Rainer Kraft
Verlag: tredition GmbH, Hamburg
ISBN: Paperback 978-3-7439-5911-8
ISBN: Hardcover 978-3-7439-5912-5
ISBN: e-Book   978-3-7439-5913-2

Das Werk, einschließlich seiner Teile, ist urheberrechtlich geschützt. Jede Verwertung ist ohne Zustimmung des Verlages und des Autors unzulässig. Dies gilt insbesondere für die elektronische oder sonstige Vervielfältigung, Übersetzung, Verbreitung und öffentliche Zugänglichmachung.

Bibliografische Informationen der Deutschen Nationalbibliothek: Die Deutsche Nationalbibliothek verzeichnet diese Publikation in der Deutschen Nationalbibliografie; detaillierte bibliografische Daten sind im Internet über http://dnb.d-nb.de abrufbar

Rückblick

Die drei bisherigen Bände der Familiengeschichte beleuchten das Leben von Wilhelm,
dessen Sohn Werner und seinem Enkel
Wolfram.

Nun lebt die nächste Generation in Sachsen,
und es ist Wanja, der die sich rasch ändernde
Welt erobern will. Die Herausforderungen des
letzten Viertels des 20. Jahrhunderts sind poli-
tischer, aber vor allem auch technologischer
Art. Nachdem das Experiment Sozialismus
gescheitert war, soll nun zusammenwachsen,
was Jahrzehnte getrennt war. Wird das gelingen, und wie bewältigt Wanja die vielen
Herausforderungen?

Bärbel war nun schon eine Woche mit dem Säugling zu Hause. In mehreren Aktionen hatte sie mit Wolfram versucht, die wenigen Möbel umzustellen um ein paar Zentimeter mehr Platz zu erzielen. Aber nichts wollte gelingen. Die Enge im Zimmer des Schwesternwohnheimes war nahezu unerträglich. Wolfram war nach Dienstschluss oft für rund zwei Stunden beim Pastor. Im Zimmer seines Freundes Andreas hatte er Ruhe und vor allem Platz, um an seinen theologischen Studien zu arbeiten. Danach ging er meist nach Hause und half bei der Hausarbeit und der Versorgung von Wanja. Der war ein lebhafter Junge, der die Eltern ganz schön forderte. Sein Appetit war groß und wenn Bärbel ihn an der Brust anlegte, konnte er kaum genug bekommen. Regelmäßig kam Hanna aus Westberlin, um nach dem Kind und seinen Eltern zu sehen. Sie litt förmlich mit unter den beengten Wohnverhältnissen. Am liebsten hätte sie die kleine Familie in ihr kleines Auto gequetscht und alle mit in den Westen genommen. Dort war die Wohnsituation zwar auch alles andere als leicht, aber mit genügend Finanzmitteln war eine entsprechende Wohnung zu finden. Chuong, der Verlobte von Hanna, arbeitete mehr als allgemein üblich. Er bemühte sich als

Chirurg so viel dazuzulernen, wie nur irgendwie möglich war.

In einem ausführlichen Brief an Chuong hatte Wanja Kessler aus Washington angefragt, ob er für eine Woche bei ihm in Westberlin bleiben könne. Er sei gebeten worden, Pate für den kleinen Wanja zu sein. Die Taufe des Kindes sollte nun alle die Freunde wieder einmal zusammenbringen, mit denen Wolfram und Bärbel besonders eng verbunden waren. Neben Wanja Kessler waren auch Hanna und Chuong, Andreas, der Pastorensohn, und Harald, der Freund aus Kindertagen, der noch immer in Großtrona wohnte, zu dieser Feier eingeladen natürlich sollten auch Wolframs Eltern mit seiner Tanta Gerda und Bärbels Eltern dabei sein. Bärbel hatte mit großem Glück genügend Zimmer in einem kleineren Hotel in Berlin-Köpenick reserviert.

Dann war es endlich so weit, und die liebgewordenen Freunde von Wolfram und Bärbel kamen zum großen Fest am 26. September in Berlin zusammen. Der Gottesdienst war überaus gut besucht, und in der Gemeinde herzlich begrüßt, fühlten sich alle geladenen Gäste sehr wohl. Mit gemeinsamen Singen, perfekt vorgetragenem Chorgesang, zwei Violinen Stücke mit Klavierbegleitung und einer zu Herzen gehender Predigt führte der Pastor die Gottesdienstbesucher zum Höhepunkt, der Taufe des kleinen Wanja. Die Gemeinde erhob sich von den Plätzen, und die vier Paten Wanja, Andreas, Harald und Hanna traten an das Taufbecken neben Bärbel und Wolfram. Die junge Mutter hielt den schlafenden Jungen im Arm, hinter ihr stand Wolfram. Nach der Taufe sprach der Pastor die Segensworte für den kleinen Jungen. Unter anderem sagte er: „Mit der Jahreslosung segne ich dich für deinen Weg, den du gehen wirst. Es wird ungeahnt viel Neues auf dich zukommen. Du wirst Herausforderungen erleben, die auch deine Eltern erstaunen, du wirst Weite und Freiraum erfahren, und weitreichende Entscheidungen für dein Leben fällen. Über allem möge das Wort aus dem Psalm: „Weise mir, Herr, deinen Weg." stehen. So segne dich Gott der Vater, Gott der Sohn und Gott der Heilige Geist. Amen." Nach einem letzten gemeinsamen Lied war der Gottesdienst zu Ende und mit Taxis, die vorbestellt und rechtzeitig an der Kirche eingetroffen waren, fuhr die Festgesellschaft in die Stadtmitte. Als Geschenk hatte

Wanja im Restaurant des „Interhotel Stadt Berlin" für die Feier die Plätze vorbestellt. Die Speisenfolge war für Wolfram und Bärbel so ungewöhnlich und neu, dass sie all diese unbekannten Sachen erst einmal vorsichtig kosteten. Es gab eine Lachsvorspeise mit Kaviar, Spargel und einer kleinen Ecke Toast, gefolgt von einer Geflügelrahmsuppe mit Curry. Eine Pastete mit feinem Ragout wurde von einem ungarischen Glas Weißwein „Grauer Mönch" begleitet. Dann trugen die Kellner ein gespicktes Kalbsfricandeau in Rahmsauce, mit Edelgemüse und Petersilienkartoffel auf. Dazu wurde ein „Pinot Noir", ein Rotwein aus Ungarn, gereicht. Zum Dessert, einem Weingelee mit Früchten, gab es noch ein Glas „Rotkäppchen – Sekt". Den Abschluss des Menüs bildeten kleine Windbeutel mit Mandelsahne, serviert mit einem Mokka in kleinen zierlichen Tassen. Wanja Kessler hatte nicht nur vorbestellt, sondern auch die gesamten Kosten übernommen.

Das Zusammensein war aber nach dem traumhaften Essen in der 37. Etage des Hotels noch nicht zu Ende. Zunächst gab es noch eine unverhoffte Begegnung im Hotelrestaurant. Bärbel ging, mit ihrem schlafenden Wanja auf den Armen, durch den Gastraum in Richtung

Fahrstühle, gefolgt von ihrem Mann Wolfram und allen anderen Gästen. Von einem Tisch erhob sich ein Herr und sprach die Festgesellschaft an. Wanja, der amerikanische Freund, führte das Gespräch. Der Unbekannte stellte sich als „Harpo" vor. Er sei ein schwedischer Rocksänger und am Vorabend in der DDR-Fernsehsendung „Ein Kessel Buntes" im Friedrichstadtpalast mit seinem bekannten Song „Moviestar" aufgetreten. Als er vom Grund der Feier erfuhr, bat er Wanja um einen Augenblick Geduld. Harpo ging zu seinem Tisch zurück, entnahm etwas aus seiner Tasche und schrieb darauf. Dann kam er zurück zu den Festgästen, die alle gewartet hatten, und überreichte Bärbel eine kleine Schallplatte, die er noch signiert hatte mit den Worten: „Alles Gute für sie und das Kind, und Gottes Segen für die Zukunft."

Mit drei Taxis fuhren alle es aus dem Innenstadtbereich hinaus an den östlichen Rand Berlins. Am Müggelsee gingen sie dann auf das Fahrgastschiff „Heinrich Mann", einem Schiff der Weißen Flotte Berlin. Auf dem Wasser, und bestens gastronomisch versorgt, verging der Nachmittag sehr schnell. Ein gemeinsames Abendessen schloss den ereignisreichen Tag ab, bevor es für die einen nach Westberlin, für andere in das kleines Hotel, für Bärbels Eltern in ihre Wohnung in Pankow und für Wolfram und Bärbel in ihre Miniwohnung ging.

Anfang November wurde in den USA gewählt. Der Demokrat Jimmy Carter, ehemaliger Gouverneur von Georgia, ein Erdnussfarmer und Mitglied der Southern Baptist Convention, gewann am 2. November mit 51 %, gegen den amtierenden Präsidenten, den Republikaner Gerald Ford mit 48 % der Stimmen. Für die deutschen Baptisten aus dem Bund Evangelisch Freikirchlicher Gemeinden war das ein Grund zum Jubel. Sie erhofften sich von ihrem Glaubensbruder auch Veränderungen in der Weltpolitik und Abrüstung. Ganz besonders in der DDR spekulierte man nun mit deutlichen Erleichterungen und Reisefreiheit, zumindest für kirchliche Angestellte.

Am letzten Sonntag im November sollte Wolfram den Gottesdienst in der Gemeinde leiten. Am Morgen noch hatte er mit Magendrücken und Durchfall auf das bevorstehende

Ereignis reagiert. Das kann ja heiter werden, dachte er auf dem Weg zur Kirche. Wenn er immer mit Magen- und Darmproblemen auf öffentliche Auftritte reagieren sollte, wäre ja wohl ein Beruf als Pastor ungeeignet. Die Aufregung steigerte sich noch, kurz vor Beginn des Gottesdienstes. Dann endlich war es 10 Uhr, die Glocken läuteten und Wolfram betrat den großen Kirchenraum. Mit Chorgesang und gemeinsamen Liedern begann der Gottesdienst, und dann begann er mit seiner Predigt. "Gnade und Wahrheit sind sich begegnet, Gerechtigkeit und Frieden haben sich geküsst. Liebe Gemeinde, in diesem Vers aus 2. Mose 34, 6 + 7 finden wir Gnade und Frieden auf der einen Seite, Gerechtigkeit und Wahrheit auf der anderen. Ich will über die Balance zwischen Gnade und Wahrheit, zwischen Gerechtigkeit und Frieden in unserem Leben reden." Wolfram hatte sich gut vorbereitet, aber er verstand es auch, lebensnah und beispielhaft zu reden und das Thema zu entfalten. Je länger er sprach, umso freier fühlte er sich, und der Magendruck war verschwunden. Das letzte Gemeindelied wurde gesungen, Wolfram sprach noch den Segensspruch und ging im Anschluss zur großen Kirchentür, um die Gemeindeglieder zu verabschieden. Viele

Gottesdienstbesucher schüttelten ihm die Hand und bedankten sich für seine Predigt.

Es war schon weit nach 12 Uhr, als er sich von allen verabschiedet hatte und noch einmal zurück in die Kirche ging. Bärbel saß noch immer in ihrer Kirchenbank, neben sich im Gang den Kinderwagen hin und her bewegend. Wanja schlief. Wolfram erschrak, als ihm bewusst wurde, dass er seine Frau und den Sohn völlig aus dem Blick verloren hatte. Vor wenigen Wochen, als er sich auf den Gottesdienst vorbereitete, hatte er noch geplant, Bärbel viel mehr in den Ablauf, vor allem aber in die Verabschiedung der Gemeinde, mit einzubeziehen. Dieses Vorhaben war ihm an diesem Sonntag total entglitten. Bei aller Freude über den guten Gottesdienstverlauf, machten sich nun Gewissensbisse und Vorwürfe breit. Was würde einmal geschehen, wenn er wirklich in einer Kirchgemeinde arbeiten würde, und dabei seine eigene Familie in den Hintergrund setzte? Würde er die gleichen Fehler in seiner eigene Familie machen, wie sein Vater Werner? Hatte er nicht oft genug dessen religiöse Erstarrung kritisiert.

Auf dem gemeinsamen Nachhauseweg schwieg Wolfram. Bärbel schob schweigend neben ihm den Kinderwagen. Ob sie wohl spürte, dass ihr Ehemann gerade an diesem Tag seines scheinbaren Erfolges einen schweren inneren Kampf ausfocht? Das Mittagessen verlief schweigend, und erst am späten Nachmittag fand Wolfram wieder Worte für seine Bärbel. Er schilderte seine Bedenken und zwiespältigen Gefühle im Blick auf einen eventuellen Gemeindedienst. Würden die umfangreichen Aufgaben einer Gemeindearbeit noch genügend Freiraum für die Familie lassen? Mit seinen unbeantworteten Fragen und Bedenken ging er schließlich in die Nacht. Gott, so dachte er, hilf mir und zeige mir deinen Weg.

Nach einer wenig erholsamen Nacht frühstückte Wolfram allein. Bärbel hatte sich noch einmal in das Bett gelegt, Wanja an ihrer Seite. Der Junge hatte fast die ganze Nacht geweint, und sie versuchte, ihn immer wieder zu beruhigen. Leise summend war sie lange auf und ab gegangen. Als Wolfram aus dem Haus ging, schliefen Bärbel und Wanja. Zur Frühstückspause kurz nach 9 Uhr klingelte das Telefon der Physiotherapiepraxis. Ganz sicher eine Patientenneuanmeldung, dachte Wolfram, als er den Hörer abnahm. Aber nein, es war der Pastor der Gemeinde. Er bat Wolfram, nach seinem Dienst zu ihm zu kommen, es sei wichtig und sehr eilig. Nach diesem Telefonat wirbelten die Gedanken wirr durch Wolframs Kopf. Was war wohl so wichtig und eilig?

Was ihn dann am Spätnachmittag ereilte, warf neue Fragen auf. Eine kleine sächsische Kirchgemeinde war auf der Suche nach einem jungen Pfarrer. Sie wandte sich mit der Bitte um Mithilfe an den Direktor der Akademie, wenigstens einen jungen Absolventen auf Zeit zu delegieren. Genau das war nun auch das Thema des Pastors, als Wolfram in seinem Arbeitszimmer saß. Als sein Mentor empfahl er dem jungen Mann, doch mit seiner Familie in den Gemeindedienst zu gehen. Er könne, wenn sich alles gut entwickle, sein Studium in zwei Jahren abschließen.

Das Gespräch war intensiv und recht lang, und danach konnte Wolfram nicht sofort nach Hause gehen. Er schwenkte auf dem Heimweg kurzerhand in den Hauptgang des Friedhofes ein und ging ziel- und planlos viele Grabreihen entlang. Es war kaum möglich, die Gedanken zu ordnen und einen Weg für die Zukunft zu erkennen. Was nur sollte er tun?

Wie sollte er sich entscheiden, wenn er nicht zwischen richtig und falsch unterscheiden konnte? Was war denn richtig? Wie würde eine Entscheidung seine Familie belasten und welche Entwicklungsmöglichkeiten hätte Wanja? Wieder zuhause berichtete Wolfram seiner Bärbel von diesem Gespräch. Seine Frau hörte geduldig und ruhig zu, ohne ihn zu unterbrechen. Nach einigen Augenblicken des Schweigens sagte Bärbel: „Mein Schatz, das ist eine folgenschwere Entscheidung, die du treffen musst. Was auch immer du willst, ich werde an deiner Seite sein und bleiben. Wohin unser Weg uns auch führt, wir gehen ihn gemeinsam. Einen Rat kann ich dir nicht geben, denn es ist deine Berufung, aber du solltest wenigstens ein paar Tage darüber nachdenken und beten. Wenn Gott dich zu diesem Dienst beruft, wird er das auch deutlich aufzeigen." Wolfram nickte stumm, nahm seinen Sohn aus dem Bettchen und stellte sich mit ihm an das Fenster. Ein leichter Nieselregen hinterließ feine Spuren auf den Fensterscheiben. Lange stand er so, das Kind im Arm und innerlich betend: Gott, was soll ich tun? Hilf mir, die richtige Entscheidung zu treffen.

Nach einigen Tagen Bedenkzeit entschied sich Wolfram, den Dienst in der kleinen sächsischen Gemeinde anzunehmen. Er hatte vergeblich auf eine göttliche Eingebung oder Antwort gewartet, und dann selbst entschieden das Wagnis einzugehen. Noch im Dezember sollte der Umzug sein. Bärbel hatte an ihrem Arbeitsplatz gekündigt, und in der Wohnungsbaugenossenschaft wurde die Mitgliedschaft aufgehoben. Am neuen Ort stand eine Dienstwohnung zur Verfügung. Zumindest die Wohnungsfrage hatte sich erledigt, was aber sonst auf die junge Familie zukommen würde, war nicht abzusehen. Wolfram freute sich aber schon auf die neuen Aufgaben, und da er selbst in Sachsen aufgewachsen war, erwartete er wenige Startschwierigkeiten. Er kannte die freundliche und gutmütige Art der Leute.

Der Umzug nach Sachsen fand bei sonnigen aber kalten Wetter statt. Es gab nicht so viele persönliche Sachen zu verpacken, sodass die vielen Umzugshelfer nur etwa drei Stunden für das Beladen des Kleinlasters benötigten. Neben einigen wenigen Möbeln waren es vor allem die vielen Bücher, die Wolfram angesammelt hatte. Er würde es vermissen, die vielen Westberliner Freunde zu Gast zu haben. Fast jeder hatte bei seinem Besuch ein Buch mit in den Osten gebracht, und so wuchs die Bibliothek zu beachtlicher Größe heran. Auch wenn die theologischen Schriften und Kommentare in der Überzahl waren, gab es auch das Buch von Günter Grass „Die Blechtrommel". Zu Aldous Huxley´s „Schöne neue Welt" kamen auch 2 Bücher von Christa Wolf, „Moskauer Novellen" und „Der geteilte Himmel", die in der DDR nicht zu haben waren.

Die Fahrt zum neuen Wohn- und Arbeitsort dauerte nur etwas mehr als 2 Stunden. Wolfram, Bärbel und der kleine Wanja wurden von einem Freund aus der Berliner Gemeinde mit dessen Wartburg gefahren. In Sachsen schließlich angekommen, warteten schon Mitglieder der Gemeinde, die beim Umzug und Einräumen helfen wollten. Die herzliche Begrüßung wurde von einem gemeinsamen Kaffeetrinken ergänzt. Es gab frische Brötchen mit Hackepeter, oder wie man vor Ort sagte „Schweinegewiegtes", und Eierschecke. Letzteres war ein Blechkuchen bestehend aus drei Schichten: oben war cremig gerührtes Eigelb mit Butter und Zucker, Vanille-Pudding und anschließend untergehobenem schaumig geschlagenen Eiweiß. Die mittlere Schicht bestand aus einer Quark-Vanille-Pudding-Schicht. Alles bedeckte einen Boden aus Rührteig. Noch während des gemeinsamen Kaffetrinkens kam der Umzugswagen an, und bald darauf trugen viele fleißige Helfer die Sachen in die Wohnung im Pfarrhaus. Wolframs neuer Arbeitsplatz war, neben der Kirche, auch der Gemeindesaal im Erdgeschoss. Dort gab es auch das Pastorenbüro mit Vorzimmer. Zur Dienstwohnung ging es eine breite Treppe nach oben in die erste Etage. Für Wolfram und seine Familie standen neben Wohn-, Schlaf- und Kinderzimmer auch eine Dusche und ein Badezimmer zur Verfügung. Diese Wohnsituation war natürlich mit der Berliner Enge nicht zu vergleichen. Aber was sonst auf die kleine Familie zukam, war zum Tag des Einzuges noch völlig unklar.

Tag zwei im neuen Leben war angebrochen. Die Nacht war unruhig, denn Wanja hatte seine Eltern wach gehalten. Was war nur mit ihm los? Er weinte viel und Bärbel trug ihn zur

Beruhigung im Wohnzimmer auf und ab. Auch Wolfram hatte sich an diesem Beruhigungsversuch erfolglos beteiligt. Alle waren müde und am Morgen so wenig ausgeruht, wie man sich eben nach so einer Nacht fühlte. Für den Vormittag hatten sich die Gemeindeleitung und ein Pfarrer angemeldet, und kurz vor 10 Uhr kamen dann auch die Herren. Aus dem Nachbarort war es der dortige Pfarrer Klaus Hoppe, außerdem der hiesige Leiter des Kirchgemeinerates Werner Lampe und der Gemeindekassierer Franz Steller. Alle setzten sich an den großen Rundtisch im Pfarrbüro. Hoppe begrüßte Wolfram und die anderen beiden Herren, dann las er einen Bibeltext, den er recht einseitig und eigenwillig kommentierte. Seine Schwerpunkte dabei bildeten die Begriffe Dienen und Gehorsam. Hoppe übergab nun das Wort an den Leiter der Kirchgemeinde: „Werner, du kannst nun die Terminplanung für den Januar vortragen. Für Bruder Starke hast du ja eine Abschrift gefertigt." Wolfram war erstaunt, nicht nur für Predigtdienste in der eigenen Gemeinde eingesetzt zu sein, sondern auch noch für Dienste in zwei entfernten kleineren Orten. Dort gab es Gottesdienste am Spätvormittag und nachmittags. Das hieß nun, dreimal sonntags an unterschiedlichen Orten einen Gottesdienst zu leiten. Dazu kamen an drei Orten auch Bibeltreffen an unterschiedlichen Abenden. Jede Woche sollte Wolfram zudem in den Nachbarort zu Pfarrer Hoppe fahren, um seine Dienste auswerten zu lassen, neue Aufgaben abzustimmen und geistliche Zurüstung zu erfahren. Zaghaft versuchte Wolfram das angegebene Arbeitspensum zu hinterfragen, wurde aber vom Gemeindeleiter unterbrochen. „Du bist hier, um zu lernen, in den Dienst hineinzufinden und den Willen Gottes zu erfüllen. Sei dankbar für die Unterstützung durch Pfarrer Hoppe. Er bringt für dich ein großes Opfer, in seiner Fürsorge für dich." Noch bevor Wolfram dazu etwas sagen konnte, übernahm Hoppe wieder das Wort. „Samstags haben wir geplant, Jugendarbeit aufzubauen. Es gibt zwei Jugendliche, mit denen du eine Jugendstunde startest. Kinderarbeit ist die Aufgabe von deiner Frau." Der Vormittag verging sehr schnell. Wolfram hatte mehrere Seiten voller Notizen, die er am Nachmittag ordnen und in den Kalender übertragen wollte. Zu einem wirklichen Gespräch war es nicht gekommen, dazu hatten Hoppe und Lampe es nicht kommen lassen. Kurz vor der Verabschiedung der drei Herren gab der Gemeindekassierer noch nötige Finanzinformationen. Wolfram sollte ein Monatsgehalt von 540,00 Mark erhalten. Die Kinderarbeit von Bärbel wurde nicht vergütet. Alle Gemeindeglieder seien schließlich aufgefordert, sich ehrenamtlich in Gemeindearbeit einzubringen, das schließe Bärbel mit ein.

Fast zwei Stunden waren seit der Arbeitssitzung vergangen, und Wolfram versuchte noch immer, die Flut von Aufgaben zuzuordnen. Nach dem Mittagessen hatte er nur kurz zu Wanja ins Zimmer geschaut, aber der schlief schon. Dann las er seine Mitschriften seiner Frau vor. Sie hörte schweigend zu. „Was meinst du, Bärbel…?" „Hast du einen Arbeitsvertrag bekommen? Was gehört zu deinen Aufgaben, und was nicht? Ich habe den Eindruck, du bist für alles zuständig, hast aber neben allen Pflichten keine Rechte." Lange schwiegen die Eheleute. Wolfram verstand seine Frau nicht wirklich. Wie konnte sie nur so weltlich denken, wenn die Berufung doch von Gott herkomme? Er war doch nicht in diese Gemeinde gekommen, weil er einer Laune nachgegeben hatte, sondern weil er sich von Gott berufen wusste! Noch am gleichen Abend war Wolfram zum ersten Dienst in einem Nachbarort. Es wurde spät, und erst kurz vor Mitternacht sank er erschöpft ins Bett.

Die Dienste und Aufgaben forderten Wolfram so sehr, dass er seinen Sohn fast nur noch schlafend erlebte. Morgens war er oft schon sehr früh aus dem Haus, um den Tag über mit Besuchen zu verbringen. Wann sollte er sich auf die Gottesdienste und Bibelstunden vorbereiten? Wann war überhaupt ein Tag mit der Familie möglich, um mit seiner Bärbel zu reden und mit Wanja zu spielen? Bärbel versuchte, die Betreuung des Sohnes, aber auch all die Anfragen und Besuche aus der Gemeinde, zu bewältigen. Oftmals spät am Abend versuchte sie, ihrem Wolfram von ihrem Alltag zu berichten, aber er nahm es vor Müdigkeit kaum wahr. Wenn er zu „Dienstbesprechungen" im Nachbarort bei Hoppe war, gab es kaum Möglichkeiten, eigene Ideen oder Fragen einzubringen. Wolfram war wie in einem Hamsterrad gefangen, und für jeden, der etwas von ihm wollte, hatte er Zeit freizuhalten. Wo blieben seine Bärbel und Wanja? Wann hatte er die beiden zuletzt umarmt? Wann hatte er erfüllenden Sex mit Bärbel?

Wolfram fühlte sich gut, wenn in der Gemeinde Anerkennung und Lob kam, aber viel zu oft musste er auch mit Missfallen und Kritik an seiner eigentlich offenen Art fertig werden. Fast jede Woche gab es bei Hoppe Anfragen und Kritik. Dann hieß es immer: „Bruder Lampe meint..., Bruder Lampe sieht nicht..., Bruder Lampe bemängelt..." Gab es überhaupt etwas, was Wolfram in den Augen von Lampe richtig machte? Bärbel, mit der er über die Situation sprach meinte nur, Lampe sei eifersüchtig um seinen Einfluss als Leiter bemüht.

Es war inzwischen Mai, und noch immer hatte Wolfram keinen Urlaub planen können. Eigentlich hatte er gehofft, nach dem 56. Geburtstag seines Vaters mit der Familie nach Großtrona fahren zu können. Mit dem Auto, er fuhr inzwischen einen alten Trabant 600, Baujahr 1964 als Dienstfahrzeug, war es gerade einmal eine knappe Stunde Fahrzeit. Aber immer gab es irgendwelche Aufgaben und Termine, die er wahrnehmen musste. Nun saß er mit Bärbel am Küchentisch, die den kleinen Wanja auf dem Schoß hatte, und blätterte im Kalender. Die Eltern hatten geschrieben und um einen Besuch angefragt. Ob es im August möglich sein würde, wenigstens eine Woche in Großtrona zu sein? Hoppe und auch Lampe hatten ihren Jahresurlaub für den Sommermonat geplant, und die Gemeinearbeit deutlich reduziert. Wenn Wolfram nach dem Sonntagsgottesdienst fahren würde und am darauffolgenden Sonnabend wieder zurück wäre, müsste eine freie Woche möglich sein, zumal die kleinen umliegenden Ortsgemeinden ihre Gottesdienste im Juli und August ausgesetzt hatten. Seinem Antrag wurde stattgegeben, nur über die Nutzung des Dienstfahrzeuges für Privatzwecke sei noch zu reden. Wolfram bekam die Weisung, 80 Mark an die Gemeindekasse zu zahlen, und den Trabant nach der Ferienwoche wieder auf eigene Kosten nachzutanken. Die Urlaubswoche sollte nach dem letzten Sonntagsgottesdienst Ende August beginnen.

Die Tage vor Wanjas erstem Geburtstag waren mit besonders viel Arbeit angefüllt. Wolfram und Bärbel erwarteten Gäste, denn Chuong und Hanna aus Westberlin hatten sich angemeldet. Es gab noch vieles zu planen und zu organisieren. Die Versorgung mit Lebensmitteln im Ort war zwar geregelt, aber immer mal wieder fehlten bestimmte Waren des täglichen Bedarfes. Aber es gab in der Gemeinde auch eine große Hilfsbereitschaft. So schenkte eine Familie selbst eingeweckte Sauerkirschen, die von Bärbel für eine Kirschrolle benötigt wurden. Von anderen bekam die Familie drei Gläser mit sauren Gurken. Der Fleischer, bei dem Bärbel einkaufte, hatte Rind- und Schweinefleisch zum Braten zurückgelegt. Wolfram konnte sich in all die Planungen nicht einbringen, denn er war viel zu oft unterwegs. Im Keller standen die Geburtstagsgeschenke für Wanja, und für alles andere sorgte Bärbel mit ihrer großen Geduld und Liebe.

Am 15. August reisten Chuong und Hanna an. Ihr Auto hatten sie vollgepackt mit Kinderkleidung, Strumpfhosen, Winterjacken für die ganze Familie, Apfelsinen und Bananen, Kaffee, Kakao, Waschpulver und Seife, Kindercreme und Hautcreme, einem Bobby-Car und einer ganzen Kiste voller Bausteine. Als alles ausgeladen und in der Wohnung abgelegt war, gab es erst einmal Essen. Es gab so viel zu erzählen, dass sich die gemeinsame Mahlzeit lange hinzog. Wolfram sah auf die

Uhr und stand vom Tisch auf. Er musste zum Auswärtsdienst fahren. Chuong bat, mitkommen zu dürfen. Eine Stunde später saßen sie im kleinen Dienst-Trabant und fuhren 35 Kilometer zum Nachmittagsgottesdienst in den Nachbarort.

Erst kurz vor Mitternacht kamen Wolfram und Chuong wieder zurück. Die beiden Frauen hatten auf sie gewartet, und gemeinsam wurde noch ein Glas Tee getrunken. Hanna und Bärbel hatten lange und offen über die Arbeit und den Dienst im Ort gesprochen. Obwohl zunehmend unzufrieden, sah Bärbel ihre Aufgabe, an der Seite ihres Mannes im Gemeindedienst zu bleiben. Sorgen bereitete ihr die finanzielle Situation. Mit dem Gehalt Wolframs konnten sie gerade so leben. Die Gemeinde zog von den 540 Mark noch Mietkosten in Höhe von 90 Mark ab. Auch die vielen Besucher, die mindestens mit Kaffee und Kuchen, oftmals aber auch mit Mittag- oder Abendessen bewirtet wurden, belasteten das Haushaltsbudget. Bärbel hatte sich schon oft gefragt, ob sie nicht eine Arbeit suchen sollte, aber Wanja war noch zu klein, und in der Gemeinde hatte sie viele Kinder um sich geschart, die regelmäßig in den Kindergottesdienst kamen. Hanna ermutigte Bärbel, ihren eigenen Weg zu suchen und zu gehen. Sie war ja nicht in der Gemeinde angestellt, und sollte sich auch auf keinen Fall ausnutzen lassen. Bärbel versprach um Wanjas Willen, bis zu dessen dritten Geburtstag zu Hause zu bleiben, dann aber neu zu orientieren.

Dann war endlich Donnerstag, der 18. August, und Wanjas erster Geburtstag. Seine strahlenden Kinderaugen bewegten alle, als er seine Geburtstagsgeschenke bekam. Natürlich war das kleine Bobby-Car der absolute Höhepunkt. Sich mit an den Tisch zu den Mahlzeiten zu setzen, war für das Geburtstagkind nahezu unmöglich. Seinen Lieblingsplatz auf dem kleinen roten Flitzer verließ er nur ungern.

Von Onkel Gerhard war ein Paket gekommen, weitergeleitet aus Großtrona von den Eltern Werner und Hilde. Viele nötige Haushaltsdinge, aber auch Konserven, erfreuten die Familie. Bald lagen auf dem Küchentisch Dosen mit Ananas und Mandarinen, Pfirsichen und Champignons, Erdnüssen und

Macadamianüssen, Litschis, Thunfisch und Ölsardinen. Bärbel war glücklich, denn diese tollen Sachen halfen, die Haushaltskasse etwas aufzubessern.

Auch Wanja Kessler hatte einen langen Brief geschickt, den Chuong sofort übersetzte. Der Brief kam aus Warschau, wo der Freund seine neue Stelle in der US - amerikanischen Botschaft angetreten hatte. Es gab viele Neuigkeiten von ihm, am meisten freuten sie sich aber über die Nachricht von seiner Verlobung. Wanja hatte in Washington im Kongress eine junge Frau kennengelernt. Christina, sie stammte aus South Dakota, war eine Mitarbeiterin von dem Abgeordneten Frank Edward Denholm. Wanja und Christina wollten im nächsten Jahr heiraten, und dann gemeinsam in der Warschauer Vertretung arbeiten. Wanja schrieb ihnen, dass er bei der Staatsbank der DDR in Berlin ein Konto eröffnet hätte. Begünstigter war Wanja, der bis zu seinem 18. Geburtstag monatlich 50 DM erhalten sollte und dann, ab der Volljährigkeit, über das eingezahlte Geld verfügen sollte. Wolfram und Bärbel freuten sich über dieses großzügige Geschenk des Freundes. Sie hätten sich aber viel mehr gewünscht, sich alle persönlich sehen zu können. Aber vielleicht war es ja jetzt etwas einfacher, denn Wanja Kessler lebte und arbeitete ja nun in Warschau.

Am Samstag waren Wolfram und Chuong ab dem Mittagessen mit dem Auto unterwegs. Wolfram sollte einen Seniorennachmittag in der Nachbargemeinde leiten, und für den Abend stand eine Jugendstunde auf dem Plan. Zum Seniorennachmittag sollte Chuong aus seinem Leben berichten, und wie er Christ wurde. Sein Leben, inzwischen war er ein erfolgreicher Chirurg, war eine Ermutigung, zielstrebig seinen eigenen Weg zu suchen und zu gehen. Er hatte in seinem jungen Leben viele Hindernisse überwunden und musste mit Ablehnung klarkommen. Mit Hanna an der Seite, konnte er sich in Berlin seine neue Heimat aufbauen. Unterwegs zum Versammlungsort sprach Chuong offen über seine Eindrücke, die ihn im Blick auf die Freunde bewegten. „Wolfram, du arbeitest wie in einem Hamsterrad, aber eine Entlastung für deine Familie ist nicht absehbar. Deine Frau und dein Sohn sehen dich kaum, und du selbst bist so abgekämpft, dass ich erschrocken war, als ich dich am letzten Montag begrüßte. Es ist nicht Gottes Wille, dass wir nur noch agieren, wir sollen doch auch selbst Gesegnete sein. Du gibst in deinem Dienstverhältnis in der Gemeinde viel zu viel von deiner Persönlichkeit her. Du wirst geistlich missbraucht, weil du mit dem Argument, alles sei für den Herrn, ständig auf Trab gehalten wirst. Wann hast du selbst dein Leben hinterfragt? Bist du sicher, am richtigen Platz zu stehen? Wäre es nicht an der Zeit, auf einen klaren Arbeitsvertrag zu bestehen und deine Pflichten und Rechte festzulegen?" Wolfram hörte schweigend zu. Diese Fragen hatte Bärbel auch gestellt, aber das Gespräch mit ihr hatte Wolfram jäh beendet. Aber hatten sie nicht beide recht? Was war wirklich Gottes Wille? Und wo gab es die Möglichkeit, kreativ den Gemeindedienst zu gestalten, wenn er nur abarbeiten und Aufträge ausführen musste? Sorgen bereitete Wolfram sein Verhältnis zu Wanja. Wie sehr hatte er sich über die Geburt seines Sohnes gefreut, aber inzwischen gab es kaum noch Gemeinsamkeiten mit ihm. Er sah ihn viel zu oft nur morgens am Frühstückstisch und abends schlafend kurz vor Mitternacht. Was alles hatte er sich vorgenommen, mit seinem Sohn zu tun. Er wollte mit ihm spazieren gehen, die Welt und die Schönheiten der Schöpfung entdecken. Er wollte mit ihm spielen und so auf ein gelingendes Leben hinarbeiten. Was war davon aber geblieben? Nichts. Er war als Vater nicht anwesend, sondern überließ alle Verantwortung seiner Bärbel. Wolfram sah keine Auswege, und so schob er wieder einmal alle Gedanken darüber weit weg. Er redete sich ein, es sei schon alles in Ordnung, und wenn nötig, würde Gott schon eingreifen und ihm Wegweiser und Hilfe sein. Übersah Wolfram, dass auch so ein Gespräch von Freund zu Freund ein Reden Gottes war?

Am Sonntag reisten Hanna und Chuong wieder nach Berlin zurück. Kurz vor der Abfahrt übergab Chuong noch Bargeld an Bärbel. Er und Hanna hatten den Zwangsumtausch pro Person und Tag von 20 DM in 20 Mark der DDR getätigt, und diese 280 Mark übergab er nun für die Haushaltskasse.

Eine Woche später fuhren Wolfram, Bärbel und Wanja nach Großtrona. Endlich ein paar Tage ausspannen und sich von Hilde, der Mutter und Oma, verwöhnen lassen. Die Tage vergingen viel zu schnell, waren aber besonders für Bärbel erholsam und schön, denn die Schwiegermutter war ganz froh darüber, mit ihrem Enkel im Kinderwagen durch den Ort zu spazieren. Das Auto vollgepackt mit Geschenken, neuen Kleidungsstücken für alle und vor allem mit vielen vollen Einweckgläsern ging es am Samstag wieder zurück.

Der Alltag überfiel die junge Familie mit Macht, und Wolfram wurde mit neuen Terminen und Aufgaben eingedeckt. Während einer Dienstversammlung bei seinem Mentor Hoppe kamen Klagen zu Tage. Die Frau des Gemeindeleiters Lampe hatte sich beschwert, es sei während der Besuchswoche zum Geburtstag des kleinen Wanja extrem laut im Gemeindehaus zugegangen. Auch sei über die Maßen viel Straßenschmutz in das Treppenhaus getragen worden, und Bärbel hätte es versäumt, gründlich sauber zu machen. Wolfram konnte nach all diesen Vorwürfen nicht verstehen, dass die Klagen nicht offen mit ihm, sondern über den Pastor angesprochen wurden. War er denn ein Ignorant und überheblich, dass man mit ihm scheinbar nicht sprechen konnte?

Der Herbst verging schnell, und Wolfram fühlte sich am Jahresende körperlich sehr ermattet. Es gab Zeiten, da saß er an seinem Schreibtisch, unfähig einen klaren Gedanken zu fassen. Er hatte keine Träume und Wünsche, sondern fühlte sich, besonders nach den sogenannten Dienstgesprächen bei Hoppe, leer und unfähig. Selbst Musik, die er eigentlich immer gern gehört hatte, nahm er nicht mehr richtig wahr. Chuong schrieb seit dem letzten Treffen einmal pro Woche einen Brief. Er berichtete aus Berlin, schrieb, wen er im Radio gern hörte und wie seine Arbeit ihn forderte aber auch sehr erfüllte. „Wolfram, kann ich Dir eine LP mit den Jahreshits schenken? Könntest Du nicht mal nach Berlin kommen, damit wir uns treffen und ich Dir die Platte geben kann? Tolle Titel sind drauf: „Hotel California" von den Eagles, „Sunny" von Boney M, „Money, Money, Money" von den Abbas und auch Howard Carpendales „Tür an Tür mit Alice". Ich besorg Euch für zwei Nächte ein Hotelzimmer! Kommt Ihr?" schrieb er. Wolfram nahm diesen Brief mit zur nächsten Dienstbesprechung und bat um ein paar freie Tage. Hoppe erklärte in leicht gereiztem Ton: „Du weißt aber schon, dass wir in die Advents- und Weihnachtszeit gehen. Da gibt es zusätzlich einige Arbeit. Wer sollte das denn deiner Meinung nach für dich übernehmen? Du bist in der Gemeinde angestellt, und da gehört es eben dazu, seine Pflichten zu erfüllen. Gott darf nicht enttäuscht werden, nur weil du egoistische Wünsche hast. Also gut, für drei Tage kannst du frei nehmen, aber nicht an den Adventswochenenden. Dafür übernimmst du aber den Silvestergottesdienst mit der Jahresschlussfeier im Gemeindehaus."

Am 1. Dienstag im Dezember, nach der Bibelstunde kurz vor 22 Uhr, fuhren Wolfram, Bärbel und Wanja mit dem Trabant nach Berlin. Für diese Privatfahrt, so hatte es Hoppe noch nachdrücklich betont, würden Kilometergeld und Benzinkosten berechnet. Er müsse also genau den Kilometerstand notieren. Kurz nach ein Uhr kamen sie im Hotel im Friedrichshain an, wo für sie schon ein Zimmer reserviert und gezahlt war. Chuong und Hanna würden am Mittwoch bei ihnen sein. Bärbel war trotz der anstrengenden Fahrt wie umgewandelt. Sie lächelte und fühlte sich glücklich und frei. Im Zimmer konnten sie zunächst noch nicht wirklich abschalten, nur

Wanja schlief ruhig in der Mitte des großen Doppelbettes.

Das Treffen mit den Freunden wurde für Wolfram und Bärbel zu einer besonderen Zeit, denn die verwöhnten die kleine Familie mit allem nur Erdenklichen, was sie aus dem Westteil Berlins mitbringen konnten. Gemeinsam wurde viel erzählt, gelacht, aber auch wissend geschwiegen. Besonders Bärbel blühte auf, wie eine Blume, die frisch gedüngt und gegossen ihre Schönheit entfaltet. Hanna hielt einmal die junge Mutter lange im Arm, sah ihr tief in die Augen und bat inständig, sie solle nicht alles um Wolframs Dienstauftrag willen aufgeben. „Bärbel, du bist mir nicht nur meine liebe Freundin sondern meine liebe Schwester geworden. Zögert nicht, Wolframs Dienst zu beenden. Ihr werdet ausgenutzt und das wird euch kaputt machen. Fangt irgendwo neu an und lebt wieder! Wir helfen euch, euren eigenen Weg zu gehen." Lange wirkten diese ermutigenden Worte der Freundin nach, auch wenn viele Fragen ungeklärt blieben.

Am Donnerstag ging es wieder zurück nach Sachsen.

Weihnachten und Jahreswechsel wurden zu besonders intensiven Arbeitszeiten für Wolfram. Er fragte sich zu Beginn des Jahres 1978, wie sich wohl alles entwickeln würde. Würde er seine Arbeit stabilisieren können? Welche Akzente könnte er in der Gemeindearbeit setzen? Wären eine Aussöhnung und ein besseres Miteinander mit dem Gemeindeleiter möglich? Wie könnte die Familie finanziell besser klar kommen? Sollte Bärbel auf Arbeitssuche für eine Halbtagesarbeit gehen? Viele Unklarheiten bestimmten den Jahreswechsel, wirkten sich aber nur wenig positiv im Jahreslauf aus. Wanja war ein gesunder kleiner Junge, der mit wachen Sinnen seine Umwelt immer mehr eroberte.

Zu Ostern kamen die Großeltern aus Großtrona. Werner hatte ein langes Gespräch mit seinem Sohn. Er sah die Entwicklung des Dienstes von Wolfram mit Sorge, vor allem war in seinen Augen die Bevormundung des Mentors und Leiters schädlich für die Gesamtgemeinde. „Wolfram, du kannst mit deiner Familie jederzeit nach Hause kommen. Wir haben im Haus so viel Platz, dass ihr eure eigene Wohnung einrichten könnt. Du könntest dann auch das Haus übernehmen, und Arbeit als Masseur gibt es sicher in der Poliklinik. Lass dich nicht mehr auspressen und ausnutzen. Was hier geschieht, hat mit Christsein nichts zu tun." Wolfram war erstaunt, solche klaren Äußerungen von seinem Vater zu hören. Er war doch in früheren Jahren selbst so ein Eiferer, der kaum Freiraum für andere zuließ. Was war wohl mit ihm geschehen, dass er so verständnisvoll reagierte? Einen Tag später ergab sich in einem Gespräch mit dem Vater die Gelegenheit, nach seinen Beweggründen für das Umdenken zu fragen. „Eine religiöse neue Richtung hat unsere Gemeinde erfasst. Wir bekamen Besuch von einem Westberliner Pastor. Der gehört zur Bewegung der geistlichen Gemeindeerneuerung. In dieser geistlichen Strömung, die sich auch charismatische Bewegung nennt, steht das Wirken des Heiligen Geistes im Mittelpunkt. Sie beansprucht die Gaben des Geistes im Gemeindealltag und betont, nur durch diese besonderen Gaben sei Gemeindeaufbau möglich. Das Gebet und die Segnung, verbunden mit dem Singen von Lobliedern, würde die Gemeinde besonders stärken. Die moderne Gottesdienstform hat bei uns vor allem jüngere Gemeindeglieder angesprochen und nun existiert bei uns ein Anbetungsteam, so nennen sich drei Sänger, ein Gitarrist und ein Schlagzeuger. Sie treffen sich jeden Sonnabend zu ihrem speziellen Gottesdienst. Ich war einmal mit dabei, kann aber nicht gut heißen, wie eng die Bibelauslegung ist. Da werden Menschen aufgefordert, in einem Segnungs- und Heilungsgottesdienst alle Zweifel abzuwerfen und darauf zu vertrauen, dass Gott immer wieder Wunder tut. Eine krebskranke Frau wurde öffentlich gesegnet und gesund gesprochen. Sie verweigerte Tage später alle Medikamente und liegt nun im Kreiskrankenhaus, ohne Hoffnung auf Besserung. Mir warf man vor, den Heiligen Geist zu behindern. Du kannst dir sicher vorstellen, wie tief mich das getroffen hat. Mein Glaube wurde im Kriegsgeschehen geboren und hat mich im Alltag begleitet. Ich habe den Antrag gestellt, einen neuen Leiter der Gemeinschaft zu wählen, aber die älteren Mitglieder stimmten mehrheitlich dagegen. Wolfram, auch in unserer Kirche gibt es viel zu viel Zerstörerisches."

Die Eltern waren längst wieder abgereist, und der Alltag mit den vielen Aufgaben hatte alle Überlegungen, den Gemeindedienst zu verlassen, in den Hintergrund gedrängt. Das Dienstverhältnis mit Hoppe und Lampe wurde angespannter und schwieriger. Wolfram fühlte sich an vielen Tagen so, als hätte man um seinen Brustkorb einen Eisenring gelegt, der täglich ein wenig enger gezogen würde. Musik hören oder gar genießen, war schon lange kaum noch möglich. Wolfram fehlte es an Zeit für Bärbel, Wanja, aber auch für sich. Nur selten beeindruckten ihn Meldungen und Informationen außerhalb der Gemeindeaufgaben.

Doch dann faszinierte eine Meldung die Menschen in Ost und West, und ein Name war in aller Munde: Sigmund Jähn. Er stammte aus Morgenröthe - Rautenkranz. Jähn war Offizier der Luftstreitkräfte der DDR. Er hatte an der Militärakademie „Juri A. Gagarin" in Monino bei Moskau studiert. Im Rahmen des Interkosmos-Programms begannen Siegmund Jähn und Eberhard Köllner, beides Militärflieger, eine Kosmonautenausbildung im Sternenstädtchen bei Moskau. Am 26. August startete die sowjetische Rakete Sojus 31 zur Raumstation Saljut 6, mit dem Kommandanten Waleri

Fjodorowitsch Bykowski und dem ersten deutschen Kosmonauten Sigmund Jähn an Bord. Der Weltraumflug dauerte 7 Tage, 20 Stunden und 49 Minuten. Während der 125 Erdumkreisungen führte Jähn zahlreiche Experimente durch, viele davon mit der Multispektralkamera MKF 6. Das DDR Fernsehen sendete die Hochzeit des Sandmännchens, von Jähn mitgenommen, mit der Fernsehpuppe Mascha, die Bykowski mitgebracht hatte. Die Rückkehr zur Erde erfolgte mit Sojus 29. Sie hatte am 16. Juni an der Raumstation angekoppelt und die 2. Stammbesatzung für Saljut 6 gebracht, Wladimir Kowaljonok und Alexander Iwantschenkow. Am 3. September koppelte Sojus 29 ab, um knapp 3 ½ Stunden später in der Nähe von Dscheskasgan, in Zentralkasachstan, zu landen. Die Landung war unerwartet hart, weil sich der Landefallschirm nicht von der Kapsel löste. Die wurde dadurch unsanft durch die Steppe geschleift. Jähns Weltraumflug wurde in der DDR-Presse ausführlich behandelt und gefeiert.

Das Jahr 1978 wurde in noch einer anderen Weise etwas Besonderes, es wurde das Jahr der drei Päpste. Anfang August starb nach einem 15jährigen Pontifikat Papst Paul VI. Das Konklave wurde einberufen, und schon einen Tag später, am 26. August, fiel die Wahl im vierten Wahlgang auf den Patriarchen von Venedig, Albino Kardinal Luciani. Er gab sich den Namen Johannes Paul I und war damit der erste Pabst, der einen Doppelnamen trug. Am 3. September feierlich in sein Amt eingeführt, verzichtete er auf die traditionelle prunkvolle Krönung mit der Tiara. Durch sein freundliches Auftraten gewann er die Herzen der Menschen, und weltweit nannte man ihn den lächelnden Pabst. Er rückte von vielen Traditionen im Vatikan ab. So war er der erste Pabst, der selbst ein Telefon bediente, er verzichtete auch auf den Kniefall der Schweizer Garde bei seinem Vorübergehen im Vatikan. Nach einem Pontifikat von nur 33 Tagen starb er in der Nacht vom 28. zum 29. September.

Im Konklave, der Wahlversammlung der wahlberechtigten Kardinäle der römisch-katholischen Kirche zur Wahl des Bischofs von Rom, der als Pabst das Oberhaupt der Kirche ist, kamen ab dem 14. Oktober 111 Kardinäle zusammen. Am 16. Oktober wählten sie im achten Wahlgang den erst 58 Jahre alten Krakauer Kardinal Karol Wojtyla zum 264. Papst und Bischof von Rom. Er gab sich den

Namen Johannes Paul II. Mit seinem Pontifikat begannen auch die politischen Auf- und Umbrüche im Ostblock.

Noch vor Weihnachten traf Wolfram eine Entscheidung, die er dann Anfang des neuen Jahres öffentlich machen wollte. Er hatte in einem Brief an die Kirchenleitung um Beendigung seines Gemeindedienstes gebeten. Diese stimmte der Aufhebung des Dienstauftrages zum Ende des Halbjahres, also Ende Juni, zu. Nun war es endgültig, Wolfram würde mit seiner Frau und dem aufgeweckten Wanja nach Großtrona gehen. Im Elternhaus begannen schon im Dezember erste Umbauarbeiten, um eine abgeschlossene Wohnung für die junge Familie herzurichten.

Der Jahreswechsel bedeutete für Wolfram wie üblich viel Arbeit. Nach den Advents- und Weihnachtsfeiern in den einzelnen Orten bereitete er nun die Silvesterfeier im Gemeindehaus vor. Alle waren dazu eingeladen, aber wie schon im vergangenen Jahr hatten sich nur acht Interessenten vormerken lassen. Ganz sicher würden dann am Silvesterabend mindestens doppelt so viele kommen. Bei den

Planungen lief leise Radiomusik, die Wolfram als beruhigend empfand. Ein Titel ließ ihn aufhorchen und gespannter zuhören. Es war der Titel Y.M.C.A. von den Village People. Was sangen sie da? Wolfram beherrschte kein Englisch, und so musste er noch bis in das neue Jahr warten, um endlich den Text und die Übersetzung des Songs zu erfahren, die ihm per Brief von Chuong zugesandt wurde. „Young man there's no need to feel down I said young man pick yourself off the ground I said young man 'cause your in a new town There's no need to be unhappy "

"Junger Mann, du musst dich nicht schlecht fühlen.
Ich sagte, junger Mann, bau dich selbst wieder auf.
Ich sagte, junger Mann, nur weil du in einer neuen Stadt bist, musst du dich nicht schlecht fühlen."

Es war wie eine Ermutigung für Wolfram, diesen Text zu lesen. Er war in einer fremden Stadt und fühlte sich schlecht. Alle seine Hoffnungen und Wünsche an den Gemeindedienst hatten sich wie Nebel in der Morgensonne aufgelöst. Wird das neue Jahr, dann wieder in seiner Heimat in Großtrona, Verbesserungen und Fortschritte bringen? Vielleicht …

Aber zunächst gab es noch andere Probleme zu bewältigen. Das Wetter in Deutschland sorgte für große und fast unüberwindliche Aufgaben.

Um Weihnachten herrschte in ganz Deutschland Tauwetter, abgelöst von einem Wintereinbruch, den es so noch nie gegeben hatte. Ein stabiles Hochdruckgebiet aus Skandinavien und ein Tiefdruckgebiet aus dem Rheinland stießen über der Ostsee zusammen, und es wurde bitter kalt von bis zu minus 30 Grad. Im Norden schneite es sehr stark, aber der einsetzende Schneesturm, mit der Windstärke 10, setzte den Menschen zu. Vor Saßnitz fror innerhalb weniger Stunden die Ostsee vollständig zu, gleichzeitig gab es Ostseehochwasser. Die Schneeverwehungen türmten sich zum Teil mehrere Meter hoch, sie brachten den gesamten Straßen- und Eisenbahnverkehr zum Erliegen. Auf Rügen war ein Zug mehr als 48 Stunden im Schnee eingeschlossen. Die Versorgung der Einwohner war nicht mehr möglich, und erst nach Tagen konnten wichtige Verkehrswege notdürftig befahren werden.

Bis zu 30 cm dicke Eispanzer hatten sich um Strom und Telefonleitungen gelegt, die dann unter dem Gewicht zusammenbrachen. Die Energieversorgung in der DDR brach für zwei Tage teilweise zusammen, und der Ausfall bei den Bäckereien führte zum Brotmangel. Einheiten der Nationalen Volksarmee versuchten mit Panzern, wenigstens liegengebliebene Fahrzeuge und Züge zu erreichen. Mit solch einer Krise hatte niemand gerechnet, und so existierten keine Notfallpläne und die Koordinierung der Hilfskräfte scheiterte. Die Energieversorgung, abgesichert durch Braunkohleverbrennung, kam nahezu zum Erliegen. Die Kohletransporte aus den Lausitzer Tagebauen kamen zum Erliegen, weil die Oberleitungen brachen, und die Kohle in den Waggons so festgefroren war, dass sie nicht mehr abgekippt werden konnten. Die Regierung bat um Hilfe und bekam vom OTTO - Versand innerhalb eines Tages 500 Borhämmer geliefert, die erfolgreich eingesetzt werden konnten. Im Februar kam es erneut zu starken Schneefällen und Verwehungen, und Mitte März kam die dritte Schneewelle. Es wurden insgesamt 67 Tage, die das Land unter der geschlossenen Schneedecke litt. Ab Ende März und im ganzen April gab es Tauhochwasser. Die Folgen dieses Winters waren noch Jahre lang in der DDR-Wirtschaft spürbar.

Die Tage und Wochen vergingen und Ostern stand vor der Tür. Die Feiertage waren wieder mit vielen Gemeindeaufgaben ausgefüllt. Für den Ostermontag hatte Wolfram um einen freien Tag gebeten, um endlich mit Bärbel und Wanja Zeit zu verbringen. Es war geplant, im Wald für den Sohn Ostereier zu verstecken. Anschließend wollten sie zum Mittagessen in die 15 Kilometer entfernte Mühlengaststätte zu fahren und den Nachmittag dann bei Eis und Kuchen im Wohnort zu verbringen.

Strahlender Sonnenschein aber empfindlich kühle Temperaturen machten Lust auf den Ostermontag. Nach dem Frühstück ging es mit dem Trabant in Richtung Waldwiese, die Wolfram für die erste Station ausgesucht hatte. Er stieg aus dem Auto aus und überließ Bärbel das Steuer, die mit Wanja weiter fuhr, um die Plätze für das Mittagessen im Restaurant zu reservieren. Wolfram wollte inzwischen die Ostereier und kleinen Geschenke im Gelände verstecken. Als die beiden wieder zurück kamen und aus dem Auto ausstiegen, bekam Wanja einen kleinen Henkelkorb, um nun auf die Suche nach den bunten Köstlichkeiten zu gehen. Vor Freude hüpfend lief er schließlich auf die große Wiese, die von einem Baumgürtel umgeben war. Zunächst liefen Wolfram und Bärbel noch mit ihrem Sohn mit, überließen ihn aber bald seinem eigenen Tun. Aus einiger Entfernung sahen sie zu, wie er sich hin und wieder bückte und etwas in den Korb legte. Nach einer halben Stunde kam er zu seinen Eltern zurück, um ihnen die Ergebnisse seiner Aktion zu präsentieren. Ein paar Schokoladenhasen lagen im Korb, Marienkäfer und andere eingewickelte Schokoladentiere, kleine und größere Ostereier, aber auch eine ziemlich große Zahl graubrauner Kugeln. Bärbel nahm Wanja den Korb aus der Hand, um nun gezielt die Sammelergebnisse zu betrachten. Die scheinbaren dunklen Ostereier entpuppten sich als Hinterlassenschaft von Rehen, die Wanja in seinem Eifer aufgesammelt hatte. Wolfram erklärte seinem Sohn den Irrtum, den er zunächst nicht verstehen konnte. Er hätte schon gern die dunklen Eier gekostet, aber davon hielt Bärbel ihren Jungen erfolgreich ab. Dann zählte Wolfram alle gesammelten Kostbarkeiten und stellte fest, dass es noch irgendwo ein unentdecktes Versteck geben müsse. Gemeinsam gingen sie noch einmal auf die Suche, aber da Wolfram nicht mehr genau sagen konnte, wo er überall die Gaben versteckt hatte, blieben drei in Goldfolie gewickelte Schokoladeneier unentdeckt. Als sie in das Auto stiegen, um zum Mittagessen zu fahren, meinte Bärbel nur: „Egal, vielleicht freuen sich Fuchs und Igel über den Fund."

Der Ostermontag, seit langem endlich ein richtiger Familientag, wurde für Wanja und seine Eltern zu einem richtigen Höhepunkt im Alltag, zumal auch das Wetter mitgespielt hatte.

Die politische Situation im Land wurde nach wie vor von den Erfolgsmeldungen der Partei geprägt. Im Gegensatz dazu gab es viele Versorgungsengpässe, aber das waren die Menschen offensichtlich schon so gewohnt, dass sich kaum jemand darüber erregte. Viel interessanter war die Meldung aus England, dass mit Margaret Thatcher eine Frau die Unterhauswahl gewonnen und nun zur ersten konservativen Premierministerin von Königin Elisabeth II ernannt wurde. Würde das Auswirkungen in Europa zeigen, und was bedeutete das für die DDR? Noch mehr als die Wahl in England war es aber eine andere Weltregion, die die Menschen nachdenklich machte. Im Iran hatte es eine Revolution gegeben, die den Schah Mohammad Reza Pahlaviam zur Flucht veranlasste. Anfang April kam aus Paris der schiitische Führer Ajatollah Ruhollah Chomenei nach 14 Jahren Exil nach Teheran zurück. Im Nachbarland errangen Saddam Hussein und seine Baath-Partei die Macht, erbitterte Feinde der religiösen Führer des Iran.

Endlich Juni. Die letzten Tage wurden für Wolfram zur Herausforderung an seine Nächstenliebe und Geduld. Es hagelte häufig Vorwürfe und Anschuldigungen, denn die Kirchenleitung und sein Mentor warfen ihm Untreue und Verrat vor. Wie könne er so unchristlich sein und die Gemeinde im Stich lassen? Mit seinem Weggehen zeige er seine mangelnde geistliche Reife. Auf alle Vorwürfe und Anschuldigungen reagierte er mit Schweigen. Eine Aktion allerdings veranlasste Wolfram, noch einen offiziellen Beschwerdebrief an die Gemeindeleitung zu schreiben. Es war der vorletzte Samstag im Juni. Bärbel und Wolfram saßen am Frühstückstisch und besprachen die Umzugsfahrt, und welche Kartons noch gepackt werden müssten. Wanja wollte mit seinem Bobby Car im unteren Hausflur fahren. Bärbel half ihm die Treppe hinunter und setzte den Jungen auf den Sitz des Gefährts. Mit Ausdauer und offensichtlicher Freude fuhr er bald schon laut singend herum, als sich die Haustür öffnete und Berta Lampe, die Frau des Gemeindeleiters, in das Gemeindehaus kam. Sie wollte an diesem Samstag den Reinigungsdienst versehen, und empfand es nun als besonders störend, den kleinen Jungen spielend anzutreffen. Sie fasste kurzerhand an den seitlichen Haaransatz von Wanja und zog offensichtlich recht kräftig daran, denn nur wenig später erscholl ein kräftiges Geheul im Treppenhaus. Bärbel lief schnell nach unten, weil sie fürchtete, der Junge sei irgendwo gegengefahren oder gar mit dem Bobby Car umgekippt. Sie sah Berta und fragte besorgt, was denn geschehen sei. Die Frau des Gemeindeleiters sah sie nur kalt an und erwiderte: „Ich weiß gar nicht, was er hat. Aber egal, er muss hier weg, ich will jetzt sauber machen." Bärbel nahm Wanjas kleine Hand und führte ihn in die Wohnung. In der Küche fragte sie den Kleinen noch einmal, was denn geschehen sei. Wie gut, sagte sie zu ihrem Wolfram, dass wir bald nicht mehr hier sein werden. Uns allen wird es gut tun, in Großtrona neu anzufangen.

Am Umzugstag kamen schon sehr früh am Morgen Chuong und Hanna aus Berlin mit einem Kleintransporter. Alle Kartons mit zerbrechlichen Gegenständen, Vasen, Geschirr und Glasartikeln, wurden vorsichtig und gesichert im Transporter verstaut. Die Umzugsfirma war ebenfalls pünktlich zu Stelle, und die vier Mitarbeiter luden Möbel, Betten und die sperrigen Gegenstände in den geräumigen Umzugswagen. Kurz nach 11 Uhr war die Wohnung leer. Hanna fegte noch in den einzelnen Zimmern, während Wolfram schon mit dem Gemeindekassierer zur Wohnungsübergabe durch alle Räume ging. Choung wartete im beladenen Transporter auf seinen Freund. Hanna, Bärbel und Wanja bestiegen den kleinen VW und fuhren in Richtung Großtrona davon. Aus der Gemeinde war niemand zum Abschied gekommen. Auch Pfarrer Hoppe hatte sich wenige Tage zuvor schriftlich verabschiedet. Sein Schreiben enthielt eine Beurteilung, die eine ähnliche Anstellung in einen kirchlichen Dienst ausschloss. Im Schreiben war die Rede von mangelnder Reife, ungeistlichem Verhaltens, fehlender Demut, und Unbelehrbarkeit gegenüber Vorgesetzten. Wolfram war traurig über dieses Schreiben, aber es war für ihn auch ein Stück unwichtig, denn in Großtrona warteten neue Herausforderungen in einer Poliklinik auf ihn. Als er an der Haustür den letzten Schlüssel übergeben hatte, stieg Wolfram in den wartenden Transporter, Chuong startete den Wagen, und die Fahrt nach Hause begann. In Großtrona waren die Wurzeln der Starkes, und nun kam Wolfram wieder dahin zurück.

Den ganzen Juli nutzten Wolfram und Bärbel, um in der neuen Wohnung alles so einzurichten, wie sie es sich vorgestellt hatten. Wanja schien sich vom ersten Tag an rundum wohl zu fühlen. Er würde bald den dritten Geburtstag feiern, auf den sich Familie und Freunde schon freuten. Wolframs Freund Harald war an vielen Tagen zur Stelle, um mit einzurichten, zu stellen und große Kartons auszuräumen. Auch wenn alles schnell am richtigen Platz stand, gab es immer wieder kleine Arbeiten. Ein Bild wurde aufgehängt, die Kommode noch einmal umgesetzt, das

Fernsehkabel fest verlegt, und noch viele andere Kleinigkeiten erledigt. Rechtzeitig zum Geburtstag war alles fertig und Bärbel plante und bereitete alles für das geplante Fest vor. Hilde, die Schwiegermutter, bot zwar ihre Hilfe an, aber hielt sich mit eigenen Anregungen und Vorschlägen zurück. Es war entspannt und ruhig im Haus, und Wolframs Anfangsbedenken, der Vater könne sich zu sehr einmischen, zerstoben im Nichts. Die Eltern wohnten in ihrem eigenen Bereich im Haus, und wenn sie zu den jungen Leuten wollten, klingelten sie an der Korridortür. Auch als Wanja mit seinen kleinen Händen in die aufgeschlagene Bibel seines Opas griff und kurz darauf eine ausgerissene Seite in der Hand hielt, reagierte Werner nur mit einem Lächeln und der Bemerkung: „Das kann der Junge doch noch gar nicht wissen, dass man das nicht macht. Er kennt doch nur seine Pappbilderbücher, die robust und derb angefasst werden können. Ich kleb´ das einfach wieder und dann geht's schon."

Wanjas dritter Geburtstag wurde in der Familie gefeiert. In Wolframs Wohnzimmer saßen seine Eltern Werner und Hilde an der mit Blumen dekorierten Kaffetafel. Er selbst hielt seinen Sohn auf dem Schoß. Der versuchte erfolglos mit seinen kleinen Händen die Köstlichkeiten auf dem gedeckten Tisch zu ergreifen. Weil das nicht gelingen wollte, schob er kurzerhand den Kuchenteller des Vaters heftig zur Seite, so dass er auf den Boden fiel und klirrend zerbrach. „Aber Wanja, was machst du denn da?" Wolfram hielt seinen Sohn erschrocken mit beiden Armen fest umschlungen. Bärbel war mit Kehrschaufel und Handfeger aus der Küche gekommen und beseitigte die Scherben. „Na, da wird ja die Berliner Oma traurig sein. Das Kaffegeschirr war ihr Hochzeitsgeschenk für uns. Weißt du noch, mein Schatz", wandte sie sich an ihren Wolfram, „wie oft sie immer davon geredet haben, uns noch das passende Essgeschirr dazu zu schenken. Das ist bisher ja nichts geworden. Aber vielleicht haben wir durch unseren lebhaften Wanja auch bald keine Tassen und Teller mehr." Bärbel musste lachen und bemerkte nur noch „naja, schade ist´s aber auch nicht. Das Muster ist fast so, dass die Milch im Kaffee gerinnt." Das gemeinsame Kaffeetrinken zog sich lange hin, denn Wolfram und sein Vater sprachen sehr lange und ausführlich über die Erfahrungen im kirchlichen Dienst. Wanja saß schon lange auf seiner Spieldecke im Zimmer und schichtete Bausteine zu Türmen auf. Bärbel und ihre Schwiegermutter hatten, nachdem sie den Kuchen in die Küche gebracht hatten, das Geschirr abgeräumt und mit dem Spülen begonnen. Als beide wieder im Wohnzimmer am Tisch saßen berichtete Bärbel: „ Ich hatte gestern ein Gespräch mit Schwester Brunhilde vom evangelischen Kindergarten. Wir haben einen Platz ab September, Wanja geht dann von neun bis halb eins in die Jüngstengruppe. Obwohl eine Warteliste existiert, haben wir einen von vier Plätzen bekommen. Schwester Brunhilde hat mir gesagt, weil wir im kirchlichen Dienst waren, hätten wir auf vieles verzichten müssen, und deshalb hätte man uns vorgezogen." Erleichter nickten die Großeltern und Hilde bemerkte dazu: „Dann könntest Du ja wieder vormittags arbeiten, wie du dir das so sehr gewünscht hast. In der Poliklinik werden dringend Schwestern gesucht, um die Sprechstunden der vielen Ärzte abzusichern."

Der Herbst hatte mit viel Regen Einzug gehalten. Wanja ging gern in den Kindergarten. Es wurde viel kreativ angeleitet, gesungen und vorgelesen. Die Jüngstengruppe leitete Schwester Brunhilde. Sie war eine liebevolle und sehr kompetente Erzieherin. In der Regel brachte Wolfram morgens seinen Sohn in den Kindergarten. Danach arbeitete er im Ambulatorium in der physiotherapeutischen Abteilung bis nachmittags fünf Uhr. Bärbel holte kurz nach dem Mittagessen den lebhaften Jungen nach Hause und legte ihn zur Mittagsruhe in sein Bett. Am Nachmittag spazierte sie mit ihm bei fast jedem Wetter durch den Ort, um kurz nach fünf Wolfram vom Ambulatorium abzuholen. Gemeinsam ging es dann wieder nach Hause, das Abendessen wurde vorbereitet und während Bärbel danach das Geschirr spülte, spielte Wolfram mit seinem Sohn. Der Sandmann des DDR-Fernsehens kurz vor sieben Uhr beendete dann den Tag des Jungen. Nach dem Nachtgebet saß Bärbel noch ein paar Minuten am Bett des Dreijährigen, gab ihm schließlich sein Plüschtier in den Arm und verließ das Kinderzimmer.

An einem Freitag berichtete Wolfram, was sich am Morgen mit Wanja ereignet hatte. Sie waren auf dem Weg zum Kindergarten, als der Kleine plötzlich in die Hocke ging, eine

Zigarettenkippe aufhob, und sich schnell in den Mund steckte. Wolfram erschrak, schimpfte laut los und veranlasste den Jungen, schnell auszuspucken. Bärbel sah ihren Wolfram in die Augen, dann umarmte sie ihn und meinte: „Schatz, redest du unterwegs mit unserem Jungen? Er hat das sicher nur gemacht, um deine Aufmerksamkeit zu bekommen." Wolfram war beschämt, denn fast immer beschäftigten ihn gedanklich ganz andere Sachen, als sein Sohn, so dass er kaum mit Wanja sprach. Er nahm sich fest vor, das ab sofort abzuändern und sich seinem Sohn mit mehr Aufmerksamkeit zuzuwenden.

Im Spätherbst sang sich Peter Maffay in die Herzen der Radiohörer. Sein Titel „Frei sein" bewegte auch Wolfram. Er hatte wirklich gut in seine Aufgaben in der Physiotherapie hineingefunden. Die Neueinstellung einer jungen Frau als Reinigungskraft im Ambulatorium bewegte alle Mitarbeiter. Es hieß, sie sei gerade aus dem Gefängnis entlassen worden und arbeite und wohne nun hier in Großtrona. Frau Schmidtke war sehr ruhig und schweigsam, und auch die Pausen verbrachte sie nicht wie alle anderen Mitarbeiter im gemeinsamen

Aufenthaltsraum. Wenn mittags das Essen in den Warmhaltebehältern geliefert wurde, musste sie alles auf Teller portionieren, ausgeben und das gebrauchte Geschirr nach der Mittagspause spülen. Alles das geschah ihrerseits schweigend und mit niedergeschlagenen Blicken. Was war nur mit ihr los, rätselte Wolfram. Ein paar Tage später sprach er die junge Frau an, als sie in der physiotherapeutischen Abteilung den Boden wischte. Frau Schmidtke wehrte ab, es sei nichts, sie wolle nur gründlich arbeiten.

Am Sonntag ging Bärbel mit den Schwiegereltern zum Gottesdienst, Wolfram blieb mit Wanja zu Hause. Kurz vor Gottesdienstbeginn kam Frau Schmidtke durch die große Kirchentür und setzte sich gleich in die hinterste Bank ganz nach links, wo eine große Säule den Blick in das Kirchenschiff versperrte. Bärbel hatte sie seitlich vorbeihuschen sehen, als sie sich umdrehte. Das erste Lied wurde angestimmt, aber Bärbel stand auf, ging ganz nach hinten zu der allein sitzenden jungen Frau und setzte sich neben sie. Nun erst bemerkte sie die Tränen, die ihr über das Gesicht liefen. Ihren linken Arm um die schmalen Schultern der

Weinenden gelegt, saßen sie beide nun so den ganzen Gottesdienst. Noch während des Schlussliedes stand Frau Schmidtke auf, gefolgt von Bärbel, und verließ die Kirche. Vor der Tür hielt sie Bärbel fest und bat sie, mit ihr zu kommen. „Kommen sie doch bitte mit zu uns, Frau Schmidtke. Ich lade sie herzlich zum Mittagessen ein. Es gibt Rinderrouladen und Rotkohl mit Kartoffeln. Bitte kommen sie, oder werden sie erwartete?" Die junge Frau schüttelte den Kopf, und als Bärbel ihren Arm ergriff und unterhakte, nickte sie leicht. Zuhause warteten schon Wolfram und Wanja. Beide begrüßten den Sonntagsgast, und bald darauf saßen sie im Wohnzimmer am Tisch. Das Essen verlief ruhiger, als sonst bei den jungen Starkes üblich. Als Wanja zum Mittagsschlaf im Bett lag, saßen Bärbel und Wolfram mit Frau Schmidtke schweigend am Tisch. Wolfram fragte: „Können wir ihnen irgendwie helfen, damit sie es etwas leichter bei uns in Großtrona haben?" Die junge Frau schüttelte den Kopf, dann aber erzählte sie: „Ich bin Ulla, und komme eigentlich aus Rostock. Dort war ich Lehrerin für Englisch, Deutsch und Geschichte an der Oberschule. Nach meiner Hochzeit mit einem anderen Lehrer unserer Schule lernten wir während einer Festwoche in der Stadt einige seefahrt-begeisterte junge Leute aus Kiel kennen. Wir freundeten uns an, und sie kamen mehrmals nach Rostock zu Besuch. Irgendwann entstand der Plan, nach Westdeutschland zu fliehen. Das sollte mit einem Segelschiff über die Ostsee erfolgen. Inzwischen war ich aber schwanger, und mir nicht mehr sicher, an diesem Plan festzuhalten. Mein Mann aber drängte auf die Umsetzung, noch bevor das Kind geboren wäre. Also bereiteten wir alles so wie geplant vor, und der Tag unserer Flucht kam. Dann war es soweit. Vier Uhr früh an einem Samstag wollten die Freunde mit ihrem Schiff am vereinbarten Treffpunkt anlanden. Mein Mann übergab mir eine Tasche, und wir gingen los. Auf dem Weg sagte er zu mir, er hätte in der Wohnung wichtige Papiere vergessen und müsse sie unbedingt holen. Ich soll schon langsam vorausgehen, er käme in wenigen Minuten nach. Kurz vor dem vereinbarten Treffpunkt standen plötzlich drei Männer und zwei Polizisten vor mir und ergriffen meine Arme. Sie sind wegen geplanter Republikflucht verhaftet, sagten sie zu mir. Dann ging alles sehr schnell. Ich saß kurz darauf in einem Barkas, und wir fuhren mit unbekanntem Ziel los. Meine Gedanken drehten sich um meinen

Mann. Nur nichts sagen oder ihn erwähnen, ging es mir durch den Kopf. Die Tage danach war ich kaum zu klaren Gedanken fähig. In einem eilig angesetzten Gerichtstermin wurde ich zu 3 ½ Jahren Gefängnis verurteilt. Das Schlimmste war, dass mein eigener Mann als Zeuge gegen mich aussagte. Ich kam in das berüchtigte Gefängnis in Bautzen, das „Gelbe Elend", wie es hinter vorgehaltener Hand genannt wurde. Ich war nun besonders weit weg von meinem Zuhause, aber Besuche hatte ich ohnehin nicht zu erwarten. Im Gefängnis kam meine Tochter auf die Welt, aber ich hielt sie nur kurz in meinen Armen. Einen Tag später war sie schon nicht mehr bei mir. Mein Mann hatte die Scheidung eingereicht und die Erziehung des Kindes zugesprochen bekommen. Von ihm hörte ich nichts mehr, auch zum Kind hatte ich nie wieder Kontakt. Nach dem Ende meiner Haft und der Entlassung bekam ich die Auflage, eine zugewiesene Arbeit in einer Textilfabrik in der Nähe von Magdeburg aufzunehmen. Ich ignorierte diese Weisung und ging sofort nach Rostock, um nach meinem Kind zu suchen. Aber es gab keine Spur mehr von meinem geschiedenen Mann und dem Kind, die gemeinsame Wohnung war neu vermietet. Er hatte sich irgendwohin abgesetzt. Nach zwei Tagen wurde ich in Rostock verhaftet und nach Berlin gebracht. In Niederschönhausen saß ich ein paar Tage im Gefängnis, wurde aber dann entlassen. Ich bekam den Befehl, hierher zu fahren und die Arbeit als Reinigungskraft im Ambulatorium anzutreten. Mir wurde ein Zimmer zugewiesen und die Auflage erteilt, mich regelmäßig beim Abschnittsbevollmächtigten der Polizei zu melden." Je länger Ulla berichtete, umso bedrückter saßen Wolfram und Bärbel auf ihren Stühlen. Bärbel liefen die Tränen über das Gesicht als sie am Ende die Hände der jungen Frau ergriff und festhielt. „Ulla, wenn wir etwas für dich tun können, dann werden wir für dich da sein. Du kannst immer zu uns kommen. Hab keine Angst, wir werden dein Vertrauen nicht missbrauchen."

Nach diesem Sonntag wurde die Freundschaft zu Ulla Schmidtke enger, und auch im Ambulatorium waren die Vorbehalte gegen sie gewichen, obwohl niemand außer Wolfram und Bärbel von ihrem Schicksal etwas erfahren hatte. In die Kirchgemeinde fand sie, wie auch die jungen Starkes, gut hinein. Wolfram lehnte eine aktivere Teilnahme und Mitarbeit ab, zu schwer lagen die negativen Erfahrungen aus seiner aktiven Dienstzeit auf seiner Seele. Nach einem Sonntagsgottesdienst ergab sich ein ausführliches Gespräch mit dem Vater. Es berührte Wolfram tief, denn es kam unerwartet und war ehrlich und zu Herzen gehend. „Kümmere dich um Bärbel und Wanja, denn irgendwann könntest du bereuen, nicht mehr Zeit für die beiden gehabt zu haben. Mach nicht den gleichen Fehler, wie ich. Ich hab das erst erkannt, als du schon in Berlin warst, was zwischen uns falsch gelaufen ist." Sehr nachdenklich kamen sie nach dem Gottesdienst wieder nach Hause, Wolfram musste noch am ganzen Nachmittag über des Vaters Worte nachdenken.

Bis Weihnachten waren es nur noch drei Wochen. Erst am 2. Advent beantwortete Bärbel die Briefe von Wanja Kessler aus Warschau und Chuong und Hanna aus Westberlin. Es hatte sich inzwischen so ergeben, dass Ulla die Post von Wanja aus dem Englischen übersetzte. Auch die Antworten gingen erst durch ihre Hände, dabei vermittelte sie Sprachkenntnisse und ermutigte, neue Wörter und Redewendungen zu erlernen. Aus

Westberlin waren weniger gute Nachrichten über den Freund in Warschau gekommen. Die Geiselnahme von Teheran, 52 US-Diplomaten wurden bei der Erstürmung der Botschaft gefangen genommen, hatte Auswirkungen auf alle US-amerikanischen Botschaften und ihre Sicherheitsvorkehrungen. Auch der Briefwechsel Wanja Kesslers mit seinem DDR-Freund Wolfram stand stärker unter Kontrolle des Geheimdienstes. Bärbel legte in ihre Antwortbriefe Familienfotos, vor allem auch Aufnahmen von Wanja, der sich zu einem fröhlichen Kind entwickelt hatte. Sie wünschte es sich so sehr, die Freunde im neuen Jahr zu sehen. Aber noch war nicht abzusehen, welche Möglichkeiten sich ergeben würden.

Ein recht langes Wochenende stand vor der Tür. Wolframs Gedanken gingen zurück, wie es vor einem Jahr war. Viele Aufgaben waren zu bewältigen, und er wusste damals nicht, wie er alle Gemeindedienste schaffen würde. In der diesjährigen Weihnachtszeit war es erstaunlich ruhig und entspannt. Nach dem Wochenende des 4. Advent hatte Wolfram auch am 24. Dezember arbeitsfrei, gefolgt von den beiden Weihnachtsfeiertagen. Nur für zwei

Tage nach Weihnachten war das Ambulatorium geöffnet, um dann erst am 2. Januar wieder zu öffnen. Bärbel hatte sich um eine Schwesternstelle in der internistischen Ambulanz beworben. Sie sollte nun am Jahresanfang ihren neuen Dienst beginnen, und täglich von 8 bis 12 Uhr arbeiten. Wolfram und Bärbel freuten sich über die positiven Entwicklungen in und für die Familie. Was würde das neue Jahr 1980 noch für sie bringen? Politisch war im Ostblock vieles in Bewegung, aber auch eine ungewisse Angst und Beklemmung hatte sich breit gemacht. Nur zwei Tage nach dem Jahreswechsel begannen sowjetische Truppen eine Großoffensive in Afghanistan. Als Gegenreaktion verhängten die USA Sanktionen gegen die Sowjetunion, verbunden mit einem Ultimatum zum Rückzug der Streitkräfte aus dem Land am Hindukusch. Als das verstrich, verkündete Präsident Carter am 20. Februar den Olympiaboykott der Spiele in Moskau. So begannen die „Spiele der XXII Olympiade" am 19. Juli ohne die USA und weiterer 41 Nationen. Die Signalwirkung des Boykotts auf die Politik blieb aus. Die sowjetische Truppenstärke wurde in den Folgejahren von 85.000 auf 115.000 angehoben.

In Polen wurden ab dem 1. Juli die Preise für Fleisch angehoben. Als Gegenreaktion gab es zunächst lokal begrenzte Streiks, die sich aber schnell über das ganze Land ausweiteten. In Danzig streikten Mitte August auf der Leninwerft die Arbeiter, als eine Kranführerin entlassen wurde. Daraufhin gründeten die Arbeiter ein betriebliches Streikkomitee und beriefen Lech Walesa zum Führer. Wenige Tage später wurde dann das „Überbetriebliche Streikkomitee" gegründet, um die Einhaltung des Erreichten zu sichern und 21 Forderungen zu stellen. Es ging dabei um politische und soziale Anliegen, aber auch um die zentrale Forderung, unabhängige Gewerkschaften zuzulassen. Nach dem Danziger Abkommen vom 31. August formierte sich die „Unabhängige selbstverwaltete Gewerkschaft Solidarnosc", mit dem Vorsitzenden Lech Walesa.

Der Sommer blieb kalt und regnerisch. Über 30 Tage lang, von Mitte Juni bis Mitte Juli, lag die Höchsttemperatur bei durchschnittlich 12 Grad. Die Zeitungen titelten: „An der Regenfront nichts Neues" und „Der Juli, der ein November ist".

Im deutsch-deutschen Verhältnis gab es ab Herbst neue Forderungen aus Ost-Berlin. Wir erinnern uns: Seit 1964 kassierte die DDR-Regierung Westbesucher ab. Bei jeder Einreise war ein Mindestumtausch von 5 DM in Mark der DDR zum Kurs 1 : 1 fällig. 1973 wurde das „Eintrittsgeld" von 5 auf 20 DM erhöht. Im Oktober des laufenden Jahres wurde der Zwangsumtausch noch einmal angehoben und belief sich nun auf 25 DM.

Ein Brief mit Hochzeitsfoto erreichte die Starkes mitten im Umzugstrubel. Sie unterstützen ihre Freundin Ulla, die endlich eine eigene kleine Wohnung bekommen hatte, bei den Umbauvorhaben. Es gab zwei kleine Zimmer und eine Küche unter dem Dach eines Zweifamilienhauses, aber kein Bad mit Toilette. Ein angrenzender Dachboden konnte ausgebaut werden, und so entstand das Bad mit Dusche und Toilette. Werner hatte seine Handwerkerverbindungen genutzt und genügend Fliesen besorgen können. Nach erfolgreichem Umbau stand nun der Umzug an, den Wolfram mit unterstützte. In der Kirchgemeinde wurden Möbel gesammelt, die nun in die neue Wohnung von Ulla getragen wurden.

Zum Mittagessen gab es für alle Helfer in der großen Küche der Großeltern Starke für jeden Bockwurst und Kartoffelsuppe, dazu Flaschenbrause und Bier. Bärbel hielt einen Brief in der Hand, den sie ihrem Mann gab und fröhlich darauf wies: „Wanja und Christina haben geheiratet. Was für ein schönes Paar!" Wolfram freute sich von Herzen über diese Hochzeit in Amerika. Aufmerksam las er die Übersetzung des Briefes, bevor er ihn zurückgab und sich an den Tisch zu allen anderen setzte.

In der Adventszeit wurde in der Familie Starke viel gebacken. An mehreren Nachmittagen standen Bärbel und Oma Hilde mit dem kleinen Wanja am Küchentisch und rührten Teig für Plätzchen ein. Die Freude des Kindes war riesig, wenn dann endlich die knusprigen Köstlichkeiten mit buntem Zuckerguss verziert wurden. Immer wieder landeten die kleinen Finger in den Mund, um die roten, gelben und blauen Zuckerpasten und dekorativen Verzierungen zu kosten.

Bis Weihnachten gab es noch einiges zu tun, vor allem stand noch das Backen des Weihnachtsstollens auf dem Arbeitsplan. Oma

Hildes Rezept, eine Überlieferung aus der Familie Starke, wurde auch von Bärbel gern übernommen. Gemeinsam mit Hilde entstanden acht große Stollen, die dann in der nahen Bäckerei fertiggebacken wurden. Am Heiligen Abend gab es nach dem Gottesdienstbesuch das gemeinsame Essen von Jung und Alt. Dann wurden bei leiser Musik die vielen Geschenke ausgewickelt. Viele schöne Gaben, auch von Onkel Gerhard aus Amerika und von Chuonng und Hanna aus Westberlin, erfreuten die Beschenkten. Wanja war glücklich über eine große Kiste mit bunten Bausteinen. Die hatten ihm sein Patenonkel Wanja Kessler und seine Frau Christina über die „Botschaft der USA bei der DDR" anliefern lassen. Es waren unzählige LEGO – Bausteine in unterschiedlichen Größen, mit Bodenplatten, Bögen Türen und Fenstern. Die Eltern Bärbel und Wolfram freuten sich riesig über das besondere Geschenk der Freunde, ein Fernsehgerät, das kurz vor Weihnachten vom „Genex-Geschenkdienst" angeliefert und aufgestellt wurde. Es war ein Farbfernsehgerät „Chromat 2260" mit einer 61-cm Bildröhre und für den PAL und SECAM - Empfang ausgestattet.

Zu Beginn des Jahres 1981 begannen schon Überlegungen und Planungen für Ereignisse, die als Familienhöhepunkte besonderer Aufmerksamkeit bedurften. Werner, der Vater und Großvater, würde am 17.März seinen 60. Geburtstag begehen. Am darauffolgenden Wochenende war die Geburtstagfeier geplant. Hilde schrieb noch im Dezember einen langen Brief an Gerhard nach Amerika. Sie hatte angefragt, ob er zu diesem runden Geburtstag seines Freundes kommen könne. Über Wanja Kessler, den Freund von Wolfram und Bärbel, der im diplomatischen Dienst der USA in Warschau arbeitete, beantragte sie die umfangreichen Reiseanträge und Unterlagen für Gerhard und Rudi. Es wurde ein reger und umfangreicher Schriftverkehr, der zum Jahresanfang eingesetzt hatte. Anfang März stand es nun fest, Gerhard und Rudi durften für 10 Tage in die DDR einreisen.

Währenddessen planten Wolfram und Bärbel schon ab Februar den Sommerurlaub. Chuong und Hanna aus Westberlin wollten mit ihnen für zwei Ferienwochen im August am Balaton in Ungarn zusammen sein. Der Urlaub für Wolfram und Bärbel musste sich in die Dienstplanungen im Ambulatorium einfügen, und deshalb war ein frühzeitiger Urlaubsantrag nötig. Auch für die Reiseunterlagen wurde eine längere Bearbeitungszeit benötigt. Der Umtausch von Mark der DDR in die Landeswährung Forint konnte kurz vor der Reise getätigt werden. Dafür musste man sich nicht anmelden. Es war eher nötig, vor der Reise sorgsam zu überlegen und zu planen, welche Bekleidung für die kleine Familie benötigt wurde. Zwei große Koffer standen zur Verfügung, die aber von Wolfram auch bewegt und getragen werden mussten. Bärbel sollte sich um Wanja kümmern, zumal die Zugfahrt sehr früh am Morgen beginnen würde, und über Nacht dauernd, erst gegen Mittag des anderen Tages in Budapest endete. Aus der ungarischen Hauptstadt fuhr später ein Regionalzug an den Balaton. Eine sicher sehr anstrengende Reise, zumal Wanja erst in Ungarn seinen fünften Geburtstag feiern würde.

Es war Dienstag, der 17. März. Werner bekam schon vor dem Frühstück die Geburtstagsglückwünsche seiner Familie. Hilde hatte einen großen Strauß roter und weißer Nelken besorgen können, andere Schnittblumen waren nicht zu haben. Wolfram und Bärbel schenkten ihm einen Blumentopf mit Alpenveilchen und Wanja übergab dem Großvater eine kleine Vase mit Märzenbechern aus dem Garten. Gemeinsam setzten sie sich an den Tisch, den Hilde mit einem Tischtuch, Frühstückseiern, Wurst, Käse und frischen Brötchen eingedeckt hatte. Während des Frühstückes lief leise das Radio, natürlich der Sender, den Werner immer eingestellt hatte, der Bayerische Rundfunk. Die Nachrichten ließen alle aufmerken. Es wurde gemeldet, dass am frühen Morgen ein gemeinsames Manöver der Streitkräfte des Warschauer Paktes begonnen habe. Dieses Großmanöver „Sojus 81" begann in Polen, würde sich im Verlauf aber auch auf die DDR, die CSSR und die UdSSR ausdehnen. „Da soll bestimmt die polnische Gewerkschaft eingeschüchtert werden", war sich Werner sicher. „Der Walesa ist den Kommunisten wohl zu stark geworden."

Bald mussten sich Wolfram und Bärbel verabschieden. Es blieb nur noch eine halbe Stunde Zeit bis zum Dienstbeginn. Auf dem Weg zum Ambulatorium wurde Wanja in den Kindergarten gebracht. Eine Kindergärtnerin, Lernschwester Elke, nahm ihn in Empfang und kümmerte sich um den lebhaften Jungen. Der freute sich schon auf seinen Vormittag, denn Backen, Malen und Singen standen dienstags auf dem Plan.

Am Freitag reisten Gerhard und Rudi an. Werner war überrascht und freute sich von Herzen. Hilde hatte sich um alle Reiseangelegenheiten gekümmert, aber vorher den Überraschungsbesuch nicht verraten. Da sich Bärbel in ihrer Wohnung um die Gästebetten gekümmert hatte, bekam Werner auch davon nichts mit. Aber nun waren Gerhard und Rudi endlich in Großtrona, und mit Tränen in den Augen wurden sie begrüßt und umarmt. Die Freunde aus Amerika nutzten jeden gemeinsamen Augenblick, um zu erzählen und zu fragen. Es gab ja auch so unendlich viel zu berichten. Am Abend gingen Werner und seine Freunde Gerhard und Rudi durch den Ort. Sie suchten die Plätze und Stellen auf, mit denen sie Erinnerungen verknüpften. Auch das Elternhaus von Gerhard und das Haus, in dem Werner seine Kindheit verbracht hatte, oben neben der Schreitervilla, wurden noch im Halbdunkel besucht, bevor es dann wieder zurück in das Heim von Werner und Hilde ging. Das gemeinsame Abendessen verlief lebhaft, mit viel Lachen und dem Austausch von Erinnerungen. Es wurde recht spät, aber dann endlich besann man sich, denn am Sonnabend sollte ja ab 10 Uhr das große Geburtstagsfest beginnen. Bis alle in ihren Betten lagen und bald einschliefen, war es aber schon weit nach ein Uhr.

Werner und Hilde hatten in ihrer Küche schon den Frühstückstisch gedeckt. Es war kurz nach sieben, und nun bereiteten sie die Festtagstafel vor. Dazu war das Wohnzimmer ausgeräumt und mit zwei langen Tischreihen bestückt worden. Genügend Stühle, die hatten Werner und Wolfram, genauso wie die zusammenklappbaren Tische, aus dem Kirchgemeindesaal geholt, wurden aufgestellt. Hilde legte weiße Tischdecken auf und deckte mit dem Mittagsgeschirr ein. Es war Platz für 30 Gäste.

Aber nun gab es erst einmal das Frühstück, denn Gerhard und Rudi standen in der Küche. Die beiden Auswanderer berichteten von ihren beruflichen Aufgaben und wie gut sie sich in dem fernen Land eingelebt hatten. Ihnen ging es auch wirtschaftlich sehr gut, sodass

Rudi den Flugschein machen und ein Klein-
flugzeug kaufen konnte. An den Wochenen-
den erkundeten sie nun fliegend große Teile
des riesigen Landes, und bis nach Kanada
gingen dann die Wochenendreisen. Während
sich in Gerhards Leben immer wieder viel
Neues ereignete, war Werners Alltag in Großtrona eher bescheiden und eintönig. Er arbeitete nach wie vor in der Schreinerei. Natürlich
war die Arbeit ein wichtiger Teil in seinem
Leben, aber weit wichtiger war ihm natürlich
sein Engagement in der kirchlichen Mitarbeit.
In der Gemeinschaft kümmerte er sich um die
Mitglieder, besuchte Kranke und gestaltete
Bibelabende. Er war zusätzlich schon seit langem im ganzen Kirchenbezirk als Prediger
unterwegs. Die Leute mochten ihn, hörten
gern, wenn er mit seinen Bibelkenntnissen die
Bibelabschnitte erklärte und respektierten ihn
als ernsthaften und tiefgläubigen Mann. Viele
Kirchenmitglieder bewunderten auch seine
entschiedene und konsequente Lebensweise,
wenn es um staatliche Forderungen und Auf-
lagen ging. Auch der Bürgermeister, es war
inzwischen ein jüngerer Mann, der eine Partei-
schule besucht hatte und in Verwaltungsbe-
langen ausgebildet war, respektierte den
manchmal sehr starrköpfigen Werner Starke.

Auch seine Ehrlichkeit und Berechenbarkeit wurde anerkannt. Ein „Ja" von ihm, blieb auch ein „Ja".

Werner freute sich mit seinem Freund, und dass es ihm offensichtlich so gut ging. Wollte er mit ihm tauschen? Nein, er war mit seinem Leben zufrieden und vor allem dankbar, dass seit geraumer Zeit sein Sohn Wolfram mit seiner Familie mit unter seinem Dach wohnte. Für den April war schon ein Termin in der Stadtverwaltung angemeldet. Werner wollte seinem Sohn das Haus übergeben und ihn als Eigentümer eintragen lassen. Er und Hilde, so war es geplant, hätten lebenslanges Wohnrecht, aber Wolfram bekäme mehr Freiraum, falls er Veränderungen an Haus und Grundstück vornehmen wolle.

Der Geburtstag wurde ein wirklich großartiges Fest, an dem es an nichts fehlte. Das Mittagessen mit Kartoffeln, Klößen, Kroketten, Rinder- und Schweinebraten, Kassler und Entenbraten, mit unterschiedliche Gemüsesorten und Beilagen ließ keine Wünsche offen. Gerhard hatte für feinste Zutaten gesorgt, und so gab es neben Spargel auch Artischocken, Muscheln und unterschiedliche italienische

Weine. Bei angeregten Gesprächen, aber auch gemeinsamen Singens und Betens, verging der Samstag sehr schnell. Wolfram half der Mutter, die vielen Gäste zu bewirten, während Bärbel sich mehr um Wanja kümmerte. Er war zwar lebhaft in all dem Trubel mittendrin dabei, aber Ruhezeiten mussten eingeplant und von Bärbel auch durchgesetzt werden. Sonst wäre der Junge sicher überfordert und überdreht gewesen.

Am 13. Mai bewegte eine Nachrichtenmeldung alle Menschen. Ein türkischer Rechtsextremist hatte auf den Pabst geschossen. Der Attentäter Mehmet Ali Agca wollte Johannes Paul II, den Pabst aus Polen, ermorden. Im Juli wurde er für diesen Anschlag zu einer lebenslangen Freiheitsstrafe verurteilt.

Die Reise nach Ungarn war geplant und nun, am 14. August, sollte es los gehen. Wolfram hatte noch die mögliche Geldsumme für Ungarn eingetauscht. Pro Person gab es maximal 2.240 Forint, also insgesamt 6.720 Forint, die für den Urlaub umgetauscht werden konnten. Der staatlich festgelegte Tagessatz betrug dabei 31 DDR-Mark.

Nach dem Frühstück verließen sie alle das Haus. Bärbel hatte den aufgeregten Jungen an der Hand. Wanja war nur mit einer kurzen Hose, Sandalen und einem dünnen Hemd bekleidet, denn das Thermometer zeigte morgens kurz nach sieben schon 16 Grad. Es sollte noch wärmer werden. Bärbel trug in einer großen Umhängetasche drei Flaschen mit Wasser und die vorbereiteten Brote für unterwegs bei sich. Wolfram mühte sich mit den zwei großen Koffern ab, die zusätzlich mit Lederriemen fest umschlossen waren. Begleitet von den Eltern Werner und Hilde ging es zum Bahnhof. Ein Zug sollte die drei Reisenden nach Dresden zum Hauptbahnhof bringen. Der erste Reiseabschnitt zog sich unendlich lange hin, denn der Zug hielt auf jedem kleinen Haltepunkt, auch einmal umsteigen stand noch bevor. Wanja war erstaunlich folgsam und blieb an der Hand seiner Mutter; so dass der Umstieg in den nächsten Zug ohne Schwierigkeiten gelang. Im Dresdner Hauptbahnhof blieb noch fast eine Stunde Zeit bis zur Einfahrt des „Hungaria", des Direktzuges von Berlin nach Budapest. Vom Berliner Ostbahnhof führte diese Direktverbindung über Dresden, Bad Schandau, Usti nad Labem nach Prag. Von dort ging es nach einem etwas längeren Aufenthalt weiter über Bratislava, nach Budapest. Der lange Zug wurde von einer Diesellok der Baureihe 130 gezogen, denn in der DDR war die Streckkenelektrifizierung noch am wenigsten fortgeschritten. Die schwere sechsachsige Diesellok sowjetischer Bauart erreichte schnell die maximale Reisegeschwindigkeit, und zog die bequemen Reisewagen der Tschechischen Staatsbahn CSD in Richtung Süden. Genau in der Mitte des Zuges, zwischen zwei Erste-Klasse-Wagen, befand sich der Speisewagen. In den Sommermonaten wurden aufgrund der großen Nachfrage noch insgesamt 9 Zweite-Klasse-Wagen angekoppelt. Im hinteren Zugbereich fanden auch Wolfram, Bärbel und Wanja ihre reservierten Plätze. Laut Kursbuch der Deutschen Reichsbahn sollte die Gesamtreisezeit von Berlin bis Budapest knapp über 15 Stunden dauern, aber in der Regel wurden es reichlich 19 Stunden bis zur Ankunft in der ungarischen Metropole. Wolfram hatte in Dresden die Koffer verstaut und saß nun, genauso erwartungsfroh wie sein Sohn, auf dem Fensterplatz im Abteil. Die Reise entlang der Elbe und durch das Elbsandsteingebirge begeisterte Bärbel, die mit ihrem Fotoapparat das beeindruckende Panorama einzufangen versuchte. Prag lag schon unter dem dunklen Nachthimmel, sodass Wanja nichts vom Aufenthalt und dem Lokwechsel in der Moldaustadt mitbekam. Die Einfahrt in Budapest faszinierte die reisende Familie. Was für ein quirliges Treiben war das, auf dem Budapester Bahnhof Nyugati Pályaudvar, dem Westbahnhof. Aussteigen, Koffer abstellen, überprüfen, ob alles aus dem Zug nun auf dem Bahnsteig stand – Wolfram war mitten in diesem Menschengewirr ziemlich nervös. Dann dirigierte er seine Familie in Richtung Ausgang. Diesen Kopfbahnhof im Stadtteil Pest verlassend, stiegen sie in eine Straßenbahn, die die Reisenden zum Budapester Déli Pályaudvar, dem Südbahnhof, bringen würde. Von dort gingen dann die Regionalzüge an den Balaton. Schwitzend aber glücklich saßen eine Stunde später Wolfram, Bärbel und Wanja im Zug nach Süden. Ihr Ziel war Balatonboglár, am Südostufer des Plattensees. Chuong und Hanna, die Freunde aus Westberlin, hatten direkt am Seeufer ein Ferienhaus gemietet und dort schon alles für die Ankunft der Starkes vorbereitet. Die Betten für ihre drei Freunde waren bezogen, und frischer Salat, ungarisches Weißbrot, original luftgetrocknete Salami und ungarischer Hartkäse standen bereit. Eine große Schüssel mit aromatischen Tomaten und den bekannten gelben Spitzpaprika wartete auf das gemeinsame Begrüßungsessen. Chuong holte die Freunde vom Bahnhof ab, und wenig später trafen sie am Urlaubsdomizil ein. Wanja lief durch den Garten an das Ufer des Sees. Feiner Sand lud direkt zum Spielen ein, aber die Mutter holte den Jungen zum Essen auf die Terrasse des Ferienhauses. Die Erwachsenen tranken noch ein Glas Erlauer Rotwein „Egri Bikaver". Schon gegen acht Uhr legten sich Wolfram und Bärbel in ihre Betten, Wanja schlief da schon mehr als 2 Stunden. Die lange Reise hatte sie ermüdet, aber den nächsten Tag würden sie gemeinsam zu neuen Erlebnissen aufbrechen.

Die Urlaubstage am Balaton waren kurzweilig und interessant. Immer wieder gab es Neues zu entdecken. Der grundstückseigene kleine Strandabschnitt erlaubte schon morgens ein kurzes Bad im fast 30 Grad warmen Wasser. Der flache Seebereich, wie überall am Südufer des Balaton, war ideal auch zum Plantschen für Wanja. Der saß einfach gern im Wasser, ausgestattet mit Eimerchen, Schaufel und Sandformen und schichte um sich herum kleine Sandberge auf. Aber nicht nur Baden war angesagt, sondern auch kleinere Touren am Seeufer entlang. Bärbel fand die vielen kleinen Läden interessant, die zum Staunen und Stöbern einluden. In einem kleinen Geschäft entdeckte sie Kinderschuhe, fest und für den nächsten Winter geeignet. In Wanjas Größe waren sie umgerechnet zwar teurer, als zu Hause in Großtrona, aber da war es auch nicht sicher, ob es zum Winterstart welche geben würde. Hanna drängte zum Kauf, denn die Qualität der in Italien hergestellten Schuhe war gut. So erstand Bärbel ein Paar hohe Schnürschuhe in kräftigem blau und ein Paar Stiefel mit Reißverschluss und Pinguin-Applikationen an den Seiten. Wanja war nicht halb so begeistert über seine neuen Schuhe, wie seine Mutter. Er fand die Einkaufstour langweilig und sehnte sich viel mehr an seinen geliebten Strand.

Zum Mittagessen gingen die Freunde mit dem Jungen immer in eine nahe gelegene kleine Gaststätte. Die Auswahl der Speisen war überwältigend groß und zudem extrem preiswert. Außerdem gab es immer frischen Salat mit fruchtig süßen Tomaten und dem bekannten ungarischen Spitzpaprika. Abends notierte Bärbel in einem kleinen Heft, was sie erlebte, vor allem, was es mittags zu essen gab. Ohne die Reihenfolge zu berücksichtigen gab es unter anderem Bográcsgulyás, einen absolut leckeren Kesselgulasch, aber auch Halászlé, eine scharfe Fischsuppe, aus Zander bereitet. Einmal wurde Korhely-Suppe serviert, eine Gulaschsuppe mit Sauerkraut, ein anderes Mal Paprikás Csirke, ein ungarisches Paprikahuhn. Aber auch Bableves wurde probiert, das ist eine absolut leckere Bohnensuppe. Alle Gerichte waren pikant bis scharf mit Paprikapulver gewürzt, und auch Lecsó fehlte nicht, das war ein Gemüsegericht aus Paprika, Zwiebeln und Tomate, besonders angereichert mit den wohlschmeckenden Kolbász, pikanten Paprikawürstchen. Das Kaffeetrinken verlegten die Freunde schon nach dem zweiten Tag in die kleine Gaststätte, denn es gab immer Süßspeisen, Dessert oder auch Eis mit sonnengereiften Früchten. Bärbel schrieb in ihr „Heft der schönen Erlebnisse": Esterházy-Torte, Rétes oder Strudel, Rigó Jancsi, Tortenstück mit Schoko-Sahnecreme, Rakott Palacsinta, Palatschinken, geschichtet mit Marmelade.

An Wanjas Geburtstag saßen die vier Freunde zum Kaffetrinken zusammen. Sie hatten Esterházy-Torte bestellt. Bestehend aus hellgelber Buttercreme zwischen Biskuitböden und mit weißer Zuckerglasur überzogen. Oben verziert mit Schokolade und kandierten Früchten, den Rand mit Krokant bestreut, war sie natürlich eine echte Kalorienbombe, aber der Geschmack war einfach köstlich. Am Nachbartisch saß eine Gruppe junger Leute, die sich fröhlich unterhielten. Wolfram fragte sie, woher sie kämen. „Wir sind eine Jugendgruppe aus Bremen mit unseren Freunden, einer Kirchgemeinde aus Leipzig." Kurzerhand wurden Tische zusammengerückt und bald saßen alle in fröhlicher Runde zusammen. Für Wanja sangen die Jugendlichen ein Lied, was ihn sehr begeisterte: „Die Affen rasen durch den Wald. Der eine macht den andern kalt. Die ganze Affenbande brüllt: Wo ist die Kokosnuss, wo ist die Kokosnuss, wer hat die Kokosnuss geklaut." Noch drei Mal sangen sie gemeinsam das Lied, weil Wanja immer wieder darum bettelte. Nach dem fröhlichen Nachmittag und Abend war das kleine Geburtstagskind sehr müde. Chuong trug ihn die wenigen Meter zum Ferienhaus, und Hanna und Bärbel brachten ihn bald darauf ins Bett.

Wie schnell Zeit verrinnt, ist allgemein bekannt, besonders, wenn es schöne Stunden sind, die wir zusammen mit Freunden verbringen. Zwei erholsame Wochen, gemeinsam verbracht, gingen viel zu schnell zu Ende. Die großen Koffer wurden wieder gepackt. Nur, was war geschehen? Gab es ein Vermehrungswunder? Es passte einfach nicht mehr alles in die eigentlich ziemlich großen Reisekoffer. Nach langem Suchen in den Geschäften im Ort erstand Wolfram einen recht großen olivgrünen Rucksack, der weniger an Strandurlaub als an Waldurlaub und Wandern erinnerte. Nun konnte alles verpackt werden, aber Wolfram musste auf der Rückreise nicht nur die schweren Koffer tragen, sondern zudem auf dem Rücken auch noch einen vollgepackten Rucksack. Bis Budapest war das jedoch kein Problem, weil Chuong und Hanna sie begleiteten. Sie brachten die kleine Familie an den „Hungaria", um danach noch einmal nach Balatonboglár zurückzufahren. Sie würden erst einen Tag später das Ferienhaus verlassen, vorher wollten sie alles reinigen. Ihre Rückreise am nächsten Tag ging dann vom „Flughafen Budapest Liszt Ferenc" nach Berlin, wo sie am frühen Abend ankommen und mit dem eigenen Auto nach Hause in ihre Wohnung fahren wollten.

Der Urlaub mit den Freunden in Ungarn wirkte noch lange nach. Als die vielen Fotos, die Bärbel gemacht hatte, entwickelt und abgeholt waren, saßen Wolfram und seine Familie an einem Sonntag zusammen. Jedes Bild wurde betrachtet und weitergereicht, und immer wieder gaben die Erinnerungen Erlebnisse frei, die vor den inneren Augen nahezu greifbar wurden. Auch Wanja mit seinen fünf Jahren konnte sich an viele kleine Details erinnern, die bei den Erwachsenen längst nicht so präsent waren. Da war die rotbraun getigerte Katze im kleinen Lokal, die um seine Beine strich und kurzerhand auf seinen Stuhl sprang und sich hinter ihm ausstreckte. Sie lag dann und schlief an seinem Rücken, bis sie alle nach dem Essen wieder gingen. Oder die vielen Schmetterlinge, die an einem sonnigen Morgen in dichten Scharen über der Blumenrabatte nahe am Wasser tanzten. Von all dem gab es keine Fotos, aber Wanja verknüpfte die Bilder mit seinen Erinnerungen, die noch ungetrübt und wissbegierig alles aufgenommen hatten, was kaum sonst jemand sah. Auch die vielen

Spatzen, die sich im Garten tummelten, nachdem Wolfram einen großen Blumentopfuntersetzer aufgestellt und täglich mit Wasser gefüllt hatte, und die kleinen flinken Fische, die man vom Steg aus im Wasser beobachten konnte, hatte Wanja innerlich abgespeichert. Es war ein schönes Erinnern an diesem Sonntagnachmittag, mit all den Fotos und den „Weißt du noch…" – Fragen.

Einen Monat später, es war windig und regnerisch, gingen Wolfram und sein Sohn schweigend zum Kindergarten. Wanja platschte durch eine große Regenpfütze. Auch Wolframs Hosenbein hatte eine kräftige Dusche abbekommen, aber der schien das gar nicht zu bemerken. Ihn beschäftigte das Gespräch vom vorigen Abend. Als er nach Hause kam, berichtete Bärbel ihm folgendes: „Am Mittag wollte ich Wanja abholen, aber Schwester Brunhilde bat mich noch in ihr Büro. Am Vormittag gab es in der Kindergartengruppe viel Aufregung, denn Wanja hatte versucht, Spielzeug zuzuteilen. Natürlich war das für die anderen wenig schön, wenn sie ihr Spielgerät aus der Hand gerissen bekamen und stattdessen etwas ganz anderes bekamen.

Laute Proteste und sogar Tränen veranlassten die Gruppenleiterin, einzugreifen und mit Wanja zu sprechen. Das geht nicht, hatte die Erzieherin dem Jungen zu erklären versucht. Jedes Kind darf frei entscheiden, womit es spielen wolle. Wanja konnte oder wollte nicht verstehen, wenn er das Spielen aller ordnete, dann musste das doch auch so geschehen! Die Belehrung blieb erfolglos, und Wanja verschloss sich immer mehr. Nach minutenlangen Belehrungen trat er einfach heftig gegen das Schienbein der Erzieherin, die erschrocken und vor Schmerzen aufschrie. Schwester Brunhilde sah sich genötigt, einzugreifen und den kleinen Rabauken in ihr Büro mitzunehmen. Mir wurde das berichtet mit der Bitte, auf Wanja einzuwirken, damit sich keine solchen Ausbrüche wiederholen." Lange hatten Bärbel und Wolfram über ihren Sohn gesprochen und darüber, wie seine Energie in positive Bahnen gelenkt werden könnte.

Darüber, und was denn wirklich sinnvoll in der Erziehung des Jungen sei, dachte Wolfram auf dem Weg zum Kindergarten nach. Er hatte keine Antworten auf seine Fragen, aber er war inzwischen auch nicht mehr in Sorge, dass sich sein Sohn zu einem unbeherrschten Jungen entwickeln würde.

Im Dezember bekamen Wolfram und Bärbel einen Brief aus Bulgarien. Wanja Kessler und seine Frau Christina hatten aus Sofia geschrieben, nachdem sie im November an die dortige US-amerikanische Botschaft versetzt wurde. In Polen hatte es politische Veränderungen gegeben, die eine Umgestaltung der Botschaft im Bereich der Geheimdienste nach sich zog. Um die höhere Anzahl der Geheimdienstmitarbeiter zu verbergen, wurden zivile Angestellte zahlenmäßig reduziert. So kamen Wanja und Christina nach Sofia. Die Situation in Polen hatte sich verändert, als im Oktober die PVAP – Führung auf Konfrontationskurs zum Parteichef Stanislaw Kania ging, ihn schließlich absetzte und durch General Wojciech Jaruzelski ersetzte. Anfang Dezember übernahm das Militär die Macht im Land und Jaruzelski verkündete den Kriegszustand.

Wanja und Christina Kessler luden ihre Freunde im Brief ein, sie im Sommer des kommenden Jahres zu besuchen. Die Kesslers hatten sich privat eine Wohnung in der Hauptstadt angemietet, und wünschten sich nun einen gemeinsamen Sommerurlaub in Bulgarien. „Wir würden Euch so gerne wiedersehen. Die letzten Jahre waren für uns besonders arbeitsintensiv, aber jetzt scheint alles etwas lockerer zu werden. Wir konnten uns ja so lange nicht persönlich begegnen. Von dem Patenjungen besitzen wir zwar viele Fotos, haben ihn aber nicht aufwachsen sehen. Er wird ja im nächsten Jahr die Schule beginnen, und vielleicht können wir die Zeit vorher noch gemeinsam nutzen und gleichzeitig Bulgarien kennenzulernen. Ihr müsst Euch um nichts Sorgen machen, die Wohnung ist sehr groß und bietet Platz für uns alle. Für Rundfahrten und Ausflüge reicht der Dienstwagen, übrigens ein deutsches Fabrikat, aber aus dem anderen Teil, aus Stuttgart. Überlegt es euch gut, und kommt im Sommer zu uns! Wir lieben und umarme Euch alle drei, Eure Wanja und Christina." Wolfram und Bärbel hatten Tränen in den Augen, als sie zum widerholten Mal diesen Brief lasen. Auch Werner und Hilde freuten sich mit ihren Kindern über dieses großherzige und liebevolle Angebot.

Nach dem Treffen von Bundeskanzler Schmidt mit dem DDR – Chef Honecker im Dezember am Werbellin- und am Döllnsee hofften die Menschen im Land auf spürbare Erleichterungen. Es wurde spekuliert, dass es wohl auch erleichterte Reisemöglichkeiten geben könnte. Aber auch zu Beginn des Jahres 1982 sah es nicht danach aus. Als dann eine Meldung vom Westfernsehen auch in der DDR publik wurde, kippte bei vielen Menschen die Stimmung um. Mit „Frieden schaffen ohne Waffen", sollte ein Friedensappell die Menschen in Ost und West aufrütteln. Für viele war dieser Aufruf ein Hoffnungszeichen, andere fürchteten dagegen harte Reaktionen des Staates und noch mehr Einengung und Kontrolle. Äußeres Zeichen der nicht staatlich kontrollierten Friedensbewegung war ein zur Redewendung gewordenes Teilzitat aus der Bibel. „Schwerter zu Pflugscharen", Worte aus dem Propheten Micha, Kapitel 4, verbunden mit der vereinfachten Abbildung einer Bronzeskulptur von Jewgeni Wiktorowitsch Wutschetitsch, wurden zum Erkennungszeichen der Friedens- und Abrüstungsbewegung. Die Skulptur, im Dezember 1959 als Geschenk der UdSSR an die UNO übergeben, stand im Garten des UNO-Hauptquartiers in New-York-City.

Anfang April machten sich neue Sorgen eines bevorstehenden bewaffneten Konfliktes breit. Argentinische Soldaten hatten die

Falkland - Inseln besetzt und einen scharfen Protest der britischen Regierung ausgelöst. Der Konflikt schaukelte sich hoch, so dass Margret Thatcher militärisch gegen die Besetzer der Inseln im Südatlantik vorging. Zuvor waren Versuche der USA und Perus gescheitert, im Konflikt zu vermitteln. Der Krieg wurde durch die Kapitulation der argentinischen Militärjunta am 14. Juni beendet und als diese gestürzt war, wurde das demokratische System im südamerikanischen Land wieder hergestellt.

Für Wanja wurde das Osterfest zu einem besonderen Erlebnis. In der Woche des Karfreitag fuhren Wolfram und sein Vater nach Berlin. Die Freunde aus Westberlin hatten gebeten, die Ostergeschenke abzuholen. Chuong kam mit dem Auto schon am Morgen nach Weißensee, um dort Wolfram und dessen Vater zu treffen. Die waren mit dem Lieferwagen der Schreinerei gekommen, weil für die Werkstatt eine Reihe von Beschlägen und Scharnieren für Fenster und Türen zur Abholung in einem Berliner Betrieb bereit lagen. Während Wolfram schon mit seinem Freund zusammentraf, erledigte Werner noch die geschäftlichen Aufgaben. Am Mittag trafen sie sich schließlich in einem Lokal, in das Chuong eingeladen hatte. Während des gemeinsamen Essens gab es viel zu erzählen. Wolfram berichtete von der großzügigen Einladung Wanja Kesslers, nach Sofia zu kommen. Lachend sagte Chuong: „Ich weiß schon alles, denn ich habe lange mit Wanja telefoniert. Wir haben uns abgestimmt und werden mit euch gemeinsam nach Bulgarien fliegen. Wir besorgen die Flugtickets für euch drei und uns, und dann werden wir von eurem Flughafen gemeinsam nach Süden fliegen. Hanna hat schon Einzelheiten erkundet. Wir wollen bei der Interflugvertretung in Westberlin buchen. Geplant ist, wenn ihr einverstanden seid, am Montag, den 9. August, den Flug ab 7 Uhr 35 ab Schönefeld zu buchen. Die Ankunft wird dann 10:45 Uhr sein. Ihr habt aber noch wenigstens einen Monat Zeit, um euch zu entscheiden und euren Urlaub zu planen. Wir haben gedacht, das wäre eine gute Gelegenheit, die Einschulung des kleinen Wanja schon vorab zu feiern, denn ich fliege schon Ende August mit Hanna nach Ho-Chi-Minh-Stadt, dem ehemaligen Saigon. Wir bleiben vier Wochen in Vietnam. Von Wanja Kessler wissen wir, dass er Anfang September für acht

Wochen nach Washington D.C. fliegt. Er wird auf seine neuen dienstlichen Aufgaben vorbereitet, die er anschließend in Bulgarien übernehmen wird. Durch unsere Reisen können wir nicht zum Einschulungsfest zu euch kommen, und deshalb kam diese gemeinsame Urlaubsplanung zustande. Was meinst du dazu? Kannst du dir das vorstellen, uns vier für zwei Wochen zu ertragen?" Chuong lachte laut auf, so dass seine schneeweißen Zähne aufblitzten. Wolfram schüttelte ebenfalls lachend den Kopf und meinte nur: „Na, da muss ich mir ja noch ein dickes Fell anschaffen, um gleich vier fröhliche Optimisten zu ertragen!" Dann notierte er sich in seinen Kalender die nötigen Informationen. Noch heute Abend, gleich nach der Rückkehr nach Großtrona, würde er mit Bärbel alles besprechen, was er gehört und erfahren hatte. „Chuong, wenn du mit Wanja telefonierst, dann grüß ihn sehr herzlich. Ich denke schon dass der geplante Termin bei uns möglich ist."

Viel zu schnell verging die gemeinsame Zeit mit dem Freund. Vor dem Verabschieden wurden noch Pakete aus Chuongs Auto in den Kleintransporter gelegt. Auch ein Fahrrad für den kleinen Wanja war mit dabei. Das sollte dann am Ostersonntag als Geschenk im Garten versteckt werden. Das Rad hatte Hanna kurzerhand gekauft, als sie es im Neckermann-Katalog entdeckte. Es war ein Bonanzarad mit langem Bananensattel und Lehne. Der lange Hirschgeweihlenker hatte auf beiden Außenseiten einen Rückspiegel. An der Lehne des Sattels war ein langer Plastikstab angeschraubt, an dessen Ende ein „Fuchsschwanz" wedelte, das war aber nur ein langes, eingefärbtes Kaninchenfell in Fuchsschwanzoptik. Eine viereckige Lampe, ein großes Rücklicht und Reflektoren in den Speichen der beiden 20-Zoll-Räder, komplettierten das Kinderrad. Die 3-Gang-Nabenschaltung würde den Jungen zusätzlich begeistern. Chuong freute sich mit den Starkes, Vater und Sohn, als diese überrascht die großzügigen Geschenke übernahmen. Auch für Wolfram und Bärbel, aber auch für die Großeltern Werner und Hilde wurden jeweils zwei Päckchen in den Transporter gelegt. Mit einer herzlichen Umarmung und gegenseitigen lieben Grüßen verabschiedeten sich die beiden vom Westberliner Freund, und dann ging es nach Hause. Nach ihrer Ankunft, Wolframs Sohn lag schon schlafend im Bett, wurde erst der Wagen entladen, das Rad in Opas Schuppen gestellt, und dann gab es noch in Großmutter Hildes Küche ein Abendbrot für die Männer und für alle Tee. Ausführlich berichteten diese vom Treffen in Berlin, aber natürlich auch von den Reiseplänen, die sie gemeinsam nach Sofia bringen würden. Bärbel freute sich riesig über die guten Neuigkeiten, äußerte aber auch ihre Unsicherheit. Sie würden mit Wanja das erste Mal fliegen. Wie würde sich das anfühlen, ins Bodenlose abzuheben?

Am Ostersonntag versteckte Wolfram einige bunte Ostereier in drei Nestern im Garten. Dank der liebevollen Gaben von Hanna und Chuong waren auch viele bunte Schokoladeneier, Schaumkringel und kleine Flaschen mit Liebesperlen dabei. Wanja lief aufgeregt über die Wiese und hatte schon bald das erste Osternest im Arm, Er brachte es zu seiner Mutter, aber die schickte ihn wieder auf die Suche, es sei noch mehr da, was er suchen müsse. Als das dritte Osternest gefunden und auf der Gartenbank abgelegt war, wies Wolfram seinen Sohn in den hinteren Gartenteil, in dem Beerensträucher und Obstbäume standen. Kurz darauf ertönte ein Jubelschrei.

Wanja hatte das Rad entdeckt und kam nun mit diesem wieder zur Sitzgruppe im Garten. Nach Ostern dauerte es nur wenige Tage, bis der Junge mit seinem neuen Rad klar kam, auch wenn der Vater in den Tagen vorher kräftig ins Schwitzen kam. Immer wieder musste er seinem Sohn das Radfahren beibringen und ihn stützen, bis die ersten Eigenfahrten schließlich gelangen. Dann war Wanja aber nicht mehr zu halten. Nachmittags war er nun fast täglich mit dem Rad unterwegs, stolz seinen Schatz in der Straße präsentierend.

Gleichzeitig mit der neu gewonnenen Freiheit durch das Radfahren entdeckte Wolfram auch seine Umwelt und damit für ihn Neues und Unbekanntes. Auf dem Friedhof sah er einen Frosch, fing ihn und verstaute ihn in seiner Hosentasche. Am Abend wollte er ihn der Mutter zeigen, aber da lebte der leider nicht mehr. In einer Hosentasche steckte immer auch eine kleine Pillendose. Die hatte er seiner Mutter abgebettelt. In dieser Deckeldose, oben mit einem Blumenmuster verziert, landeten alle interessanten Dinge, die er im Laufe des Nachmittags sammelte. Am Abend leerte er dann seine Schatzdose auf dem Küchentisch aus, um alles zu zeigen und vor allem vom Vater erklären zu lassen. Als einmal eine

Kellerassel und zwei Spinnen über den Tisch wegrennen wollten, verbot die Mutter solche Besichtigungen in ihrer Küche. Seitdem musste Wanja mit seiner Dose und den Vater an der Hand, auf der Fensterbank im Treppenhaus seine „Schätze" ausbreiten. Immer wieder kam es auch zu ungewollten Pannen. Ein Regenwurm, in das Dunkel gesperrt, überstand nicht die Zeit in der trockenen Dose. Halbreife Stachelbeeren waren am Abend ziemlich matschig, als Wanja sie zeigen wollte. Ein Stein, dazwischen zwei rote Feuerwanzen, waren auch keine idealen Nachbarn auf so kleinem und engem Raum.

Wanja nahm mit Kinderaugen seine Welt war. Alles war für ihn interessant, und er versuchte, den Dingen auf seine Weise auf den Grund zu gehen. Zu einem beliebten Wort entwickelte sich das „warum". Alle Fragen, die den Jungen bewegten, veranlassten ihn, noch einmal nachzuhaken. „Und warum …?" wollte er allem genau auf den Grund gehen. Wie aber war einem fast Sechsjährigen zu erklären, warum der Omnibus dunkle Rauchschwaden hinter sich aus dem Auspuff blies, und warum der Friseur mit seiner Haarschneidemaschine die Haare kürzte, ohne das Blut aus den beschnittenen Spitzen tropfte, während jede

andere Wunde unter Umständen ziemlich blu-
tete? Warum hatte die Oma zum Lesen eine
Brille auf der Nase, die dem Opa aber gar
nichts nützte? Er hatte versehentlich die Brille
seiner Frau gegriffen und aufgesetzt, nahm sie
aber sofort wieder von der Nase mit der Bemerkung, damit könne ja keiner etwas sehen.
Warum war die Putzi-Zahncreme rosa und
schmeckte wie Himbeerbrause, aber die Zahn-
creme der Eltern war weiß und brannte auf
der Zunge? Was macht der Wind, wenn er
nicht weht? Warum hatten alle anderen Kinder in der Straße Geschwister, aber er, Wanja,
nicht? Das Warum war manchmal so anstren-
gend, dass Wolfram seinen Sohn aufforderte:
„Nun ist es aber genug…" Nur leider reichte
das nicht aus, denn wie aus einer Pistole geschossen kam wieder „warum denn…?"

Wanja mochte die Abende, wenn er in eine
Decke eingehüllt auf dem Sofa saß und die
Mutter ein Buch zur Hand nahm, um vorzule-
sen. „Herr Fuchs und Frau Elster" war ein
Buch, aus dem er die Dialoge der beiden na-
hezu aus dem Kopf sagen konnte, so oft hatte
er es sich vorlesen lassen. Aber auch von
Alfons Zitterbacke gab es Geschichten, die ihn
oft laut lachen ließen. Sein liebster Teil war der
Band „Alfons Zitterbacke hat wieder Ärger".

Auch das Buch „Die Weihnachtsgans Auguste", das hatten ihm die Eltern zum letzten Weihnachtsfest geschenkt, wurde unabhängig von der Jahreszeit vorgelesen.

Es war am 24. April, als Wolfram und Bärbel voller Spannung vor dem Fernsehgerät saßen. Endlich begann die Sendung, auf die sie gewartet hatten, es war der 27. Eurovisions Song Contest, der aus dem nordenglischen Kurort Harrogate übertragen wurde. Der Austragungsort wurde durch die Vorjahrssieger bestimmt, im letzten Jahr in Dublin gewann die britische Popband „Bucks Fizz". Die Teilnehmer in diesem Jahr kamen aus 18 Ländern, und Deutschland wurde von einer jungen Sängerin vertreten. Mit ihrem Titel „Ein bisschen Frieden" gewann die erst 17jährige Nicole den Wettbewerb.

Endlich August! Wanja hatte die letzten Tage nicht mehr ruhig abwarten können, dass die Zeit vergeht. Seit letzter Woche wusste er, dass nach dem Wochenende die große Reise sein sollte. Immer wieder hatte er nachgefragt, wohin es denn gehen sollte, wer Onkel Wanja und Tante Christina denn nun eigentlich seien, und ob sie wirklich auch alle mit einem richtigen Flugzeug reisen würden. Das allerdings konnte er sich überhaupt nicht vorstellen, denn bisher kannte er nur die wenigen Autos, in der Regel Trabant und ab und zu ein Wartburg, und dann natürlich Fahrräder. Reisen, das wusste er schon, wurden mit einem IKARUS-Bus oder mit der Eisenbahn unternommen. Ein Flugzeug entzog sich seiner Vorstellungskraft. Seine Tanta Hanna hatte ihm kurz vor Reisebeginn eine Postkarte geschickt. Auf dieser Werbekarte der Interflug war ein Flugzeug abgebildet, eine Il 62. Dazu schrieb Hanna: „Unser lieber Wanja, so sieht der Flieger aus, der uns nach Sofia bringen wird. Das wird für dich und uns alle eine spannende Reise. Bis bald, deine Tante Hanna und Onkel Chuong."

Es war endlich Montag, Reisetag und Urlaubsbeginn. Das Flugzeug sollte ab Schönefeld schon 7:35 Uhr starten. Es war vereinbart, Chuong und Hanna kurz nach 6 Uhr in der Abfertigungshalle zu treffen, dann würden sie alle rechtzeitig die Formalitäten erledigen und in die Maschine steigen können. So früh fuhr aber noch kein Zug in Richtung

Berlin, und deshalb hatte Opa Werner ein Taxi für viertel vor fünf bestellt. Der Wartburg stand pünktlich vor der Tür, und der aufgeregte Wanja, und die nicht weniger gespannten Eltern Bärbel und Wolfram stiegen in den Wagen, nachdem die beiden gut verschnürten Koffer verstaut waren. Schon eine dreiviertel Stunde später hielt der Wagen vor dem Eingang der großen Abfertigungshalle des Flugplatzes, die Koffer wurden auf den Gehweg gestellt und wenige Minuten später standen die drei Starkes mit ihrem Gepäck wartend unter der großen Anzeigetafel im Abfertigungsbereich. Es dauerte noch fast 20 Minuten, bis Chuong und Hanna eintrafen. Sie waren mit der S–Bahn angereist und nun begrüßten sich alle herzlich umarmend. Wanja hatte Hannas Hand gegriffen und ging mit ihr durch das große Gebäude. Zum Glück konnte sie fast alle seine vielen Fragen beantworten, denn sie war schon mehrfach geflogen, allerdings von den beiden Westberliner Flughäfen aus. Sie liebte die Ankünfte auf dem Flughafen Berlin-Tempelhof, wenn die Maschinen über der Stadt einschwebten und einen Blick auf Westberlin ermöglichten. Der Zentralflughafen Tempelhof wurde schon 1923 eröffnet und war damit einer der ältesten

Verkehrsflughäfen in Deutschland. Der Flughafen Berlin-Tegel, im Nordwesten Berlins gelegen und 1948 eröffnet, hat keine Bahnanbindung, verfügt aber über 5 Terminals und zwei Start- und Landebahnen. Der Flughafen Berlin-Schönefeld, 20 Kilometer südlich von Berlin, besaß sehr gute Verkehrsanbindungen, Zugfernverkehr und Regionalverkehr, S-Bahn und Busse. Mit einer Start- und Landebahn, 3.600 Metern lang, und insgesamt 4 Terminals war er der wichtigste Flugplatz der DDR. Schon bald nach ihrem Rundgang wurde zum Flug nach Sofia aufgerufen, und eine dreiviertel Stunde später saßen sie auf ihren Plätzen in der IL 62. Charakteristisch für dieses Flugzeug sind übrigens die insgesamt vier am Heck angebrachten Strahltriebwerke. Drei Stunden nach dem Start landete die Maschine in Bulgarien auf den Flughafen Sofia – Vrazhdebna, zehn Kilometer östlich der bulgarischen Hauptstadt. Wanja Kessler war mit dem Auto gekommen, um die Freunde abzuholen. Er wartete vor dem Terminal ARRIVALS. Auch als der Flug aus Berlin mit LANDED angezeigt war, dauerte es noch mehr als eine halbe Stunde, bis die Freunde endlich durch die Automatiktür kamen. Die Wiedersehensfreude war riesig, und das gegenseitige Umarmen dauerte auch noch eine geraume Zeit. Dann endlich fuhren sie in Wanjas Wagen in die Sofioter Innenstadt. Die Wohnung im Stadtteil Knyaschevo mit ihren fast 300 Quadratmetern auf zwei Etagen, verfügte über eine große Terrasse und im Obergeschoss über einen großen Balkon. Es gab einen großen Keller mit Zugang zu den vier Tiefgaragenplätzen. Die gesamte Wohnanlage war durch einen Wach- und Schutzdienst besonders abgesichert. In unmittelbarer Nähe befanden sich zahlreiche Geschäfte des täglichen Bedarfs. Das von Christina und Wanja sehr gern gekaufte Pitka, eine bekannte Brotsorte, und das Pogaca oder Bauernbrot, gab es gleich fünf Häuser weiter.

Endlich konnten alle Wanjas Frau kennenlernen und umarmen. Christina war eine wunderschöne junge Frau mit einem herzlichen gewinnenden Lachen. Sie umarmte die Gäste und zeigte ihnen die vorbereiteten Zimmer in der oberen Etage. „Ich habe euch Getränke und Gläser in die Zimmer gebracht, denn tagsüber ist es ziemlich heiß. Ihr findet alles in euren Zimmern, im Bad und in der separaten Dusche, was ihr benötigt. Wenn ihr wollt, dann kommt in einer Stunde nach unten. Ich bereite das Essen vor, und dann werden wir überlegen, was wir gemeinsam unternehmen wollen." Chuong hatte wie selbstverständlich alles für Wolfram und Bärbel übersetzt. Der kleine Wanja hielt es nicht lange in seinem Zimmer aus, und nachdem er seine Hände gewaschen hatte, lief er eilig die Treppe hinab und genau in die Arme seines Patenonkels Wanja. Der sprach ihn an, aber der Junge verstand kein Wort. Von diesem Augenblick an wich das Kind aber kaum noch von der Seite des liebevollen Amerikaners.

Am Abend des Anreisetages und nach einem ersten Spaziergang in der fremden Stadt saßen die Freunde im geräumigen Wohnzimmer bei einem Glas gut gekühlten Sektes zusammen. Wanja schlief schon, erschöpft von der aufregenden Reise und den vielen neuen Eindrücken in der bulgarischen Metropole. Wanja Kessler kannte einige interessante Fakten zu Sofia, die er in Kurzform weitergab. Sofia, mit seinen 24 Stadtbezirken, wurde inzwischen von einer Million Menschen bewohnt. Die Stadt gehört zu den ältesten in ganz Europa, und blickt auf eine jahrtausendealte wechselvolle Geschichte zurück. Besiedlungen, aber auch Überfälle und Plünderungen, Verwüstungen fast bis zur Ausrottung durch Petschenegen und Kreuzritter, und eine fast 200jährige byzantinische Herrschaft wurden abgelöst von Osmanen, die die Stadt ab 1382 belagerten und Jahre später einnahmen. In dem nachfolgenden halben Jahrtausend wurde unendlich viel gebaut. Nicht nur Moscheen und Paläste entstanden, sondern auch unzählige Badehäuser, Hamams, Schulen und öffentliche Bibliotheken, Karawansereien und viele Armenküchen für die Bevölkerung. Der größte Basar des Balkans wurde aufgebaut, wo weit mehr als 140 Handwerker arbeiteten und Handel trieben. Nach einer wechselvollen Geschichte wurde Sofia im Jahr 1879 zur Hauptstadt des wiedererstandenen bulgarischen Staates. Aber natürlich gab es auch in Bulgarien durch die beiden Weltkrieg unseres Jahrhunderts viel Leid. Die profaschistische Haltung im letzten Krieg wurde durch die Besetzung durch die sowjetische Armee beendet, und im Jahr 1946 rief Georgi Dimitrow die Volksrepublik Bulgarien aus. Interessiert und aufmerksam hatten Wolfram und Bärbel, Chuong und Hanna den Erklärungen Wanjas zugehört. Sie staunten über seine umfassenden Kenntnisse, aber das war wohl auch für seine Arbeit im diplomatischen Dienst nötig.

Alle Urlaubstage waren angefüllt mit interessanten Begegnungen, traumhaft schönen Fahrten und Sehenswürdigkeiten, die niemand vergessen würde. Von den vielen Speisen begeisterte sich Bärbel vor allem für den bekannten Schopska-Salat, der aus Gurken, Tomaten, Paprikaschoten und geriebenem Schafskäse bereitet wurde. Der kleine Wanja mochte eher Baniza, das war ein gefülltes Blätterteig-Gebäck mit Salzlakenkäse und Spinat. Wolfram liebte das im Tontopf bereitete Gjuwetsch. Das war ein Gemüse-Fleisch-Gericht aus Paprika, Tomaten, Auberginen, Zwiebeln, Kartoffeln, grünen Erbsen, grünen Bohnen und Petersilie, und mit zartem Lammfleisch gebacken.

Erstaunt waren Wolfram und Bärbel über ihren Sohn. Er hatte in seinem Patenonkel einen begabten Lehrer gefunden, und so wurde der Urlaub eine intensive und lehrreiche Zeit für den Jungen aus Sachsen, denn der Onkel verstand es, ihm Worte und Redewendungen in seiner Sprache nahezubringen. Erstaunlich schnell lernte Wanja die fremde Sprache kennen, und nach wenigen Tagen wusste er sich auszudrücken und seine Wünsche zu formulieren. Die Eltern waren sich schnell einig, wieder zu Hause, diese Sprachbegabung weiter fördern zu wollen. Sie wussten auch schon, wie das geschehen sollte. Sie wollten Ulla bitten, ihnen Englischunterricht zu geben.

Die Rückreise aus Sofia verlief unkompliziert, aber der Abschied von den Freunden schmerzte alle. Nun waren Wolfram, Bärbel und Wanja wieder in Großtrona. Es blieben noch 12 Tage bis zur Einschulung des Jungen. In den letzten beiden Wochen hatten Wanjas Großeltern schon vieles erledigt, was bedacht und geklärt werden musste. Der Fleischer hatte die Lieferung für die umfangreiche Bestellung zugesagt. Backen wollte Großmutter Hilde selbst, und nur das frische Brot sollte der Bäcker beisteuern.

Bärbel und Wolfram begannen mitten in der Woche wieder ihren Dienst im Ambulatorium. Für Bärbel war gleich der erste Tag eine neue Herausforderung. Der Leiter der medizinischen Einrichtung, ein Internist mit eigener Praxis, bat um ein Gespräch. Dann klärte er die junge Frau über die Neuerungen auf, die ab September die Arbeit straffen und besser koordinieren sollten. Eine Oberschwesternstelle war beschlossen und sollte nun besetzt werden, die alle Schwesterndienste der einzelnen Praxen planen und abstimmen sollte. Dann konnten auch Ausfälle durch Krankheit, Urlaub und Freizeit besser ausgeglichen werden. Als Oberschwester sollte, nach dem Willen aller Ärzte, Bärbel berufen und eingesetzt werden. Allerdings gab es dafür eine Bedingung, die neuen Aufgaben sollten als Vollzeitstelle im Tagdienst erfüllt werden. „Was meinen Sie dazu, Schwester Bärbel? Können Sie sich vorstellen, diese Aufgabe zu übernehmen?" fragte Dr. Kreisler. Das hatte Bärbel allerdings nicht erwartet, schon nach so kurzer Zeit im Ambulatorium eine solche verantwortungsvolle Aufgabe übertragen zu bekommen. Aber was würde aus der Familie? Wanja begann doch gerade jetzt die Schule und es war eine intensivere Betreuung nötig. Wolfram arbeitete inzwischen auch in zwei unterschiedliche Arbeitsrhythmen, und jede zweite Woche hieß das, bis abends 19 Uhr Dienst zu haben. Aber gern wollte sie mit ihm über alles sprechen. Interessant und schön war allerdings die Aufgabe, die sie vielleicht übernehmen würde. Sie versprach dem leitenden Arzt, bis zum nächsten Tag über das Angebot nachzudenken, und ihm dann am Vormittag die Entscheidung mitzuteilen. Am Abend sprach Bärbel über das Gespräch mit Dr. Kreisler und das Angebot, neue leitende Schwester im Ambulatorium zu werden. Spontan stimmte Wolfram zu und ermutigte seine Frau, diese

Chance wahrzunehmen. Wanja würde sich schnell in den Schulrhythmus einfügen, waren sich die Eltern sicher. Nachmittags war dann Oma Hilde im Haus, und der Junge hätte nach dem Unterricht nicht nur sein warmes Mittagessen, sondern auch die Aufsicht für die Hausaufgaben. Gemeinsam sprachen sie noch mit den Großeltern Werner und Hilde, die sich riesig mit freuten, dass Bärbel diese Aufgaben übernehmen könne. So war es am Abend ausgemachte Sache, dass Bärbel am nächsten Tag die Zusage geben sollte.

Mit den neuen Aufgaben erhielt Bärbel auch ein kleines Dienstzimmer im Erdgeschoss des Ambulatoriums. Sie freute sich schon sehr auf die neuen Aufgaben, und die allgemeine Zustimmung der Schwestern des ganzen Hauses war durchweg positiv. Alle freuten sich, dass Bärbel die neue Oberschwester sein würde, denn sie war bekannt und aufgrund ihrer fachlichen Kompetenz sehr geschätzt. Vor allem aber war man sich sicher, in ihr eine ehrliche und faire Vorgesetzte zu haben.

Der Schulstart verlief für Wanja reibungslos. Der Festakt in der Aula und das anschließende Familienfest waren nun schon wieder fast 6 Wochen vorbei. An zwei Nachmittagen in der Woche besuchte er Ulla Schmidtke, um Vokabeln und Grammatik zu lernen. Die Eltern waren inzwischen mit ihr eng befreundet, und wenigsten zwei Mal in der Woche besuchte sie abends die Starkes in ihrem Haus, um den Eltern Wolfram und Bärbel die Grundkenntnisse in Englisch zu vermitteln.

Neben der Schule und den Englischstunden blieb auch immer genügend Zeit, eigenen Interessen nachzugehen. Wanja liebte sein Bonanzarad, und fast bei jedem Wetter drehte er seine Runden im Ort. Großtrona hatte sich in den letzten Jahren zur Kleinstadt gemausert. Nicht nur Einfamilienhäuser, sondern auch eine Straße mit Mehrfamilienhäusern in Plattenbauweise gehörte nun zum Ort. Peter, ein Nachbarsjunge und in der gleichen Klasse wie Wanja, war fest mit ihm befreundet. Die beiden verbrachten fast jeden Nachmittag zusammen. Besonders mochten die beiden, mit den Rädern an den Dorfteich zu fahren. Auch bei Regenwetter gab es reichlich Schutz unter den alten Bäumen. Eine Weide, mit einem dicken Ast über das Wasser geneigt, diente als

Treffpunkt für die Freunde. Dann erklommen sie den Stamm und kletterten vorsichtig auf den Teil des Baumes, der sich über dem Wasser befand. Dort konnte man sitzen und Pläne schmieden, aber auch Hoffnungen und Träumen nachhängen. Ein anderer beliebter Treffpunkt war die alte Eiche. In früheren Jahren war sie das markante Zeichen am Ortsausgang vom damaligen Trona. Inzwischen stand sie auf einer großen Wise, aber umgeben von vielen Siedlungshäusern. Den Baum umschloss eine Rundbank, die beliebter Treffpunkt von jung und alt war. Nach einem Sonntagsspaziergang konnte man dort ausruhen und in der Regel mit irgendjemandem Neuigkeiten austauschen. Der Platz an der Eiche war aber bei Wanja und Peter nicht so beliebt, weil man weniger abgeschieden und unbeobachtet war, als am Teich. Vor einem Jahr wurde das Baden im Teich verboten. In regelmäßigen Abständen um den Teich herum hatte die Stadtverwaltung Verbotsschilder aufstellen lassen. Dafür existierte nun ein Freibad mit fest gemauerten Schwimmbecken, einer großen Liegewiese und öffentlichen Toiletten. Auch ein Bademeister versah seinen Dienst, und der Schulschwimmunterricht konnte dort stattfinden. Der Schwimmunterricht sollte in einem

Jahr, also zum Ende der ersten Klasse, stattfinden, aber Wanja musste sich darum nicht sorgen. Seit dem Urlaub am Balaton konnte er schwimmen, nur den Kopfsprung beherrschte er noch nicht.

Im November meldeten die Nachrichtenagenturen den Tod des sowjetischen Parteichefs Leonid Breschnew. Die Menschen erinnerten sich noch an die Bilder, als drei Jahre zuvor der Kreml-Chef als Staatsgast in der DDR weilte. Er wurde damals zur 30-Jahr-Feier von Honecker mit Bruderkuss begrüßt. Im Land fand damals anlässlich dieses Jubiläums die größte Militärparade statt, und sehr zur Verwunderung in Ost und West verkündete der sowjetische Parteichef Breschnew den einseitigen Abzug russischer Truppen und Panzer aus Ostdeutschland. Nun war er tot, und als zwei Tage später Jurij Andropow, er war seit 1967 der Leiter des KGB, des In- und Auslandsgeheimdienstes, zum Vorsitzenden der KPdSU bestimmt wurde, blieb die Unsicherheit, ob es Abrüstungsverhandlungen geben würde.

Nun war wieder Weihnachten. Aus Berlin kam ein Paket von Chuong und Hanna, die in einem ausführlichen Brief von der Reise nach Vietnam berichteten. Wolfram freute sich riesig über eine Tastatur, die am Fernsehgerät angeschlossen, als Computer arbeiten konnte. Auf der Verpackung stand „C 64". Natürlich steckte Wolfram das dafür vorgesehen Kabel in eine Buchse an der Rückfront des Fernsehgerätes, aber viel mehr als das war ihm nicht möglich. Er wusste nichts damit anzufangen, und erst nach dem ausführlichen Studium des beigefügten Handbuches wagte er erste zaghafte Schritte in die unbekannte Welt der Computer. Zu diesem Zeitpunkt, am Weihnachtsfest 1982, konnten sich die jungen Starkes noch nicht vorstellen, wie rasant die Entwicklung der Computertechnik voranschreiten würde, und dass Wanjas Welt ganz selbstverständlich von diesen Dingen geprägt sein würde.

Das neue Jahr begann für Bärbel sehr erfolgreich. Die neue Oberschwesternstelle hatte sich in den zurückliegenden Herbstmonaten sehr bewährt. Bärbel bekam durchweg positive Beurteilungen ihrer Arbeit, und als sie mit dem Kreisgesundheitsamt einen Vorschlag unterbreitete, wurde er nun ab Januar in der Praxis eingeführt und umgesetzt. Bärbel hatte angeregt, eine Gesundheitsakademie zur Weiterbildung der Schwestern zu gründen. Besonders in den Schwerpunkten der Gerontologie und der Kinderheilkunde sollten Lehrgänge und Seminare die Arbeit des Pflegepersonals qualitativ verbessern. In beiden Bereichen gab es noch zu viele Defizite zu den Vorgaben, die das Gesundheitsministerium unter Leitung des Ministers Ludwig Mecklinger in Berlin erlassen hatte. Die Familienstrukturen hatten sich in den letzten Jahren deutlich verändert, und eine bessere Betreuung der älteren Generation wurde nötig. Die Frauen im Land waren inzwischen ja fast alle berufstätig, und die ehemals übliche individuelle Betreuung der alten und pflegebedürftigen Familienangehörigen in den Familien konnte im Alltag nicht mehr gewährleistet werden. Nun waren besondere Betreuungseinrichtungen erforderlich, und erste Pflegeheime für Rentner wurden eingerichtet. Aber es fehlte die fachliche Anleitung für das Pflegepersonal. Diese Lücke in der Qualifizierung sollte nun geschlossen werden. Bärbel hatte in der Aufbauphase viel mehr Arbeit zu leisten, als in ihrer Vollzeitanstellung möglich gewesen wäre. Sie drängte darauf, eine kompetente Mitarbeiterin an die Seite zu bekommen. Als ihr ärztlicher Direktor zustimmte und auch aus dem Kreisgesundheitsamt das Einverständnis signalisiert wurde, bestand Bärbel auf der Einstellung von Ulla Schmidtke. Nur wenige Tage später kam die Ablehnung, aber Bärbel war nicht gewillt, in dieser Frage nachzugeben. So stellte sie ihren Chefarzt ultimativ vor die Wahl, entweder beide oder keine. Die Zustimmung kam einen Tag später, und so konnte Ulla ihre neue Stelle antreten und mit Bärbel an den Aufbau der Akademie gehen.

Im Frühjahr regnete es oft und reichlich. Wanja musste an vielen Tagen sein geliebtes Rad im Schuppen stehen lassen und zu Hause spielen. Nach den Hausaufgaben, beaufsichtigt und kontrolliert von seiner Großmutter Hilde, wusste er sich aber gut zu beschäftigen. Er hatte seit Weihnachten eine neue Leidenschaft entdeckt. Chuong und Hanna hatten ihm zwei neue Legespiele geschenkt. Wanja begriff sehr schnell, dass er die Vielzahl gestanzter Teile zuordnen müsse, um schließlich ein fertiges Bild vor sich zu haben. Auf dem

Karton des einen Spieles war der „Tower of London" zu sehen. Das Bild dieses mittelalterlichen Gebäudekomplexes bestand aus 1.000 Einzelteilen, die Wanjas Geduld und seine Beobachtungsgabe herausforderten. Eine Ecke des Kartons zierte ein blaues Dreieck mit dem Schriftzug „Ravensburger". Das andere Legespiel bestand ebenfalls aus 1.000 Einzelteilen und sollte nach der Fertigstellung das indische „Taj Mahal" zeigen. Die Darstellung dieses indischen Mausoleums, in Agra im indischen Bundesstaat Uttar Pradesch errichtet, war schwieriger zusammenzufügen, weil größere Flächen des weißen Gebäudes kaum zu unterscheiden waren. Wanja musste auf die feinen Unterschiede der Stanzungen achten, um alles richtig zuzuordnen. In seinem Zimmer hatte der Vater extra einen Klapptisch aufgestellt, auf dem die Einzelteile und natürlich auch die Bildfragmente lagen. Wanja erwies sich als geduldig und gut beobachtend, so dass die Bilder immer mehr sichtbar wurden.

Im April fuhren Wolfram und seine Familie, gemeinsam mit den Großeltern Hilde und Werner, nach Eisenach. Wolfram hatte sich den Wartburg seines Freundes geliehen.

Anlässlich des 500. Geburtstages von Martin Luther wurde die restaurierte Wartburg wieder eröffnet. Die Burganlage, durch Artillerie-Beschuss im April 1945 beschädigt, war wieder aufgebaut, aber die bekannte Waffensammlung der Rüstkammer, von der Roten Armee beschlagnahmt und in die Sowjetunion überführt, blieb verschwunden. Wanja war begeistert von der Burganlage, vor allem aber, dass er auf einem Esel den Berg hinauf in den Schlosshof reiten durfte. Er lauschte aufmerksam den Erzählungen des Großvaters, denn der wusste spannend von Begebenheiten und Ereignissen in den Räumen zu berichten. Da ging es um den Sängerkrieg, die Sammlung mittelhochdeutscher Sangspruchgedichte, aber auch um das Wirken der Landgräfin Elisabeth von Thüringen, der ungarischen Königstochter. Als ihr Gemahl bei einem Kreuzzug ums Leben kam, widmete sich Elisabeth ganz dem Dienst an Armen und Kranken. Zwei Jahre lang lebte der Reformator Martin Luther als Junker Jörg auf der Burg versteckt, und übersetzte in dieser Zeit das Neue Testament, den zweiten Teil der Bibel. In Luthers spartanisch eingerichtetem Quartier, einer kleinen Stube über dem ersten Burghof, zeigte der Großvater auf einen dunklen Fleck an der Holzwand.

Hier sei das Tintenfass aufgeschlagen, das Luther nach dem Teufel geworfen hatte, als der ihn vom Übersetzen der Bibel abhalten wollte.

Nach diesem ereignisreichen Apriltag fuhren die Starkes zufrieden aber müde wieder nach Hause. Wanja schlief während der Fahrt zwischen Großmutter und Mutter auf der Rückbank ein. Zuhause trug ihn der Vater in sein Zimmer, die Mutter legte ihn wenig später zur Ruhe in sein Bett. Von all dem bekam der müde Wanja kaum etwas mit.

Der Sommer begann heiß und trocken. Schon einige Tage später schrieben die Zeitungen von „Affenhitze" und „Tropenhitze". Über 40 Tage lang blieben die Temperaturen sehr hoch. Während es in den sonnenverwöhnten südlichen Ländern vergleichsweise kühl und regnerisch blieb, lag Deutschland, damit eben auch die DDR, unter stabilem Hochdruckeinfluss. Die Bauern fürchteten um ihre Ernte. In der Magdeburger Börde waren die Kartoffeln, sonst faustgroß, nur so groß wie Murmeln. Auch die Zuckerrüben blieben extrem klein, wiesen aber einen viel höheren Zuckergehalt auf. Viehzucht und Milchwirtschaft waren betroffen, denn es wuchs kaum

Gras. Äpfel und Pflaumen schrumpelten und fielen unreif von den Bäumen. Flaschenbrause gab es schon in der zweiten Hitzewoche nicht mehr in Großtrona, aber die Menschen wussten sich mit kaltem Pfefferminztee zu helfen. Das Freibad im Ort war jeden Tag gut besucht, zumal die Kinder Schulferien hatten. Auch im Teich am Ortsrand tummelten sich vor allem Jugendliche, die Verbotsschilder ignorierend, aber niemand schritt ein. Es war einfach zu heiß.

Ein Ereignis im Westen Deutschlands schaffte es aber nicht in die DDR-Presse. Im Baden-Württembergischen Radolfzell am Bodensee verschwand ein Gewässer aus der Geographie. Der Litzelsee beim Ortsteil Markelfingen, ein Jahr zuvor als Naturschutzgebiet ausgewiesen, versickerte.

Im Februar des Jahres 1984 starb Jurij Andropow nach nur 15 Monaten im Amt als sowjetischer Staats- und Parteichef. Konstantin Tschernenko als Nachfolger bestimmt, würde auch nur eine kurze Amtszeit haben. Vorsichtige Annäherungen in den deutsch-deutschen Beziehungen scheiterten an der harten Haltung Ostberlins. Die Nichte des

Ministerpräsidenten Willi Stoph nutzte einen Aufenthalt in Prag zur Flucht in die BRD-Botschaft. Von dort reiste sie schließlich im März in den Westen aus. Ihr Beispiel machte Schule und wenige Tage später saßen 35 DDR-Bürger in der Prager Botschaft. Die ständige Vertretung der Bundesrepublik in Ostberlin musste vorläufig geschlossen werden, weil 50 Menschen Zuflucht gesucht hatten. Es wurde immer deutlicher, dass die Menschen in der DDR nicht mehr an verbessernde Änderungen glaubten, und immer mehr Ausreiseanträge belasteten das Verhältnis zur Bundesrepublik. Ein für September geplanter Besuch Honeckers im Westen wurde kurzfristig abgesagt.

Im August feierte Wanja seinen 8. Geburtstag. Die Mutter hatte seinen Lieblingskuchen gebacken, eine Marmeladenrolle. Bei den Backvorbereitungen half Wanja gern mit, denn immer wieder konnte er Löffel ablecken oder die Schüssel mit seinem Zeigefinger auswischen und die Köstlichkeiten probieren. Er kannte inzwischen auch die Zutaten, und so legte er die vier Eier bereit, stellte das große Honigglas auf den Küchentisch und nahm die gläserne Mehlschütte aus dem Fach des Küchenschrankes. Mutter nahm aus einer Porzellandose noch ein Tütchen Vanillezucker, den schickte immer Tante Hanna aus Berlin, denn regelmäßig kamen Pakete von ihr und Onkel Chuong und sorgten für Nachschub der begehrten Backzutaten. Zuerst trennte die Mutter die Eier, und Wanja begann mit einem Handrührgerät die vier Eiweiß zu Schnee zu schlagen. Inzwischen verrührte Mutter die Eigelb mit 200 Gramm Honig, den sie beim Imker im Ort erstanden hatte, um gleich noch 125 Gramm Mehl und eine Messerspitze Natron einzuarbeiten. Dann hob sie den Eischnee unter den Teig und verstrich die Masse auf dem Backblech. Es dauerte nur 20 Minuten, bis die Teigplatte fertig gebacken auf dem bemehlten Küchentisch gelegt, mit Erdbeerkonfitüre bestrichen und noch warm aufgerollt wurde. Zum Abschluss durfte Wanja die Marmeladenrolle dick mit Puderzucker bestreuen. Wanjas Schulfreund Peter, aber auch Sabine, Monika, Wolfgang und Karsten aus seiner Klasse kamen zur Feier an diesem Sonnabendnachmittag. Auch Ulla, die Freundin der Eltern und seine Englischlehrerin, und die Großeltern saßen mit am Kaffeetisch. Danach gingen alle in den Garten. In einem großen Vierecke waren Wäscheleinen gespannt und mit kleinen Geschenken und Süßigkeiten behängt. Wanja war der erste, dem die Augen verbunden wurden, und der dann nach den begehrten Süßigkeiten greifen durfte. Es war gar nicht so einfach, die Orientierung zu behalten und vor allem eines der begehrten Geschenke zu ergreifen, denn der Vater drückte die Leinen immer wieder ein Stück nach oben. Im Leinenviereck angebunden gab es kleine Nuckelflaschen mit Liebesperlen, runde und in Zellophan eingewickelte bunte Lutscher, braune Lutscher, mit denen man pfeifen konnte, weil sie an der Spitze ein entsprechendes Mundstück hatten, Schokoladenmarienkäfer, lange Zuckerstangen mit ringsum verlaufenden roten Streifen und große, dicke Sahnebonbons. Wer dann etwas in der Hand hielt, machte Platz für den Nächsten, der nun sein Glück versuchte. Wanjas Schulfreunde konnten so, wie auch er selbst, fünf Mal ihr Glück versuchen. Die Kinder hatten großen Spaß beim Ergreifen der begehrten Sachen, und spielend verging dieser Samstagnachmittag sehr schnell.

Ein gutes halbes Jahr nach Wanjas Geburtstage gab es 1.980 Kilometer weiter östlich in der Hauptstadt der UdSSR eine Veränderungen, die sich auch auf Wanjas Leben auswirken würde. Im März 1985 starb in Moskau der sowjetischen Partei- und Staatschefs Tschernenko. Sein Nachfolger als Generalsekretär des Zentralkomitees der Kommunistischen Partei der Sowjetunion wurde der aus dem Nordkaukasus stammende 53jährige Michail Gorbatschow. Er war der nun neue starke Mann im Ostblock.

Über ein Jahr später hatte es in der Familie kaum Veränderungen gegeben. Der Großvater Werner war seit März im Ruhestand und nahm sich nun viel mehr Zeit für Verschönerungen am Haus und im Garten. Er liebte es, mit seinem Enkel am Moped zu schrauben, und wenn sie gemeinsam in der Werkstatt verschwanden, musste Großmutter Hilde mehrfach rufen, um sie zum Essen zu bitten. In der Werkstatt hatten Großvater und Wanja für Ordnung gesorgt. Zunächst verstärkten sie die Werkbank mit einer stabilen Holzplatte. Auf der linken Seite wurde ein Schraubstock befestigt und auf dem rechten Bankabschnitt hatte eine fest verschraubte Ständerbormaschine ihren Platz gefunden. An der Wand hinter der Werkbank befanden sich zahlreiche Halterungen, Haken und lange Nägel. Alle Werkzeuge, mit Bohrungen zum Aufhängen versehen, hingen nun griffbereit über der Werkbank. Wanja hatte noch die Idee, die Werkzeuggriffe mit roter Lackfarbe anzumalen. Auch wenn der Großvater den Sinn dafür nicht zu erkennen vermochte, ließ er seinem Enkel für diese Aktion freie Hand. Jeden Freitag wurde die Werkstatt gefegt und so für Ordnung und Sauberkeit gesorgt. Wanja war bei all dem mit Eifer dabei und entwickelte immer neue Ideen und machte dem Großvater Vorschläge, was als Nächstes zu verbessern sei. Er war handwerklich begabt, konnte gut mit Hammer und Schraubenschlüssel umgehen, vor allem aber war er an Neuem interessiert. Mit Interesse blätterte er immer bei Großvater in den Zeitschriften „practic", die der per Postbezug jeden zweiten Monat in den Briefkasten gesteckt bekam. Diese Bastel- und Heimwerkerzeitschrift gab Hinweise und Anleitungen zu Reparaturen, Neuanfertigungen und Verbesserungen, die den gesamten Lebensbereich abdeckten. Manche kuriose

Anleitung regte eher zum Lachen als zum Nachbau an.

Genauso intensiv wie den Werkstattstunden mit dem Großvater, widmete er sich seinem Englischunterricht mit Tante Ulla. Auch das Lesen bereitete ihm großes Vergnügen, und die Alexandre-Dumas-Bücher, die er zur Zeit nahezu verschlang, regten seine Fantasie zusätzlich an.

Weltpolitisch hatte sich vieles ereignet, was die Menschen in Ost und West bewegte. Am 28. Januar 1986 brach kurz nach dem Start die Raumfähre Challenger auseinander. Alle sieben Besatzungsmitglieder starben bei diesem größten Unglück in der Raumfahrtgeschichte der USA.

Während des XXVII. Parteitages der KPdSU im Februar kündigte Gorbatschow radikale Reformen in der Wirtschaft an. Auf dem 11. Parteitag der SED, vier Monate vor Wanjas 10. Geburtstag, sprach Gorbatschow zu den Delegierten in Berlin und forderte sie auf, Selbstkritik zu üben.

Nur wenige Tage später kam es zur größten Nuklearkatastrophe in Tschernobyl, nahe der ukrainischen Stadt Prypjat. Am 26. April explodierte der Reaktor in Block 4, und es kam zu einem verheerenden Brand. Große Mengen radioaktiver Materie wurden freigesetzt, und in einer radioaktiven Wolke zum Teil hunderte und sogar tausende Kilometer weit getragen. Der radioaktive Niederschlag betraf deshalb nicht nur die Region nordöstlich von Tschernobyl, sondern auch viele Länder in Europa. Erst 3 Tage später sprachen die sowjetischen Behörden von einer Katastrophe mit zwei Todesopfern. Nun berichteten auch internationale Medien ausführlich über den Unfall, verfügten aber weder über Bild- noch Filmmaterial vom Unglücksort. US-Militärsatelliten lieferten Aufnahmen und Informationen, die allerdings der Öffentlichkeit vorenthalten wurden. Im Gegensatz zur Information in der Bundesrepublik wurde in der DDR versucht, mit unzureichenden und sogar falschen Meldungen die Bevölkerung zu beruhigen. Es wurde nur berichtet, dass bei einer Havarie in Tschernobyl ein Kernreaktor beschädigt wurde. Danach sei den „Betroffenen ... Hilfe erwiesen" worden und es wurden Maßnahmen zur Beseitigung der Schäden ergriffen. Über die freigesetzte Radioaktivität gab es in den ersten Tagen nach der Katastrophe keine Informationen, entsprechende Messwerte wurden erst nach mehreren Tagen veröffentlicht.

Der Start in das neue Schuljahr am 1. September brachte für Wanja einige Neuerungen und zusätzliche Unterrichtsstunden. Ab der 5. Klasse wurde der Fächerkanon um Russisch als erste Fremdsprache, aber auch zusätzlich um die Fächer Geschichte, Geographie und Biologie deutlich erweitert. In der ersten Russischstunde nach den Sommerferien bemerkte die Lehrerin: „Na Wanja, da bringst du wohl die besten Voraussetzungen mit? Vielleicht erweist sich dein Name als gutes Zeichen?" Schon sehr schnell zeigte sich die Begabung des Jungen, neue Sprachen zu erfassen und sich schnell anzueignen. Auch die naturwissenschaftlichen Fächer entsprachen seinen Interessen, und über einen langen Zeitraum hatte Wanja immer eine Lupe in seiner Schulmappe, um krabbelnde Spinnen und anderes Getier genauestens zu betrachten. Leider erwies sich das als schwierig, da diese Kleinstlebewesen immer danach trachteten, schnell zu verschwinden.

Im Dezember 1986 erschütterte ein Flugzeugabsturz beim Flughafen Berlin-Schönefeld die Menschen. Eine Tupolev TU-134 der sowjetischen Aeroflot verunglückte bei Nebel. In der Maschine befanden sich 82 Fluggäste, überwiegend Schüler. Siebzig von ihnen starben, als das Flugzeug vor den Augen der wartenden Eltern abstürzte.

Wanja war ein kluger und wissbegieriger Junge. Mit seinen 10 Jahren konnte er schon sehr gut englisch sprechen und lesen. Ulla lieh ihm regelmäßig englischsprachige Bücher, die er nahezu verschlang. Er liebte es, abends im Bett noch so lange zu lesen, bis ihm die Augen schwer wurden. Eine große Taschenlampe, unter dem Kopfkissen gelagert, musste oftmals das schwindende Abendlicht ersetzen. Auch ein Kochbuch seiner Mutter hatte Wanjas Interesse geweckt. Es stammte noch von ihren Großeltern, und enthielt Rezepte, die fremd und ungewöhnlich wirkten. Wanja fand es spannend, mit der Mutter alte Rezepte auszuprobieren, und so wurden die Sonnabende, gemeinsam kochend, zu besonderen Erlebnissen. Aber nicht alles entsprach dem Geschmack des Jungen, was sie gemeinsam zubereitet hatten. Ein Gericht kippten sie auf dem Komposthaufen aus dem Topf, weil die Kostprobe alles andere als schmackhaft war: es war eine warme Biersuppe.

Kurz vor dem letzten Wochenende im April besuchte Wanja seinen Vater in der Physiotherapiepraxis im Ambulatorium. Die beiden hatten sich zum Dienstschluss verabredet, um noch gemeinsam für das Wochenende einzukaufen, da die Mutter an einem Lehrgang in der Kreisstadt teilnahm. Geduldig saß Wanja im Wartebereich der Abteilung, als der Vater aus einem Behandlungsraum kam und seinen Sohn zu sich bat. Gemeinsam gingen sie in das Zimmer, und dort wies der Vater auf einen etwa gleichaltrigen Jungen, der ihnen in einem Rollstuhl sitzend entgegensah. „Wanja, kannst du bitte Karsten nach Hause fahren? Seine Mutter konnte ihn heute nicht nach der Behandlung abholen. Es ist nicht weit zu seiner Wohnung, und du kannst danach wieder her kommen, um mich abzuholen." Wanja nickte und ergriff die gummiumhüllten Griffe am Rollstuhl. Dann schob er den Jungen aus der Tür, die ihm der Vater geöffnet hatte. Den Flur entlang, ging es zum Ausgang und die Treppe hinab, die seitlich eine rollstuhlgerechte schräge Rampe hatte. Karsten war etwas kleiner als er, und sehr schmächtig. Auf der kurzen Strecke zu dessen Zuhause schwiegen beide. Dort angekommen klingelte Wanja, und als sich in der Tür eine ältere Frau zeigte, übergab er ihr den Rollstuhl, die den Jungen in das Treppenhaus schob und kurz darauf die linke Parterrewohnung betrat. Wanja winkte noch kurz, und dann lief er mit schnellen Schritten zurück zum Ambulatorium. Am Abend, die beiden hatten den Einkauf schon verstaut und saßen nun zu zweit beim Abendessen, wollte Wanja mehr über Karsten wissen. „Vati", fragte er, „was hat Karsten denn für eine Krankheit?" „Er leidet unter einer spastischen Lähmung. Du hast ja gesehen, dass er auf einer Seite das Bein und den Arm nicht so bewegen kann, wie du. Er bekommt von uns Behandlungen, um Folgeschäden zu vermeiden. Seine Wirbelsäule ist nicht gerade, sondern seitlich gekrümmt, und mit unserer Bewegungstherapie wollen wir sie stärken und vor allem die Gelenke beweglich halten und die Lähmung verringern. Radfahren wie du wird er nicht können, auch herumtoben ist kaum möglich. Aber Karsten ist ein pfiffiger und kluger Junge, der sehr gut in der Schule lernt und sich brennend für Astronomie interessiert. Er erzählt gern von Sternen und Galaxien. Wenn du Lust hast, besuch ihn doch einfach mal, oder noch besser, komm dienstags zu mir und begleite ihn nach der Behandlung nach Hause. Seine Mutter würde sich bestimmt darüber freuen, denn sie schafft es oft nicht, ihn pünktlich von der Therapie abzuholen. So, nun musst du erst einmal aufessen, deine Bockwurst ist bestimmt ganz kalt geworden."

Im Mai und Juni kam Wanja regelmäßig dienstags zu seinem Vater, um Karsten nach seiner Behandlung nach Hause zu begleiten. Er kannte inzwischen auch das Zuhause des ein Jahr älteren Jungen. Karsten lebte mit seiner Mutter und der Großmutter in einer geräumigen Erdgeschoßwohnung. Voller Stolz zeigte er seinem neuen Freund sein Zimmer. Wanja staunte über den großen Raum, der mit einem Bett, einem recht großen Kleiderschrank und halbhohen Regalen ausgestattet war. Karsten besaß eine große Anzahl Bücher, mindestens doppelt so viele, wie Wanja. Die Zimmerdecke war dunkelblau gestrichen, und überall mit Sternen bemalt. „Wanja, komm her und setz dich auf das Bett. So, nun lass dich nach hinten fallen und sieh nach oben. Das ist unsere Milchstraße und du kannst jetzt gut die einzelnen Himmelskörper sehen. Und da in der Ecke, da hängt ein Raumschiffmodell der sowjetischen Wostok-1-Kapsel. Das hat mir Mama geschenkt und auch selbst zusammengebaut. Da hat sie viele Abende dran gesessen." Wanja war von dem Anblick fasziniert, und lange lag er schweigend neben Karsten auf dem Bett, mit den Blicken immer wieder die Zimmerdecke streifend. „Und wer hat das alles gemalt, ich meine, die Sterne da oben? Auch deine Mutti?" Nein", lachte Karsten auf, „Das war Herr Schröder, na du weißt schon, der Astronomie- und Geschichtslehrer aus unserer Schule. Ich war im letzten Jahr fast zwei Monate im Krankenhaus, und da haben Mutti, Herr Schröder und der Kai vom Malermeister Kunze alles geplant und dann auch so bemalt. Ich war ja total überrascht, als ich nach Hause kam und alles sah. Ich hab mich so darüber gefreut, dass ich sogar ein bisschen weinen musste. Als Oma kurz vor Weihnachten im Westen war, die hat noch eine Schwester in Kassel, hat sie mir ein Fernrohr mitgebracht. Mach mal die linke Schranktür auf, da steht es." Wolfram verließ schnell das Bett und öffnete die Tür. Da stand auf einem dreibeinigen Stativ ein langes weißes Rohr. Wanja ergriff es und stellte es in die Mitte des Zimmers. Er richtete die drei Stativstreben so aus, dass alles stabil stand. Dann sah er durch die 6 Zentimeter große Öffnung, aber die Zimmerecke, in die das Rohr zeigte, verschwamm vor den Augen nur zur blauen Fläche. Er setzte sich wieder auf das Bett neben Karsten, und der erklärte nun das faszinierende Rohr. „Das ist ein Linsenfernrohr mit einer Brennweite von 90 Zentimetern. Wenn es dunkel ist, kann man von der Terrasse aus den Himmel beobachten. Die Krater und Rillen auf dem Mond habe ich schon mehrmals lange angesehen. Aber auch die Planeten sind toll. Ich habe die Phasengestalt der Venus und die Wolken des Jupiter gesehen, und Sterne, Galaxien und Nebel der Milchstraße betrachtet. Ich schreibe immer alles in mein kleines Heft, um das dann irgendwann wieder zu suchen und anzusehen. Frag doch bei dir zu Hause, ob du mich mal abends besuchen darfst, dann zeige ich dir den Himmel über Großtrona. Mutti!" rief er laut, und als sie zur Tür hereinkam, fragte er, „darf Wanja mich mal ganz spät besuchen? Ich will ihm den Himmel zeigen." „Da wäre es ja wohl das Beste, wenn er an einem Sonnabend kommt und gleich hier schläft. Dann könntet ihr euch als Sternengucker betätigen. Frag doch mal, ob deine Eltern das erlauben, Wanja." Die beiden Jungen saßen noch lange im Zimmer und blätterten in Büchern und den inzwischen drei Schulheften, die Karsten mit seinen Beobachtungen beschrieben hatte. Auch Wanjas Frage, warum der Himmel denn blau sei, wurde von Karsten ausführlich beantwortet.

Später wieder zuhause berichtete Wanja ausführlich von diesem faszinierenden Zusammensein mit dem Freund. Seine Frage, ob er dort übernachten dürfe, beantworteten die Eltern lächeln und freundlich nickend.

Es war Samstag, der 11. Juli. Laut Vollmond-Kalender, so etwas hatte Karsten natürlich in seinen Unterlagen, war es die Vollmondnacht des Monats. Wanja lief schon am Nachmittag zur Wohnung seines Freundes. Er trug in einem Netz eine Schüssel mit frisch gebratenen Frikadellen, außerdem eine große Papiertüte mit Erdbeeren aus Opas Garten und eine Schachtel Pralinen für Karstens Mutter. Im Jungenzimmer war schon ein Zusatzbett aufgestellt und auf dem großen Schreibtisch lagen Bücher und ein Schreibblock mit mehreren Stiften. Nach dem Abendessen setzten sich die beiden Jungen in die bereitgestellten Gartenstühle auf der Terrasse, und nach Einbruch der Dunkelheit, es war schon recht spät, begann die Abenteuerreise in die Welt der Sterne. Karsten präsentierte als erstes den Mond, der durch die Vergrößerung einige Geheimnisse preisgab. Wanja staunte über die Krater und Linien, die laut der Erklärungen Gräben und Berge waren. Dann stellte Karsten die Sehschärfe auf eine auffällige Wolke in der Milchstraße. Wanja konnte nun unter dem Sternbild Adler sehen, wie aus der vergrößerten Wolke ein Sternenmeer wurde. Für ihn erschloss sich eine neue und beeindruckende Welt, die er so noch nie wahrgenommen hatte. Es war schon weit nach Mitternacht, als Karstens Mutter zum Schlafen mahnte.

Am Morgen wurde Wanja von scharrenden Geräuschen aus dem Schlaf gerissen. Als er die Augen öffnete, sah er Karsten, der erfolglos seinen Rollstuhl neben das Bett ziehen wollte. „Warte, ich helf dir. Wo willst du hin?" „Ich muss ganz dringend aufs Klo." „Na los komm, ich nehme dich auf meinen Rücken und trag dich hin, mit dem Rolli dauert's doch zu lange." Karsten war leicht, und schnell hatte ihn sein Freund auf dem Rücken, und nun lief er zum Bad am Ende des Flures. Die Blase war offensichtlich übervoll, denn plötzlich ergoss sich ein warmer Strahl über den unteren Rücken des Trägers. Karstens Mutter, die inzwischen auch auf dem Flur gekommen war, sah das Unglück und nahm ihren Sohn von Wanjas Rücken. Sie stellte ihn in die Wanne im Bad und rief Wanja, ebenfalls ins Badezimmer zu kommen. Schnell zog sie Karstens nassen Schlafanzug aus und begann ihn, abzuduschen. Wanja stand wenig später ebenfalls nackt in der Wanne, um sich unter der warmen Wasserbrause zu säubern. Nur 20 Minuten später saßen die beiden Jungen am Frühstückstisch und berichteten begeistert von der nächtlichen Sternenbeobachtung.

Bald begannen die Sommerferien. Letzter Schultag war laut Regelung des Volksbildungsministeriums, es wurde seit 1963 von Margot Honecker geleitet, immer der 1. Freitag im Juli. Die großen Ferien, wie allgemein genannt, dauerten vom 6. Juli bis zum 31. August. Für Wanja gab es diesmal keine Ferienreise, die sollte erst in den Herbstferien Mitte Oktober stattfinden. Die Eltern hatten eine Reise nach Oberhof gebucht und dafür nur die

Herbstwoche bekommen. Aber Wanja hatte ohnehin viele Pläne für den Sommer, den er mit Karsten verbringen wollte. Regelmäßig besuchte er seinen Freund, der immer wieder interessante Neuigkeiten aus der Astronomie zu berichten wusste. Wanja hatte einen kleinen Leiterwagen in Opas Schuppen entdeckt. Mit einem dicken Strick band er diesen an sein Fahrrad und fuhr so ausgerüstet zu Karsten. Dort half er seinem Freund, sich in den Wagen zu setzen und schon konnte die gemeinsame Fahrt durch den Ort starten. Karstens Mutter schüttelte nur den Kopf und mahnte zur Achtsamkeit, aber die Jungen ließen sich von ihrem Vorhaben, den Ort zu erkunden, nicht abhalten. So wurde der Sommer in diesem Jahr 1987 für Karsten zu einer unvergesslichen Zeit, mit Abenteuern und Fortbewegungsmöglichkeiten, die er vorher nie gekannt hatte.

Die Zeit der Abenteuer endete im Spätherbst mit einer Entscheidung, die Wanja und Karsten nicht wahrhaben und schon gar nicht verstehen konnten. Im Oktober starb Karstens Oma, und im November war ein Umzug nach Berlin geplant. Karstens Mutter hatte in einer diakonischen Behinderteneinrichtung eine

Arbeit angenommen und die damit verbunde-
ne kleine Wohnung als gute Chance für ihren
Sohn erkannt. Auf dem Gelände der Einrichtung gab es die Möglichkeit, die Schule zu besuchen. Auch die medizinische Versorgung
und therapeutische Möglichkeiten versprachen eine bessere Betreuung. Schweren Her-
zens versprachen sich die beiden Jungen beim
Abschied, regelmäßig zu schreiben und sich so
oft es möglich würde, zu besuchen.

Anfang Dezember atmete die Weltgemein-
schaft auf, denn in Washington D.C. unterzeichneten die wohl mächtigsten Männer der
Welt einen Vertrag, der die Abrüstung ein
Stück realer machte. Der sowjetische Staatschef Michail Gorbatschow und der US-
Präsident Ronald Reagan setzten ihre Namen
unter den INF-Vertrag, Intermediate Range
Nuclear-Forces, und vereinbarten den voll-
ständigen Abbau aller nuklearen Mittelstre-
ckenwaffen.

Zum Weihnachtsfest kamen Chuong und
Hanna aus Westberlin. Sie blieben ein paar
Tage und nutzten die Zeit, um Leipzig und
vor allem Meißen zu sehen. Am Sonntag nach

den Feiertagen fuhren sie gemeinsam mit Wolfram, Bärbel und Wanja in die Stadt der „Blauen Schwerter". Leider war die Besichtigung der Porzellanmanufaktur nicht möglich, aber Albrechtsburg und Dom, weithin sichtbar über der Stadt gelegen, begeisterten alle. Staunend ging Wanja an Chuongs Hand durch den frühgotischen Dom und anschließend durch die Albrechtsburg. Chuong las aus einem Faltblatt einige Daten und Fakten zur Burg. „Gegründet 929 von Arnold von Westfalen, zählt die Albrechtsburg zu den schönsten Profanbauten der Spätgotik. Erwähnenswert ist die große Wendeltreppe an der Hofseite, die aus einem Stein gehauen wurde." Aber auch die Säle mit den reichverzierten Gewölben und Decken beeindruckten die Besucher. Am Ende des Tages, alle waren wieder in Großtrona, saßen die Erwachsenen noch lange zusammen. Es gab so viel zu erzählen, Hoffnungen und Wünsche für das neue Jahr wurden ausgetauscht. Hanna würde liebend gern den Starkes ihr Berlin zeigen, aber das war wohl zu unrealistisch, denn Westreisen wurden nur in Ausnahmefällen und für Verwandtenbesuche gewährt. Wanja schlief schon lange nach diesem abwechslungsreichen Besichtigungstag in Meißen.

Zu Beginn des neuen Jahres änderte Ungarn die Reisebedingungen seiner Bürger, denn die durften ab dem 4. Januar visafrei ins Ausland reisen. Würde es auch in der DDR mehr Reisefreiheit geben, zumal ja Erich Honecker im September des letzten Jahres für fünf Tage in der Bunderepublik war? Die politische und gesellschaftliche Situation in der DDR wurde aber zunehmend angespannter. Immer lauter formierten sich die Proteste im Land. Am 17. Januar wurden bei der traditionellen Gedenkfeier für Rosa Luxemburg und Karl Liebknecht an der Gedenkstätte der Sozialisten mehr als 100 Menschen festgenommen, die in Erinnerung an Rosa Luxemburg „Freiheit für Andersdenkende" forderten. Vier Wochen später gab es in Dresden Festnahmen von Demonstranten, die die Wahrung der Menschenrechte forderten. Noch im gleichen Monat begann die Sowjetunion mit dem Abzug von Mittelstreckenraketen aus der DDR. Armeegeneral Boris Wassiljewitsch Snetkov , Oberkommandierender der Gruppe der Sowjetischen Streitkräfte in Deutschland, GSSD, musste gegen seine Überzeugungen Veränderungen einleiten, die Gorbatschow auf dem 27. Parteitag der KPdSU im Februar vor zwei Jahren angekündigt hatte.

Der Regierungschef verlangte Glasnost (Offenheit) und kündigte Perestroika (Umbau) an.

Als am 10.März in West- und in Ost-Berlin der Spielfilm „Ödipussi" von Victor von Bülow alias Loriot gleichzeitig uraufgeführt wurde, trafen sich die Starkes mit ihren Westberliner Freunden zum gemeinsamen Kinobesuch. Alle übernachteten nach einem gemeinsamen Essen im Hotel am Alexanderplatz. Das war nun durch den Wegfall der Null-Uhr–Grenze möglich, denn Westberliner durften bei Tagesreisen in die DDR, seit dem 1. März auch übernachten.

Wanja war glücklich, denn von seiner Mutter bekam er endlich die heißbegehrte leere Parfümflasche. Hanna hatte ihr vor einigen Monaten eine Flasche Tosca geschenkt, und diesen Duft fand auch Wanja betörend. Als Hommage an die gleichnamige Oper des italienischen Komponisten Giacomo Puccini kreierte das Haus Muelhens GmbH & Co.KG schon zu Beginn der 20er Jahre das Parfüm Tosca. Dieser Damenduft, ein zeitloser Klassiker, zählt noch immer zu den meist verkauften Parfüms der Welt, den inzwischen die Mäurer

& Wirtz GmbH & Co. KG herstellt und vertreibt. Und wer kennt nicht die Werbung „Mit Tosca kam die Zärtlichkeit" aus den 70ern? Wanja hatte oft seiner Mutter zugesehen, wenn sie „Tosca" benutzte. Die kleine Flaschenöffnung verschloss ein Mini-Gummipfropfen. Das war eine kleine graubraune Gummischeibe mit einem Durchmesser von höchstens 5 Millimetern, etwa 2 Millimeter dick. Auf einer flächigen Seite befand sich genau in der Mitte ein kleiner Gummizylinder, der in die Öffnung des Duftflacons gesteckt wurde und so die Flasche verschloss. Erst dann wurde die goldene Verschlusskappe auf die Parfümflasche mit dem mattblauen Etikett gedreht und nun war alles gegen ungewolltes Auslaufen gesichert. Bei Benutzung wurde erst der Schraubverschluss abgedreht, dann mit spitzen Fingern der kleine Gummistöpsel entfernt und anschließend vorsichtig ein Tropfen der duftenden Flüssigkeit auf die hohle Hand geschüttelt. Zuerst wurde mit beiden Händen diese Kostbarkeit in den Handflächen verrieben, dann glitten beide Hände links und rechts das Gesicht und den Hals entlang, bevor sie sich schließlich im Dekolleté wieder trafen. Der feine Duftfilm war immer der krönende Abschluss der Morgentoilette. Sorgsam wurde der kleine Stöpsel wieder in die Flaschenöffnung gedrückt, der Schraubverschluss aufgesetzt und das Duftfläschchen sorgsam geschlossen. Nun war also der tropfenförmige Flacon im Edelsteinschliff leer, und Wanja wollte ihn mit Wasser füllen, um für sich noch einen Hauch des Duftes zu bewahren. Das erwies sich aber als recht schwierig, denn unter den Wasserhahn gehalten, lief das Wasser nur außen entlang, aber nicht hinein. „Vati, warum geht kein Wasser hinein?" „Die Luft kann nicht entweichen, aber ich habe eine Glasspritze mit Nadel, die kannst du zum Füllen nutzen. Sei vorsichtig, dass du dich nicht stichst." Nun gelang, was Wanja so lange Mühe bereitet hatte. Er war zufrieden, und von nun an beträufelte er morgens, wie von der Mutter gesehen, mit ein paar Spritzern aus der Tosca–Flasche seinen Hals und die Brust. Den Geruch nahm wahrscheinlich nur er noch wahr, denn Phantasie verleiht Flügel.

In Wanjas Zimmer stand der Stern-Radiorecorder, den die Eltern vor Jahren gekauft hatten. Der Junge hörte gern Musik, vor allem, wenn er in einem seiner vielen Bücher las. Seit kurzem interessierte er sich für die Musik eines Amerikaners, Michael Jackson. Interessiert hatte er nachgeforscht, wer das sei und bei Chuong und Hanna um Informationen gebeten. Die schickten immer wieder Artikel über den Amerikaner, der inzwischen weltberühmt war. Ein Markenzeichen für dessen Auftritte wurden ein weißer Glitzerhandschuh, sein Griff in den Schritt, weiße Socken und der schwarze Hut. Außerdem hatte er eine besondere Tanz- und Schrittfolge, den sogenannten Moonwalk, der auf den Pantomimen von Jean-Louis Barrault und Marcel Marceau basierte. Am 19. Juni 1988 gab er ein Open-Air-Konzert auf dem Platz der Republik in West-Berlin vor rund 50.000 Besuchern. Jackson sang 18 Titel, 7 davon aus seinem letzten Album „Bad", die anderen aus „Triumph" und „Destiny". In Ostberlin versammelten sich hinter der Mauer viele Jugendliche, die das Konzert hören wollten. Als versucht wurde, das zu unterbinden, kam es zu Ausschreitungen zwischen Jugendlichen und der Volkspolizei. Alles das erfuhr Wanja aus einem Artikel, der wenige Tage später in einem Brief aus Westberlin ankam. Inzwischen hatte Michael Jackson einen Auftritt im Pariser Prinzenparkstadion, danach in Hamburg und

Köln, und nun sollten noch Konzerte in München und Hockenheim folgen.

Anfang Dezember erteilt Honecker auf einer Tagung des Zentralkomitees der SED der sowjetischen Reformpolitik eine Absage. Was das bedeutete, konnte Wanja mit seinen nun 12 Jahren natürlich noch nicht erfassen, aber seine Eltern ahnten, dass die Konflikte im Land, zwischen Staat und Bürgern, zwischen Partei und Volk, zunehmen würden.

Mit durchaus gemischten Gefühlen nahmen Wolfram und Bärbel die Veränderungen wahr, die ihren Sohn mit seinen inzwischen 12 Jahren betrafen. Bisher waren die Aufgaben in der Familie verteilt, und auch Wanja hatte seine kleinen Pflichten zu erfüllen. Seit einigen Wochen registrierten die Eltern eine eigentümliche Faulheit ihres Sohnes. Vereinbarungen wurden von ihm vernachlässigt und in seinem Zimmer hatte eine eigenwillige Unordnung Einzug gehalten. Bärbel nahm wahr, wie oft Wanja nur in seinem Zimmer auf seinem Bett lag und in den Tag hinein träumte. Ihre Bitten, das Zimmer wieder in einen erträglichen Ordnungszustand zu versetzen, blieben ungehört.

Seit kurzem reagierte Wanja sogar unwillig und schrie unbeherrscht „lass mich in Ruhe!" Morgens konnte er sich nicht mehr für ein Kleidungsstück entscheiden, und so lagen bald alle möglichen Pullover und Hemden auf dem Fußboden. Ein Pullover mit großem Brustbild von der Brooklyn Bridg New Yorks, von Onkel Gerhard aus Amerika, war mit Abstand das liebste Kleidungsstück. Er zog das Oberteil täglich an, und jede Waschaktion, die auch dringen nötig war, wurde mit Protesten begleitet. Wanja kam auf die Idee, den Pulli zwischen der frischen Wäsche zu verstecken, um ihn einen Tag später wieder überstreifen zu können. Ruhig versuchte seine Mutter Bärbel, ihn von seinem Verhalten abzubringen. „Wanja, du musst deine Kleidung regelmäßig waschen lassen. Du wirst immer mehr ein Mann, und deshalb riecht auch dein Schweiß strenger, als in deiner Kinderzeit. Wasch dich gut, benutze ein Deo aus der Jugendpflegeserie, die ich dir gekauft habe." „Der Geruch von ACTION ist total doof! Wenn, dann will ich auch TABAC, wie Hannes. Das hat ihm seine Oma aus dem Westen mitgebracht. Du kannst doch mal bei Tanta Hanna fragen, ob sie mir das schicken kann...." „Nein, mein Sohn, ich bettle nicht für dich. Wenn überhaupt, dann schreib du einen Brief! Aber das ACTION - Deo tut es doch auch." Die Diskussionen mit Wanja wurden in den weiteren Wochen immer unerfreulicher und heftiger.

Wie turbulent und weltbewegend das Jahr 1989 werden würde, zeigte sich schon in den ersten Januartagen. Tagelang hatten sich DDR-Bürger in der ständigen Vertretung der BRD aufgehalten, bekamen aber am 11. Januar die Zusage von Straffreiheit und der Bearbeitung ihrer Ausreiseanträge. Eine Woche später verkündete Erich Honecker: „Die Mauer wird in 50 und auch in 100 Jahren noch bestehen bleiben, wenn die dazu vorhandenen Gründe nicht beseitigt werden." Wiederum nur wenige Tage später starb der 20jährige Schlosser Chris Gueffroy bei einem Fluchtversuch an den Grenzanlagen zu Westberlin. Was würde noch alles geschehen? Wie weit würden die Partei und ihr Machtapparat gehen, um das Aufbegehren des eigenen Volkes zu unterbinden? Wolfram und Bärbel versuchten, ihren Sohn aus dem Geschehen im Land herauszuhalten, aber trotzdem ehrlich auf seine Fragen zu reagieren. Wanja hatte aber viele andere

Interessen, vor allem, mit seinem Schulfreund Abenteuer zu suchen. Die beiden waren fast täglich mit ihren Rädern unterwegs, denn der Winter war extrem mild, und es gab keine Eistage. Die Hochdruckwetterlage von Anfang Dezember hielt sich bis Ende Februar, und nirgends gab es Schnee, auch nicht im Erzgebirge oder Harz.

Wolfram und Bärbel sahen nahezu täglich die Nachrichten der Tagesschau. Immer häufiger saß nun auch Wanja mit vor dem Fernsehgerät, und verfolgte interessiert die Berichte und das weltweite Geschehen. Als am 4. Juni vom Blutbad auf dem „Platz des Himmlischen Friedens" in Peking berichtet wurde, fragte er besorgt, ob es auch hier im Land solche gewalttätigen Auseinandersetzungen geben könnte. „Vati, in Berlin gibt es doch auch Demonstrationen. Wird die Polizei dann auch einmal schießen?" Geduldig erklärte Wolfram seinem Sohn, dass die Verhältnisse im Land nicht so kompliziert wie in China seien, aber auch hier hatte es erst kürzlich einen Toten gegeben, als der aus der DDR fliehen wollte. Die direkte Nachbarschaft zur Bundesrepublik, dem anderen deutschen Staat, verhindere vielleicht auch die Waffengewalt gegen Andersdenkende. In Gedanken aber beschäftigte sich Wolfram sehr wohl mit der Möglichkeit eines gewaltsamen Eingreifens der Staatsmacht, denn die Gesamtsituation im Land hatte sich in den letzten Wochen immer mehr aufgeschaukelt.

In den Folgewochen überschlugen sich die Meldungen von Protesten, Veränderungen und ungewissen Situationen. Ein paar Fakten sollen zeigen, wie schnell sich die Lage im Land zuspitzte. Ende Juni zerschnitten der ungarische Außenminister Gyula Horn und sein österreichischer Kollege Alois Mock in einem symbolischen Akt den Stacheldrahtzaun an der gemeinsamen Grenze. Die DDR verzeichnete danach eine enorme Antragswell für Ungarnreisen. Nach einer dringlichen Anfrage lehnte der Staatspräsident der UdSSR am 6. Juli eine Intervention von sowjetischen Truppen zur Abwendung von Unruhen in der DDR ab. Anfang August musste die ständige Vertretung der BRD in Berlin wegen Überfüllung geschlossen werden, denn 130 Ausreisewillige hielten sich dort auf. Nur fünf Tage später schloss die Botschaft in Budapest, denn

180 DDR-Bürger hatten dort Zuflucht gesucht. Wiederum eine knappe Woche später nutzten 900 Menschen anlässlich eines „Paneuropäischen Picknicks" an der ungarischen Grenze die Flucht in die Alpenrepublik. Am 22. August schloss die Botschaft der BRD in Prag, denn dort harrten inzwischen 140 DDR-Bürger aus, auf die Genehmigung zur Ausreise hoffend. Anfang September erlaubte Ungarn ohne Absprache mit der DDR-Führung etwa 30.000 Flüchtigen die Ausreise nach Österreich. Die DDR bezeichnete diese Grenzöffnung als „organisierten Menschenhandel". Wanja nahm mit seinen 13 Jahren diese Situation war, konnte sie aber nicht wirklich einordnen und verstehen.

Die Schule hatte wieder begonnen. Entgegen der Regelung, am 1. September das neue Schuljahr zu beginnen, hatte der Rektor für die Polytechnische Oberschule Großtrona den Schulbeginn für Montag, den 4. September festgelegt. Nun ging es also wieder los, mit frühen Unterrichtsstunden, Fächern, die wenig beliebt waren und einer Disziplin, die den meisten Schülern als Last vorkam. Wanja trug seine Schulmappe unter dem Arm. Die Trageriemen an der Ledermappe hatte er am Wochenende kurzerhand abgeschnitten. Er fühlte sich viel zu sehr erwachsen, um die Mappe noch geschultert zu tragen. Natürlich gab es zu Hause Ärger, denn Mutter kritisierte, dass er die Riemen gleich mehrfach durchgeschnitten hatte, denn sie wären für andere Zwecke noch durchaus brauchbar gewesen. Der Wortwechsel war heftig und laut. „Ich bin doch kein Kind mehr!" hatte Wanja seine Mutter mit hochrotem Kopf angeschrien.

Der erste Schultag nach den Ferien verging recht schnell, denn es wurden nicht nur neue Schulbücher ausgegeben, sondern auch einige Neuerungen besprochen. Dabei ging es in erster Linie um die Jugendweihefeier, die im nächsten Frühjahr stattfinden sollte. Etwa 2/3 der Klasse würde wohl daran teilnehmen, die anderen bereiteten sich auf die Konfirmation vor. „Ich hoffe, alle nehmen an der Jugendweihe teil. Wir streben als Klasse an, das Abzeichen für gutes Wissen mindestens in Silber zu erwerben. Dazu müssen wir aber als sozialistisches Schülerkollektiv geschlossen unseren Auftrag erfüllen und als Kampfreserve der Partei zum Wohle unserer Gesellschaft zusammenstehen. Wir werden noch über verschiedene Aktionen und Vorhaben sprechen, und wie wir uns gemeinsam auf die Prüfung darauf vorbereiten." Nun sollten Vorschläge gemacht werden, wie das Vorhaben in der Praxis durchgeführt würde, aber niemand meldete sich zu Wort. Auch der Gruppenratsvorsitzende der Klasse schwieg, als er nach seinen Ideen gefragt wurde. Der Klassenlehrer beendete enttäuscht über das Desinteresse die Diskussion zum Thema. Eine andere Ankündigung erregte eher das Interesse der Klasse. Noch im September sollte in Biologie ein Gast zum Thema Sexualität sprechen und vor allem Fragen der Schüler beantworten. Da es aber abzusehen war, dass kein Schüler öffentlich eine Frage zum Thema stellen würde, sollte jeder schriftlich ohne Namensnennung auf einen Zettel schreiben, was ihn interessiert. Alle schwiegen zu den Ankündigungen. In der Pause besprachen sich die Mädchen in kleinen Gruppen und notierten einige Fragen. Die Jungen ignorierten das Thema und betonten sich nur gegenseitig, sie wüssten doch sowieso schon alles. In den letzten beiden Deutsch-Schulstunden wurden dann doch noch heimlich Zettel beschrieben und ganz beiläufig nach Schulschluss in den bereitgestellten Karton gesteckt. Der war mit einem Schlitz versehen und an den Seiten verklebt, um das heimliche Stöbern zu verhindern. Die besondere Schulstunde, wenige Tage später, wurde von Dr. Fleischmann, der war Gynäkologe, und Dr. Karl, einem Urologen, geleitet. Zu Beginn der Stunde schwiegen noch alle Schüler ganz betreten, aber bald war das Interesse aller geweckt, denn die beiden Ärzte sprachen offen und klar verständlich über die vielen Fragen, die gesammelt wurden. „Pubertät passiert nicht über Nacht, sondern dauert einige Jahre. Es ist eine schwierige aber auch interessante Zeit, denn nicht nur der Körper verändert sich. In eurem Gehirn werden neue Verbindungen verknüpft, und ihr schießt formlich in die Höhe. Der Begriff kommt übrigens vom lateinischen Wort `pubertas`, was übersetzt Geschlechtsreifung bedeutet. Wirklich jeder kommt in die Pubertät, nur das Tempo wird sich individuell unterscheiden. Die ersten Schamhaare wachsen, bei den Mädchen entwickeln sich die Brüste und bei den Jungen die Hoden und der Penis. So, Herr Lange, sie können nun ihre Klasse verlassen, wir kommen allein gut klar." Als der Klassenlehrer den Raum verlassen hatte, begann Dr. Karl, der Urologe, mit einigen grundsätzlichen Erklärungen und beantwortete dabei abwechselnd mit seinem ärztlichen Kollegen die

Fragen: Warum bekommt man eigentlich Schamhaare? Wie entwickeln sich Brüste, und warum verspüren viele Mädchen oft ein Ziehen dabei? Ab wann sollte man einen Büstenhalter tragen? Ist jeder Penis anders, und warum sind sie unterschiedlich groß und dick? Wie groß muss ein Penis sein, um mit einem Mädchen schlafen zu können? Warum habe ich so viele Pickel im Gesicht? Warum kippt meine Stimme so oft um, und singen kann ich nicht mehr, fragte ein Junge. Was ist die Regel, und ist das gefährlich durch den Blutverlust, wollte ein Mädchen wissen. Wie fühlt sich Verliebtsein richtig an? Die Stunde verging viel zu schnell, und zuletzt hatten alle sehr aufmerksam zugehört. Auch das nervöse Kichern und Flüstern war abgeebbt. Da nicht alle Fragen beantwortet waren versprachen die beiden Ärzte, noch einmal die Klasse zu besuchen. Wanja war auf dem Nachhauseweg nachdenklich und still. Er wusste in der letzten Zeit selbst nicht, was mit ihm los war, wenn er unbeherrscht seine Mutter anschrie, oder einfach nur ohne etwas zu tun auf seinem Bett lungerte und zu nichts Lust hatte. Das also ist die Pubertät, die mich ereilt hat, dachte er. Zuhause verzog er sich schnell in sein

Zimmer, und als die Mutter an die Tür klopfte rief er nur: „Lass mich in Ruhe!"

Inzwischen liefen die umfangreichen Vorbereitungen für den 40. Jahrestag der Gründung der DDR. Geplant war auch eine Militärparade in Berlin, die die Stärke und Macht des Staates demonstrieren sollte. Bei den Feierlichkeiten am 7. Oktober ermahnte der sowjetische Staatschef Gorbatschow die DDR-Führung zu politischen Reformen. Am Rande der Feierlichkeiten demonstrierten zehntausende Menschen für eine demokratische Erneuerung des Sozialismus. Die Volkspolizei und die Stasi reagierten mit Prügelorgien und Massenverhaftungen. Die Montagsdemonstration am 9. Oktober in Leipzig verzeichnete 70.000 Teilnehmer, Zum ersten Mal wurde der Slogan skandiert: „Wir sind das Volk!" Armee-Truppen und Polizeieinheiten wurden in Bereitschaft versetzt, um Honeckers Befehl, schonungslos gegen Demonstranten vorzugehen, umzusetzen, aber die Leipziger SED-Führung verweigerte diesen Befehl. Heftige Machtkämpfe in der SED-Führung zwangen schließlich Erich Honecker zum Rücktritt. Er begründete das mit gesundheitlichen

Problemen und benannte Egon Krenz als Nachfolger. Die ereignisreichen Tage zu schildern, bleibt den Historikern vorbehalten, um keine Details und Zusammenhänge zu vergessen. Mit dem Rücktritt Honeckers sollte wertvolle Zeit gewonnen werden, um neue Wege zu entwickeln und das Scheitern des Sozialismus zu verhindern. Aber nur einen Monat später ereignete sich so Grundlegendes, was dann wirklich den Untergang des Staates einleitete. In Kurzform soll an Fakten und Daten erinnert werden, die sich in das kollektive Gedächtnis tief eingegraben haben.

Die Massenkundgebungen in der Wendezeit mit Forderungen nach Reisefreiheit, aber auch die anhaltende Flucht großer Bevölkerungsteile der DDR in die BRD über das Ausland, veranlasste die tschechoslowakische Führung am 6. November auf diplomatischem Weg gegen die Ausreise von DDR-Bürgern über ihr Land zu protestieren. Daraufhin beschloss das Politbüro des Zentralkomitees der SED am 7. November, eine Regelung für die ständige Ausreise vorzulegen. Am Morgen des 9. November erhielt Oberst Lauter, Hauptabteilungsleiter für Pass- und Meldewesen im Innenministerium, die Aufgabe, ein neues Reisegesetz zu erarbeiten. Der Entwurf wurde vom Politbüro bestätigt und zum Ministerrat weitergeleitet. Im Zentralkomitee beraten und handschriftlich von Egon Krenz abgeändert, wurde das Schriftstück an SED-Politbüromitglied Günter Schabowski übergeben. Auf einer Pressekonferenz mit Schabowski im Presseamt in der Ost-Berliner Mohrenstraße, die über das Fernsehen und im Radio live übertragen wurde, stellte der Korrespondent der italienischen Agentur ANSA, Riccardo Ehrmann, eine Frage zum Reisegesetz. Schabowski antwortete sehr umständlich und ausschweifend, dann sagte er: „Und deshalb haben wir uns dazu entschlossen, heute eine Regelung zu treffen, die es jedem Bürger der DDR möglich macht, über Grenzübergangspunkte der DDR auszureisen." Auf die Zwischenfrage eines Journalisten: „Ab wann tritt das in Kraft? Ab sofort?" antwortete Schabowski dann mit dem Verlesen des ihm von Krenz übergebenen Papiers: „Privatreisen nach dem Ausland können ohne Vorliegen von Voraussetzungen, Reiseanlässe und Verwandtschaftsverhältnisse, beantragt werden. Die Genehmigungen werden kurzfristig erteilt. Die zuständige Abteilung Pass- und Meldewesen der Volkspolizeikreisämter in der DDR sind angewiesen, Visa zur ständigen

Ausreise unverzüglich zu erteilen, ohne dass dafür noch geltende Voraussetzungen für eine ständige Ausreise vorliegen müssen. Ständige Ausreisen können über alle Grenzübergangsstellen der DDR zur BRD erfolgen." Auf die erneute Zwischenfrage eines Reporters „Wann tritt das in Kraft?" antwortete Schabowski um 18:57 Uhr: „Das tritt nach meiner Kenntnis ... ist das sofort, unverzüglich." „Gilt das auch für Berlin-West?" Darauf Schabowski: „Die ständige Ausreise kann über alle Grenzübergangsstellen der DDR zur BRD bzw. zu Berlin-West erfolgen."

Nur wenige Minuten später verbreiteten westliche Rundfunk- und Fernsehsender: „Die Mauer ist offen". Mehrere tausend Ostberliner zogen zu den Grenzübergängen und verlangten die sofortige Öffnung. Um 21.30 sendete RIAS Berlin eine erste Reportage über offene Grenzübergänge.

In den Tagesthemen sagte Hans Joachim Friedrichs um 22:42: „Im Umgang mit Superlativen ist Vorsicht geboten; sie nutzen sich leicht ab. Aber heute Abend darf man einen riskieren: dieser neunte November ist ein historischer Tag. Die DDR hat mitgeteilt, dass ihre Grenzen ab sofort für jedermann geöffnet sind. Die Tore in der Mauer stehen weit offen."

Natürlich gingen die Ereignisse um die Grenzöffnung auch an Wanja nicht spurlos vorüber. Am Tag nach der Grenzöffnung, ein Freitag, kam er aufgeregt aus der Schule nach Hause. „Stellt euch vor, heute fehlten in unserer Klasse 11 Schüler. Kerstin hat gestern noch gesehen, wie aus dem Wohnblock eine ganze Familie mit Koffern im Trabant abgefahren ist. Die sind jetzt sicher im Westen. Na, die werden bestimmt nicht mehr wieder zurück kommen." Zum Wochenbeginn fehlten in der Klasse von Wanja noch immer drei Kinder, über die nun gerätselt wurde, wohin sie im Westen gefahren sein könnten. Im Schulalltag kehrte wieder mehr Normalität ein, nur Kevin hatte sich mit der Klassenlehrerin angelegt, als sie ihn zur Mitarbeit ermahnte. Er hatte zuvor in seinem Heft herumgekritzelt und immer wieder den Satz geschrieben: Stasi an die Wand. Das blieb der Lehrerin nicht verborgen, und als sie ihn zurechtwies und zur Mitarbeit aufforderte, entgegnete er nur patzig: „Sie haben mir nichts mehr zu sagen, sie alte Stasieule." Mit hochrotem Kopf wies sie ihn aus dem Klassenzimmer und kündigte an, die Eltern einzubestellen. Schon einen Tag später sprachen Kinder und Lehrer in der ganzen Schule über diesen Vorfall. Die Meinung darüber war geteilt. Einige beurteilten das Verhalten des Jungen als provokant und frech, andere rieben sich heimlich und voller Schadenfreude die Hände und kürten den Schüler in Gedanken zum Helden. Wanja sprach lange mit dem Vater über das Geschehene. „Vati, was wird denn aus uns allen und der Schule, jetzt nach diesen Veränderungen?" „Schule gibt es in Ost und West, und ein Schulabschluss bleibt immer die Grundvoraussetzung für den Start in das Leben. Vielleicht müssen die Schulbücher und die Lerninhalte verändert werden. Aber du kannst dir sicher sein, Lesen und Deutsch, aber auch Mathematik und die naturwissenschaftlichen Fächer bleiben die Grundlage der Schulbildung." Nachdenklich schwieg der Vater, denn die Situation im Ambulatorium, und damit an seinem Arbeitsplatz, stand ihm vor Augen. Drei Schwestern und eine junge Ärztin waren nicht mehr zum Dienst erschienen, hatten aber dann aus Westdeutschland angerufen und mitgeteilt, sie würden im Westen bleiben. Sie hätten sofort eine Anstellung in einem Krankenhaus bekommen und lebten für eine Übergangszeit in einem Mitarbeiterhaus der Klinik.

Mitte Dezember fuhr Herr Schnabel, der erste Besitzer eines Westautos aus Großtrona, seinen Opel Senator durch die Straßen. Bald war allgemeines Gesprächsthema, zu welchem Preis und wo er das Fahrzeug erstanden hatte. Er bekam Ende November die Mitteilungskarte, sein vorbestellter Wartburg stehe nach 16 Jahren Wartezeit zur Auslieferung bereit. Vor dem Abholtermin war er aber mit einer befreundeten Familie in deren Trabant nach Westdeutschland gefahren. Sie kamen auf ihrer Fahrt von Treffurt in Thüringen nach Eschwege. In dieser Stadt wollten sie nun das „Begrüßungsgeld" abholen. Während der Fahrt zum Rathaus dieser hessischen Stadt sah er einen mit Autos vollgestellten Platz, einen Gebrauchtwagenhandel. Mit seinen 100 DM in der Tasche, schlenderte er bewundernd über den Platz, auf dem die unterschiedlichsten Autos abgestellt waren. Ein Opel Senator faszinierte ihn besonders, und so ging er wieder zurück zum Fahrzeug, um es noch einmal genau zu betrachten. „Na, junger Mann, das wäre doch genau das Richtige für sie, oder?" sprach ihn ein älterer Herr in Anzug an. Dann erklärte der ihm die Motorleistung und Ausstattung, während er schnell ein großes Schild aus dem Fahrerraum nahm und hinter seinem

Rücken zusammenzufalten versuchte. Schnabel hatte aber schon vorher gelesen, was auf dem Schild stand: Unfallwagen, ohne TÜV, 2.200 DM. „Wie wäre es, wenn sie einfach mal eine Probefahrt machen?" Damit drückte er dem Verdutzten die Autoschlüssel in die Hand und hielt ihm die Autotür auf. Schnabel saß nun im Wagen, der für ihn einen ungeahnten Luxus verströmte. Ein kleiner Dreh mit dem Schlüssel im Zündschloss und der Motor sprang an, und bei jedem Antippen des Gaspedals tourte der Motor in höheren Drehzahlen und verhieß großes Fahrvergnügen. Mit einem Schwung knallte der Verkäufer die Wagentür zu und wies mit einer Hand in Richtung Ausgang des Autoplatzes. „Na dann los, probieren sie die kraftvolle Maschine!" Als Schnabel einige Minuten später wieder auf das Gelände fuhr, war ihm die Begeisterung deutlich anzusehen. Er war, immer nach rechts auf der Straße abbiegend, schnell wieder am Ausgangsort angekommen. Als er aus dem Auto ausstieg, hielt ihm der Verkäufer wieder die Tür auf. „Der „Senator" passt perfekt zu ihnen. Wie wär's? Wären sie interessiert?" Schnabel schüttelte leicht den Kopf und sagte: „Das geht nicht. Ich kann das nicht bezahlen, ich besitze doch nur meine 100 DM

Begrüßungsgeld." Der Verkäufer gab sich aber damit nicht zufrieden, sondern hakte nach: „Wir könnten uns vielleicht auch zum reellen Tauschkurs auf Mark einigen." Wieder schüttelte Schnabel den Kopf und erzählte, er hätte nach langem Warten nun einen Abholtermin für einen fabrikneuen Wartburg. Der Verkläufer schüttelte heftig den Kopf: „Wollen sie wirklich noch so ein technisch überholtes Auto kaufen? Mit diesem Opel sind sie doch viel eher auf der Höhe der Zeit." Schnabel wollte aber erst einmal wissen, was die Hinweise „Unfallwagen" und „ohne TÜV" bedeuteten. „"Also es gab einen Blechschaden bei einem Parkrempler, aber der ist wieder perfekt behoben, oder sehen sie noch irgendwo einen Kratzer? Der Vorbesitzer hatte das Fahrzeug abgemeldet, aber das wäre doch für sie kein Problem. Der Wagen ist top in Ordnung, und bei ihnen ist ja ohnehin kein TÜV erforderlich. Ich mach ihnen ein Angebot. Sie zahlen mir den Betrag, den sie für den Wartburg auf den Tisch legen müssten in Mark, und ich überlasse ihnen diesen Opel Senator und als Zugabe noch einen kompletten Satz Winterreifen. Allerdings kann ich mein Angebot nur eine Woche aufrecht halten, denn es gibt noch andere Interessenten für den Wagen." Auf der

Rückfahrt nach Großtrona blieb Schnabel sehr wortkarg. Es gab einiges für ihn zu bedenken, und auch zu Hause fand er kaum Ruhe nach diesem ereignisreichen Tag. Er rechnete immer wieder die unterschiedlichsten Varianten durch. Wenn er seine bereitliegenden 18.000 Mark investieren würde, dann wäre das zu den auf dem Schild stehenden 2.200 DM ein Verhältnis von rund 8 Mark zu 1 DM. Unter der Hand wurde ja in der DDR mindestens 10 zu 1 getauscht, also, so dachte sich Schnabel, ein durchaus verlockendes Angebot. Vier Tage später stand er wieder in Eschwege auf dem Autoplatz, krampfhaft seine Umhängetasche mit 18.000 Mark haltend. Großzügig legte der Autoverkäufer die vier Winterreifen ohne Felge in den Kofferraum, dann platzierte er demonstrativ noch einen Satz Fußmatten, noch verpackt in Folien, hinter den Fahrersitz. Nun bat er Schnabel in den Verkaufsstand, um den Kaufvertrag abzuschließen. „Ich habe in den Kaufvertrag geschrieben: verkauft wie gesehen. Das hat den Grund, weil ich sonst die Fußmatten und die Reifen extra aufnehmen müsste, aber das können wir uns sparen. Ich schreibe auch einfach: Barzahlung. Die Währung geben wir nicht an, dann haben wir beide keine Probleme. Und hier, noch eine Flasche köstlichen Beerenschaumwein, die Flasche können sie aber erst zu Hause köpfen." Er lachte dazu, als hätte er den besten Witz aller Zeiten gerissen. Aufgeregt, aber irgendwie auch stolz und glücklich, machte sich Schnabel auf die Heimfahrt. Nun war er stolzer Besitzer eines Opel Senator, ein Auto, wie es sonst niemand in Großtrona fuhr. Das Glück hielt nur bis nach Weihnachten. An einem Sonnabend morgens, kurz nach 8 Uhr, wollte Schnabel seine Wochenendeinkäufe in der Kreisstadt erledigen. Sein Wagen sprang nicht an, und ein befreundeter Mechaniker konnte zunächst nicht weiterhelfen. Abgeschleppt und in der Werkstatt abgestellt war eine Schadensaufnahme für den nächsten Montag geplant. Mit bangen Gefühlen ging er am Montag in die Werkstatt, und dort wurde ihm eröffnet: die Batterie sei total veraltet und nicht mehr aufladbar, eine Seite des Fahrgestells ist verzogen und vor allem: der Motor hätte Totalschaden. Für das Auto wäre es viel zu teuer, die Mängel zu beheben. Schnabel war schockiert, klammerte sich aber noch an die Hoffnung, sich mit dem Verkäufer in Eschwege zu einigen. Nach langem Bitten fuhr ihn sein Freund in die hessische Stadt, aber was er dort erlebte, nahm ihm den Glauben an eine gerechte und faire Welt. Der Verkäufer präsentierte den Kaufvertrag mit seiner Unterschrift und verwies auf den bedeutungsvollen Satz: Gekauft wie gesehen. Den Einwand Schnabels, das wäre doch der Hinweis auf die Reifen und Matten, wies er zurück. Schnabel musste nach Hause fahren, ohne etwas erreicht zu haben. Auch die Rechtsauskunft durch einen Anwalt brachte keine Lösung seines Problems. Er hatte sein erspartes Geld verloren.

Das war die Geschichte, die sich um den mintgrünen Opel Senator ereignet hatte. Natürlich war diese Geschichte auch Thema im Haus der Starkes. Wanja schilderte seine Kenntnisse und Informationen von diesem Geschehen und ereiferte sich über die unverschämten Räubermethoden des Autoverkäufers. Seine Mutter versuchte ihn zu beruhigen und betonte, man müsse immer genau bedenken, welche Auswirkungen das eigene Handeln haben würde. Der Vater sagte dazu nur: „In der Bibel steht in Prediger 2: Alles Tun auf der Welt kam mir unerträglich vor. Da hat man mit seinem Wissen, seinen Fähigkeiten und seinem Fleiß etwas erreicht und muss es dann einem anderen abtreten, der sich nie darum gekümmert hat! Das ist sinnlos und ungerecht!" Du mit deinen Bibelsprüchen, dachte Wanja, das ist doch nicht alles, was im Leben zählt! Man müsste diesem Betrüger auflauern und ihn richtig verdreschen. Oder aber, so wie der Graf von Monte Christo, einen Rachefeldzug starten und den Gauner ans Messer liefern. Auch in der Schule war die Geschichte um Schnabel bekannt und ließ wilde Phantasien wuchern. Eines aber war in ganz Großtrona klar: Vorsicht vor den Westdeutschen!

Das neue Jahr wurde in Großtrona mit besonders lautem Getöse eingeleitet. Raketen und Böller wurden gezündet, und eine gefühlte Anspannung lag in der Luft. Was würde das Jahr 1990 bringen? Würden weiter so viele Menschen das Land verlassen, wie in den letzten Wochen des Vorjahres? Schon wenige Tage später waren überall im Land illegale Geldhändler unterwegs. Die Lage war politisch und wirtschaftlich instabil, der Einzelhandel wie gelähmt. Bei Demonstrationen wurde gefordert: „Kommt die DM bleiben wir, kommt sie nicht, geh'n wir zu ihr". Bald sprach man von einer bevorstehenden Einführung der DM, allerdings war nicht klar, zu welchem Kurs die DDR-Mark umgetauscht würde. In den Wochen bis zur Einführung der

DM war die DDR im Ausverkauf. Was aber war sie noch wert, diese DDR? Der extrem hohen Vereinigungskriminalität waren Türen und Tore geöffnet. Scheingeschäfte aller Art blühten und machten innerhalb weniger Tage Menschen zu Millionären.

Ein Beispiel für diese Machenschaften soll das verdeutlichen. Die Geschäftsbeziehungen der DDR mit anderen RGW-Staaten (Rat für Gegenseitige Wirtschaftshilfe, eine internationale Organisation der sozialistischen Staaten, die die wirtschaftliche Zusammenarbeit regelte) wurden durch die Deutsche Außenhandelsbank AG in Ostberlin abgewickelt. Der gesamte DDR Export ging über die Schalter dieser Bank. Im zusammenbrechenden Ostblock hatte aber niemand mehr den Überblick, welche Geschäfte tatsächlich liefen und in welchem Stadium sie sich befanden. Die Bank stempelte bald nur noch die Exportbescheinigungen ab, und der angegebene Erlös wurde sofort dem Betrieb gutgeschrieben. So wurden in der Schalterhalle Millionen hin und her gebucht. Geschäftemacher nahmen Kontakt mit DDR-Betrieben auf und baten darum, schnell noch Exporte in ein anderes RGW-Land vorzunehmen. Da nie eine Lieferung erfolgte, wurden Lieferscheine gefälscht und in der Außenhandelsbank vorgelegt. Ohne Prüfung wurden solche Belege massenweise abgestempelt und den kontoführenden Firmen direkt gutgeschrieben. So entstand Geld aus Nichts. Hochrechnungen führender Volkswirte und Finanzfachleute sprechen von vereinigungsbedingten Schäden von 20 bis 25 Milliarden DM.

In den vielen Trabantenstädten standen unzählige Wohnungen leer, die dann zum Teil von Wohnungssuchenden illegal besetzt wurden. Die Wohnungswirtschaft kämpfte mit dem Chaos, denn auch in ihren Betrieben fehlten Mitarbeiter, die „rübergemacht" waren. Im Januar wurde in Berlin die Stasizentrale gestürmt. Wenige Tage später begann die „Limex-Bau Import-Export" mit dem weltweiten Verkauf von Mauerteilen. Es war insgesamt eine logistische Großaufgabe, die zu bewältigen war. Allein in Berlin wurden 184 km Mauer, 154 km Grenzzaun, 144 Signalanlagen und 87 Sperrgräben entfernt. Dabei fielen rund 1.7 Millionen Tonnen Bauschutt an. Während das alles zu bewältigen war, gab es schon Gespräche zwischen dem Bundeskanzler Kohl und der ostdeutschen Regierung unter Modrow in Bonn. Kohl drängte sehr auf eine schnelle deutsche Vereinigung, für die er aber auf Lothar de Meziere setzte. Im entscheidenden Gespräch Kohls mit Gorbatschow stimmte dieser schließlich am 10. Februar der deutschen Einheit zu.

In den ereignisreichen Wochen zu Beginn des Jahres mussten auch die Vorbereitungen für die Konfirmation stattfinden. Die war für den 8. April, den Palmsonntag, also eine Woche vor Ostern, bestimmt. Zur großen Freude der ganzen Familie hatten sich Chuong und Hanna, aber auch Wanja Kessler und seine Frau Christina zum Besuch angemeldet. Die Kesslers hatten drei Besuchstage eingeplant, bevor sie von Frankfurt am Main aus in die USA fliegen würden. Dort warteten neue Aufgaben auf das Ehepaar. Der Gouverneur von Texas wollte Wanja Kessler in ein hohes politisches Amt berufen, als Secretary of State. Protokollarisch steht dieses Amt an dritter Stelle nach dem Gouverneur und Vizegouverneur, und nimmt die Funktionen als Innenminister wahr.

Ein besonderes Ereignis waren die ersten freien Wahlen am 18. März zur Volkskammer der DDR. Zweiundzwanzig Parteien stellten sich zur Wahl und warben um die Stimmen der 12,2 Millionen wahlberechtigten DDR–Bürger. Umfragen verwiesen noch am Vorabend der Wahl auf einen Sieg der Sozialdemokraten. Aber einen Tag später stand ein anderes Ergebnis fest. Mit 48 Prozent der Stimmen siegte die konservative „Allianz für Deutschland", bestehend aus der ostdeutschen CDU, dem Demokratischen Aufbruch und der Deutschen Sozialen Union. Diese „Allianz'" trat für einen schnellen Weg zur deutschen Wiedervereinigung ein und warb im Wahlkampf mit der Parole „Freiheit und Wohlstand – Nie wieder Sozialismus" um Stimmen. Die Wahlbeteiligung lag an diesem Märztag bei 93,4 Prozent. Die basisdemokratisch orientierten Gruppen „Initiative für Frieden und Menschenrechte", das „Neue Forum" und „Demokratie Jetzt" hatten sich vor der Wahl zum „Bündnis 90" zusammengeschlossen. Diese Bürgerbewegungen gehörten zu den wichtigsten Trägern der friedlichen Revolution in der DDR, erreichten aber gemeinsam nur 2,9 Prozent. Ausschlaggebend für den Wahlausgang waren auch Wahlkampfreden des Bundeskanzlers, der im Februar vor 100.000 Menschen in Erfurt eine schnelle Wirtschafts- und Währungsunion in Aussicht stellte. Wenig später versprach er vor 300.000 Menschen in Leipzig einen Währungsumtausch von Ost- in Westmark zum Kurs von 1 zu 1.

Einundzwanzig Tage nach der richtungsweisenden Wahl im Land wurde die Konfirmation gefeiert. Es wurde ein fröhliches Familienfest bei den Starkes. Die größte Überraschung für den jungen Wanja bereitete ihm Onkel Wanja Kessler. „Wanja, wenn du das Abitur bestanden hast, dann komm für ein Jahr zu uns nach Amerika. Du könntest dann ein College oder eine ähnliche Bildungseinrichtung besuchen und bei uns wohnen. Das wäre sicher für dich eine gute Möglichkeit, Auslandserfahrungen zu sammeln. Deine Sprachkenntnisse sind so perfekt, dass es keine unüberwindlichen Hürden geben würde." Innerlich jubelnd umarmte er die beiden Kesslers und verspräch, mit seinen Eltern über dieses großartige Angebot zu reden.

Anfang Mai begannen die Verhandlungen zum Zwei-plus-Vier-Vertrag, „Vertrag über die abschließende Regelung in bezug auf Deutschland; Staatsvertrag zwischen der Bundesrepublik Deutschland, der Deutschen

Demokratischen Republik sowie Frankreich, der Sowjetunion, Großbritannien und den Vereinigten Staaten von Amerika".

Mitte Mai war klar, dass die D-Mark als gemeinsame Währung für alle am 1. Juli kommen würde. Der Umtausch sollte 1 zu 1 erfolgen. Wieder gab es unzählige Geschäftemacher, die so viel DDR-Mark wie möglich aufkauften, sammelten und horteten. Mit dem Geld wurden mit ostdeutschen Strohmännern unzählige neue Konten eröffnet. Am 1. Juli, einem Sonntag, wurde in Ostberlin das erste Bargeld ausgegeben. Am Vorabend der Währungsunion drängten 3.000 Menschen auf den Alexanderplatz, denn der erste Kunde sollte 100 DM geschenkt bekommen.

Nun war sie da, die D-Mark. Was das bedeutete, war schon am nächsten Tag sichtbar. Schon am 2. Juli gab es in den Lebensmittelgeschäften das gesamte Warensortiment aus dem Westen. Niemand wollte noch DDR-Eigenprodukte kaufen, und so wurden in der Folge tonnenweise Lebensmittel vernichtet, Getreide untergepflügt und Ferkel getötet.

In Großtrona blieb es vergleichsweise ruhig. Im Konsum-Lebensmittelgeschäft gab es nun auch Westprodukte. Um die eigenen Artikel noch zu verbrauchen, wurden ihre Preise um die Hälfte heruntergesetzt. Aber auch hier griffen die Menschen erst einmal nach den neuen Artikeln. Um möglichst wenig vernichten zu müssen, wurden an das Krankenhaus, die Schule und den Kindergarten viele Lebensmittel verschenkt.

Ausführlich sprachen die Starkes am Abendbrottisch an diesem Montag über die Entwicklung, die wie ein bedrohlicher Sturm über alle hereingebrochen war. Wanja äußerte sich begeistert zu dieser Entwicklung und meinte nur, nun könne er sich ja mit dem `Westgeld für alle´ seine Wünsche erfüllen. „Auch die D-Mark muss erst verdient werden", meinte der Vater. Verächtlich schnaufend stand Wanja vom Abendtisch auf und verließ die Küche. An der Tür wandte er sich noch einmal an seine Eltern: „Ihr seid doch bloß neidisch auf uns Junge. Wir haben jetzt ganz andere Möglichkeiten, als ihr in eurer beschissenen DDR. Ich werde euch zeigen, was ich alles erreiche!" Laut krachend fiel die Tür ins Schloss. Bärbel wollte aufstehen und ihrem Sohn nachgehen, aber Wolfram hielt sie zurück. „Lass ihn, er kommt mit sich selbst nicht klar. Mit ihm ist jetzt nicht zu reden. Wir werden am nächsten Wochenende über sein Taschengeld reden und das ist eine Gelegenheit zu klaren Worten. Wir sollten ohnehin noch einmal überlegen, wie wir vorgehen. Er hält sich kaum noch an unsere Familienregeln, hilft nicht mehr zu Hause mit und bricht Vereinbarungen. Ulla hat ihn vorgestern gesehen, wie er rauchend mit noch vier anderen Jugendlichen auf der Bank an der alten Eiche saß." „Auch die Unordnung in seinem Zimmer ist erschreckend", erwiderte Bärbel. „Als ich ihn aufforderte, seine Sachen in den Schrank und die Regale zu legen und die Schmutzwäsche ins Badezimmer zu legen, sagte er nur: gleich. Als er wenig später aus dem Haus ging, sah ich im Zimmer nach, was er gemacht hätte. Stell dir vor, es sah recht aufgeräumt aus, aber dann entdeckte ich, dass er die ganzen Sachen unter die Kommode geschoben hatte, und was da nicht mehr hin passte, landete im Wäscheschrank als einziger Knäuel." Lange saßen sie noch am Tisch und besprächen, wie sie den Launen und Frechheiten begegnen könnten. Bei allem Verständnis für die Schwierigkeiten, die die Pubertät mit sich brachte, sollten klare Regeln neu benannt und dann auch eingefordert werden. Es war bereits nach 22 Uhr, als sie ihren Sohn leise die Korridortür öffnen hörten. Er versuchte sich leise in sein Zimmer zurückzuziehen, aber der Vater betrat den Flur, knipste das Licht an und forderte Wanja ruhig auf, sofort in die Küche zu kommen. „Setz dich, wir müssen mit dir noch wichtiges besprechen." Mit hochrotem Kopf saß der 14jährige vor seinen Eltern. Ruhig aber bestimmt ordnete der Vater die Regeln des Familienlebens in die Vorgaben, die eigentlich bekannt, aber in der letzten Zeit permanent ignoriert wurden. Die Freizeiten außer Haus kamen genau so zur Sprache, wie die lauten und unbeherrschten Brüller, wenn er zornig war. Auch die Ordnung im Zimmer und die fehlende Mithilfe im Haushalt wurden noch einmal betont. „Wanja, du erwartest mit Recht von uns, dass wir Rücksicht auf dich nehmen, dich versorgen und regelmäßig dein Taschengeld zahlen. Du hast aber genauso Pflichten in unserer Familie, die wir von dir einfordern. Wir wollen dich nicht festbinden und auch nicht kontrollieren, denn wir wollen dir weiterhin vertrauen. Aber missbrauche nicht das Vertrauen, was wir in dich setzen, sonst müssten wir die Regeln für dich neu durchdenken." Wanja ging schweigend in sein Zimmer. Was mochte ihn wohl jetzt bewegen? Protest und Aufruhr oder wenigsten ein bisschen Einsicht? Die nächsten Tage sollten zeigen, wie es um

die Gedankenwelt des Jungen stand, und wo-
zu er noch fähig war.

Schon zwei Tage nach der elterlichen Er-
mahnung war Wanja nicht zum Abendessen
zu Hause. Bärbel wartete noch auf Wolfram,
der in der Physiotherapie den Spätdienst bis
19 Uhr hatte. Vielleicht war Wanja bei ihm, um
ihn abzuholen, das gab es in früheren Zeiten ja
immer mal wieder, wenn der Sohn ein „Män-
nergespräch" wollte, um für irgendetwas zu
bitten. Aber Wolfram kam allein nach Hause.
Ratlos warteten die Eheleute, wann der Sohn
nach Hause kommen würde. Inzwischen war
es bereits nach zehn, und noch immer war
Wanja nicht zu Hause. Besorgt streifte Wolfram seine Schuhe über und verließ das Haus,
um nach dem Jungen zu suchen. Ergebnislos
kam er eine Stunde später wieder zurück und
nahm seine besorgte und aufgeregte Frau in
die Arme. Gemeinsam standen sie am Küchen-
fenster und blickten in die dunkle Nacht. Fast
gleichzeitig wandten sie sich gegenseitig zu:
„Wir sehen jetzt in seinem Zimmer nach, ob
irgendetwas fehlt." Wenig später standen sie
wieder in der Küche. Sie wussten, dass er in
Jeans und kurzem Pullover mit auffälligem
Aufdruck, einer Jeansjacke und schwarzen

Lederschuhen aus dem Haus gegangen war. Auch seine Geldbörse und die aufgesparten 100 DM fehlten. Wo nur könnte der Junge sein? Aber wen sollten sie heute Nacht danach fragen? Es blieb ihnen nur, bis zum Morgen zu warten und dann in die Schule, zu Verwandten und Freunden zu gehen. Die Großeltern unten im Haus hatten sie gefragt, noch bevor Wolfram das Haus verließ, aber auch sie wussten nichts. Die Nacht war unruhig und Bärbel und Wolfram hatten nicht in ihren Betten geschlafen, sondern nur auf dem Sofa im Wohnzimmer etwas geruht. Inzwischen war es sieben Uhr. Bärbel hatte Kaffee in der Kaffeemaschine fertig gemacht, den sie nun Schluck für Schluck am Fenster stehend tranken. Essen wollten sie nicht, so sehr drückte die Sorge um den Jungen auf ihren Magen. Kurz nach sieben kam die Großmutter nach oben, um sich zu erkundigen und Hilfe anzubieten. Wenig später stand Opa Werner in der Küche, fertig angezogen und den Hut auf dem Kopf. „Ich geh jetzt den Jungen suchen. Vielleicht finde ich ja irgendetwas, was mich zu ihm führt." Werner verließ das Haus, holte sein Fahrrad aus dem Schuppen und fuhr davon. Wo sollte er eigentlich suchen? Er wusste es selbst nicht, aber nichts tun, hielt er für schlimmer, als zielloses suchen. Alles Suchen und Fragen von Wolfram und Bärbel, ob in der Schule, bei Wanjas Freunden oder Verwandten, brachte keine Ergebnisse. Am späten Vormittag gingen sie schließlich zum Polizeiposten, um ihren Sohn als vermisst zu melden. „Hauptwachtmeister Schrade, was kann ich denn für sie tun?" wurden sie von dem diensthabenden Polizisten empfangen. Ruhig und konzentriert berichtete Wolfram, was sich seit dem gestrigen Tag ereignet hatte, wie sie alle erdenkliche Wege abgegangen waren und sämtliche Freunde und Verwandte aufgesucht hatten, aber Wanja blieb verschwunden. Eine Vermisstenmeldung wurde aufgenommen und die Beschreibung der Kleidung und ein aktuelles Bild angehängt. „Wir werden die Suche aufnehmen und alle entsprechenden Dienststellen informieren. Könnte es sein, dass der Junge einfach auf eigene Faust oder mit Freunden in den Westen wollte? Machen sie sich keine Sorgen, wir finden ihn schon." Der Hauptwachtmeister begleitete das besorgte Ehepaar zur Tür und verabschiedete sich. Als die Tür geschlossen war, wandte er sich an seinen Kollegen: „Ich kann mir nicht vorstellen, den Bengel zu finden. Diese unsicheren

Zeiten ermöglichen doch jedem, unterzutauchen wann und wo er nur will."

Am nächsten Tag, Wolfram war wieder an seinem Arbeitsplatz, klingelte das Telefon auf seinem Schreibtisch. Als er sich am Hörer meldete, hörte er eine ihm unbekannte Frauenstimme in der Leitung. „Guten Tag, Herr Starke, hier spricht Bauer, Regina Bauer. Sie kennen mich vielleicht nicht mehr, aber ich bin aus Großtrona und mein Sohn Karsten war bei ihnen in Behandlung, bis wir nach Berlin gezogen sind." Ach ja, Wolfram erinnerte sich noch gut an den kleinen aufgeweckten Jungen im Rollstuhl, mit dem sich Wanja angefreundet hatte. „Stellen sie sich vor, gestern kam ihr Wanja zu uns und klingelte an der Tür. Er ist gesund, war aber ganz schön kaputt und hungrig. Aus ihm war nicht viel herauszubekommen, warum er uns besucht. Ich gebe ihnen meine Adresse. Wissen sie, ich habe mit Karsten gesprochen, dass wir Wanja erst einmal hier behalten. Wir denken, er ist einfach abgehauen. Machen sie sich jetzt keine Sorgen, wir passen auf ihn auf, aber bitte kommen sie bald nach Berlin, ja?" Wolfram war unendlich erleichtert, und telefonisch vereinbarte er, so schnell wie möglich nach Berlin zu fahren. Erst aber wollte er Bärbel informieren und den

Großeltern mitteilen, wo Wanja sei. Eine Stunde später saßen Bärbel und ihr Wolfram im Auto, das sie vom Onkel geliehen bekamen, und rollten in Richtung Berlin. Ihre Gespräche drehten sich immer wieder erfolglos um das warum und weshalb, aber Antworten konnte ihnen ja letztlich nur Wanja geben. Zum Glück fanden sie die Berliner Adresse sofort, und so standen sie ihrem Sohn bald in der Wohnung der Bauers gegenüber. Bärbel weinte und auch Wolfram schwieg, als sie dem Jungen gegenüber standen. Nur Karstens Mutter sprach leise zu Wanja. „Weißt du, was du deinen Eltern angetan hast, mit deinem Abhauen? Die sind vor Angst um Dich fast gestorben. So etwas macht man nicht, auch wenn man total sauer auf den anderen ist." Karsten, der im Rollstuhl sitzend alles mit angesehen und gehört hatte, weinte hemmungslos. Er hielt Wanjas Hand fest und sagte mit tränenerstickter Stimme: „Wanja, du bist doch mein Freund. Warum tust du sowas? Die haben dich doch lieb, so wie mich Mama. Deine Eltern hätten dir doch bestimmt erlaubt, mich zu besuchen. Da musst du doch gar nicht heimlich kommen." Wanja schwieg, den Blick nach unten auf den Teppichboden gerichtet. Er schämte sich. Ja, er hatte sich gedacht, seine Eltern mit der heimlichen Fahrt nach Berlin zu strafen. Sie waren ja schließlich auch ungerecht zu ihm und wollten vieles verbieten. Aber nun sah er, wie viel schwerer seine Aktion sie getroffen hatte. Nein, das hatte er so nicht gewollt. „Es …tut mir leid." Brachte er leise stammelnd hervor. Mutter nahm ihn wortlos in die Arme und drückte ihn an sich, auch der Vater schwieg, als er ihm über den Kopf strich. „So, bevor ihr nach Hause fahrt, gibt es erst noch Kaffee und Kuchen", sagte Regina Bauer und schob dabei die Starkes ins Wohnzimmer.

Wieder zu Hause erwartete Wanja eine gehörige Standpauke, aber nichts geschah. Das Thema des heimlichen Weggehens wurde nicht erwähnt. Vielleicht käme aber ein gehöriger Strafenkatalog auf ihn zu, dachte Wanja. Nun war er schon wieder drei Tage zu Hause, und noch immer sprach niemand über die ausgestandenen sorgenvollen Stunden. Als Wanja an einem Nachmittag nach Hause kam, erwartete ihn schon sein Großvater im Treppenhaus. „Komm rein, Junge, wir wollen gerade Kaffee trinken. Du kannst ein Stück von Omas gefülltem Streuselkuchen essen." Widerstandslos ließ sich Wanja in Großmutters Küche schieben, und wenig später saß er am Küchentisch, vor sich einen Teller mit Kuchen.

„Vor vielen Jahren" begann Großvater zu sprechen, „da mussten die jungen Männer in den Krieg und wurden in fremde Länder gebracht. In einem Dorf hatten die Soldaten die Häuser durchkämmt, um feindliche Soldaten aufzuspüren. Aber sie fanden nur Frauen und Kinder, und weil sie ihre Macht demonstrieren wollten, trieben sie die Jungs, zwischen 12 und 14 Jahre alt, auf dem Dorfplatz zusammen. Die Mütter waren dem Zug gefolgt und standen nun vor den Soldaten, die kaum viel älter waren, als ihre Söhne. Alle knieten vor den Soldaten nieder und flehten um ihre Kinder. Der Offizier befahl, wer bereit sei, seine Mutter zu verlassen und in Deutschland zu arbeiten, könne nach vorn treten. Er würde dann mit einem Sammeltransport weggebracht, alle anderen würden erschossen. Eine alte Frau, die dem gespenstischen Treiben vom Platzrand aus zusah, trat nun in die Mitte zwischen die Soldaten und die Kinder. Mühsam richtete sie sich auf und stand, einen Krückstock in der Hand, vor dem befehlshabenden Offizier. Sie sah ihn in die Augen und sagte: „Was würde ihre Mutter jetzt zu ihnen sagen? Wie viel Tränen hat sie wohl um sie geweint, weil sie so weit weg von ihrem Zuhause und immer in Gefahr sind? Aber eines ist sicher, ihre Mutter wird sie immer lieben, und wenn es ihr das Herz zerreißt. Geben sie dieses Jungen frei und ihren Müttern zurück. Sie retten damit nicht nur deren Leben, sondern helfen mit, dass die Liebe nicht stirbt. Vor allem aber, bewahren sie sich ihr Herz rein für den Moment, wo sie ihre Mutter wieder in die Arme nehmen können." Schweigend sah sie dem Offizier in die Augen, der ihren Blick erwiderte. Er drehte sich zu seinen Soldaten um und sagte nur: „Abmarsch! Sofort!" Eine viertel Stunde später war der Dorfplatz frei. Die Mütter hielten ihre Söhne an den Händen, als sie zu ihren Häusern zurückgingen. Weißt du, Wanja, gerade die Mütter, die ja ihre Kinder im Bauch getragen hatten, haben eine unsichtbare feste Verbindung zu ihnen. Das Schlimmste für sie ist, wenn sie sich Sorgen um ihre Kinder machen müssen. Das greift direkt ihr Herz an, und ein wenig von ihnen stirbt dabei." Wanja hatte still zugehört, aber auch jetzt gab es keine Fragen, Ermahnungen oder Strafandrohungen. Tief in seinem Inneren schwor sich der Junge aber, niemals wieder so etwas zu tun.

Endlich waren Schulferien. Die letzte Schulwoche bis zum 6. Juli war Wanja nicht in der Schule, und so hatte er auch nicht die heftigen Auseinandersetzungen zwischen den älteren Schülern mit den Lehrern mitbekommen. Es gab immer wieder Diskussionen um die Lehrpläne und Schulbücher. Einige wortlaute Schüler der letzten Klassen waren der Meinung, sie müssten sich nicht mehr einfügen, denn mit der Widervereinigung würden ja auch die bundesdeutschen Gesetze und Regeln gelten. Dann würden die Lehrer ausgetauscht, weil die doch alle in der Partei gewesen seien. Und die hätten ihnen ohnehin nichts mehr zu sagen. Natürlich gab es Lehrer mit SED-Parteibuch, aber in erster Linie waren sie doch Pädagogen, und um das Vorwärtskommen und die Bildung ihrer Schüler bemüht! Die heftigen und oft unsachlichen Diskussionen hatten vielen sehr zugesetzt, und erleichtert über eine kurze Atempause gingen alle in die Sommerferien. Die offenen Fragen blieben, wie es ab dem 3. September weiter gehen würde. Aber für die Sommerpause waren ohnehin Weiterbildungen und Konferenzen für alle Lehrer angesetzt.

Am 22. Juli beschloss die Volkskammer der DDR das Ländereinführungsgesetz mit Wirkung zum 14. Oktober. Aus den ehemals 14 Bezirken entstanden die Länder neu, so wie sie ursprünglich noch 1949 bestanden. Das Gebiet der DDR wurde wie folgt gegliedert:

- Brandenburg, aus den Bezirken Cottbus, Frankfurt / Oder und Potsdam;
- Mecklenburg-Vorpommern, aus den Bezirken Neubrandenburg, Rostock und Schwerin;
- Sachsen, aus den Bezirken Dresden, Karl.Marx.Stadt (Chemnitz) und Leipzig;
- Sachsen-Anhalt, aus den Bezirken Halle und Magdeburg;
- Thüringen, aus den Bezirken Erfurt, Gera und Suhl.

Bei der Ländereinführung wurden die bis 1952 bestehenden Länder in ihren Grenzen weitgehend wiederhergestellt und auf abweichende Bezirksgrenzen keine Rücksicht genommen.

Im September wurde in Moskau der Weg zur Wiedervereinigung frei gemacht. Am Mittwoch, dem 12. September unterzeichneten Hans-Dietrich Genscher, Lothar de Maizière, Roland Dumas, Eduard Schewardnadse, Douglas Hurd und James Baker den Zwei-plus-Vier-Vertrag. Er regelte in zehn Artikeln einvernehmlich außenpolitische Aspekte wie auch sicherheitspolitische Bedingungen der deutschen Vereinigung. Die wichtigsten Punkte hier noch einmal zur Erinnerung: „Das Staatsgebiet des vereinten Deutschlands umfasst die Gebiete der Bundesrepublik Deutschland, der DDR und ganz Berlins. Das vereinigte Deutschland bekräftigt sein Bekenntnis zum Frieden und verzichtet auf atomare, biologische und chemische Waffen. Die Truppenstärke der deutschen Streitkräfte wird von 500.000 auf 370.000 Mann reduziert. Die sowjetische Westgruppe der Truppen wird vom Gebiet der ehemaligen DDR bis spätestens 1994 abgezogen. Kernwaffen und ausländische Truppen dürfen auf ostdeutschem Gebiet nicht stationiert oder dorthin verlegt werden; damit ist Ostdeutschland eine atomwaffenfreie Zone. Die Viermächte-Verantwortung in Bezug auf Berlin und Deutschland als Ganzes wird beendet. Der Vertrag stellt die volle innere und äußere Souveränität des vereinigten Deutschland her."

Dann kam der 3. Oktober, und die DDR gab es nicht mehr. Nicht nur für das wiedervereinigte Deutschland brach eine neue, unbekannte Zeit an, sondern besonders auch für die 400.000 hochgerüsteten Sowjetsoldaten, die in der ehemaligen DDR stationiert waren und nun abgezogen werden mussten.

Die Gruppe der Sowjetischen Streitkräfte in Deutschland, GSSD, ab 1989 „Westgruppe der Truppen" genannt, wurde von Armeegeneral Boris Wassiljewitsch Snetkow befehligt. Den Befehl zum Abzug verweigerte er. „Ich werde den Abzug nicht durchführen! Marschall Schukow begründete die Gruppe der Sowjetischen Streitkräfte in Deutschland, die bekanntesten Heerführer bauten sie aus, aber ich, der 15. Oberbefehlshaber, der unbekannte General Snetkow jage sie zum Teufel?! Das kann ich nicht tun!" Am 19. Dezember verließ er Deutschland. Der Generaloberst Marwei Prokopjewitsch Burlakow, neuer Oberkommandierender der Westgruppe der Truppen begann unverzüglich mit der Vorbereitung und Durchführung des Abzuges. Eine logistische Riesenaufgabe begann und wurde durchgeführt. Ein paar Zahlen sollen das verdeutlichen: Mehr als eine ½ Million Sowjetbürger, Soldaten, Offiziere, Ehefrauen und Kinder waren betroffen. Sie gingen in eine ungewisse Zukunft und in unklare wirtschaftliche Verhältnisse. Eine unbekannte Anzahl von

Atomwaffen, über 10.000 Panzerfahrzeuge, über 1.000 Luftfahrzeuge und ½ Million Tonnen Munition mussten gesichert und über Schiene, Straße und Seeweg aus der ehemaligen DDR weggebracht werden. Die Bundesregierung war an diesem Abzug mit 15 Milliarden DM beteiligt.

Im folgenden Jahr wurde die Lage in der Sowjetunion immer angespannter. Die Generäle fühlten sich verraten und planten, Gorbatschow zu verhaften. Dann waren es aber schließlich Funktionäre der Kommunistischen Partei der Sowjetunion, die ein Staatskomitee für den Ausnahmezustand ausriefen, und am 19. August das ganze Land unter Kontrolle bringen wollten. Sie wollten die wirtschaftlichen Umgestaltungen beenden und den Erhalt der UdSSR stabilisieren. Gorbatschow, der sich auf der Krim aufhielt, wurde festgesetzt und öffentlich verkündet, er sei überraschend erkrankt. Würde sich die Armee dem Putsch anschließen? Vor allem, was würde aus dem vertraglich festgelegten Abzug der sowjetischen Truppen aus dem Osten Deutschlands? Im Auftrag der Bundesregierung fuhr der Ministerpräsident von Brandenburg zum

Oberkommandieren Burlakow nach Wünsdorf im Ortsteil Zossen, 40 Kilometer südlich von Berlin. In dieser Militäranlage, die ab dem Ende der dreißiger Jahre als Oberkommando der Wehrmacht diente, waren nach der Kapitulation Deutschlands sowjetische Truppen einmarschiert. Marschall Schukow richtete dann dort den Sitz des Oberkommandos der Gruppe der Sowjetischen Streitkräfte in Deutschland, GSSD, ein. Vom dortigen Bahnhof fuhren täglich Direktzüge nach Moskau. Nach der Umsiedelung von 800 Bewohnern wurde der Standort ausgebaut und 30.000 sowjetische Soldaten stationiert. Bis zu 75.000 Männer, Frauen und Kinder lebten im Sperrgebiet, umzäunt und ummauert, es gab Kindergärten, Schulen, Sportplätzen, Schwimmbäder und Geschäfte auf den 260 Hektar großen Gelände. Dorthin war nun der Ministerpräsident unterwegs. Was würde Burlakow ihm mitteilen? Nach längerem Warten wurde er vom Oberkommandieren empfangen, der seinerseits den ganzen Befehlsstab einberufen hatte. Burlakow versicherte die Gültigkeit des Abzugsvertrages. Für Deutschland, so bekräftigte er, bestünde keine Gefahr. Erleichtert konnte der Ministerpräsident seine Rückfahrt antreten, und der Bundesregierung berichten.

Nach heftigen Protesten und der Weigerung militärischer Kreise und des Geheimdienstes, sich dem Putsch anzuschließen, war der Spuk am 21. August vorbei. Gorbatschow kehrte nach Moskau zurück, aber das Ende der Union der Sozialistischen Sowjetrepubliken war besiegelt.

Wanja ging seit Ende August auf das Gymnasium in der Kreisstadt. Die Umgestaltung des Bildungssystems hatte ihm den Wechsel ermöglicht, und nun lagen noch drei Schuljahre vor ihm. Es gab viele Neuerungen, die sich auch in den Schulen zeigten. Älteren und langjährigen Lehrkräften fielen manche Veränderungen schwer, andere bewältigten die neuen Herausforderungen viel leichter. Wer kurz vor dem Rentenalter stand, bekam die Chance, vorzeitig in den Ruhestand einzutreten. Wanja hatte seine extremen Stimmungsschwankungen offensichtlich überwunden. Seine Leistungen waren wieder stabil und gut, und eifrig hatte er den Unterricht bei Tante Ulla wieder intensiviert. Sein großes Ziel war Amerika und die Chance, ein Jahr bei den Kesslers zu leben. Er wollte die drei Schuljahre so erfolgreich wie möglich schaffen, um zum Abitur zugelassen zu werden.

Mit dem Fahrrad hatte er kurz vor dem Jahresende die alte Villa neben dem Teich aufgesucht. Sie stand leer, denn die Verwaltungen des Konsum-Lebensmittelgeschäftes und der Landwirtschaftlichen Produktionsgenossenschaft, der LPG, die im Gebäude jeweils eine Etage belegt hatten, waren ausgezogen beziehungsweise hatten sich weitestgehend aufgelöst. Da in den letzten Jahren nötige Reparaturarbeiten nicht durchgeführt wurden, war der Verfall deutlich zu sehen. Unbekannte hatten das Ihre dazu getan und durch sinnlose Zerstörungen zum schlimmen Zustand beigetragen. Im ehemals repräsentativen Eingangsbereich hatte ein offenes Feuer zu großen Schäden geführt. Der Eingang war mit querliegenden Brettern notdürftig zugenagelt, aber durch die großen Lücken konnte man trotzdem in das Haus gelangen. Mehrere Tage hielt sich Wanja oben auf der Anhöhe im geheimnisvollen Haus auf, zuletzt natürlich ausgerüstet mit seiner lichtstarken Taschenlampe. Als er den Dachboden erkunden wollte, musste er zunächst eine mit Blech beschlagene Tür öffnen. Das gelang ihm zunächst nicht, weil sich eine große Ecke des Bleches in den Türpfosten eingebohrt hatte. Wanja musste sein Vorhaben aufgeben, aber am nächsten Tag wollte er mit dem nötigen Werkzeug den Zugang zum Dachraum freibiegen. Ausgerüstet mit Hammer, einem Kuhfuß, das ist ein Nageleisen zum Herausziehen von eingeschlagenen Metallnägeln, und einem großen Schraubenzieher unternahm er nun den nächsten Versuch, auf den Dachboden zu kommen. Seine mühsamen Anstrengungen waren schließlich erfolgreich, und Wanja betrat den Dachraum. Auf den ersten Blick hatte sich seine Mühe nicht gelohnt, denn er sah vor sich nur einen aufgeschichteten Stapel langer Bretter. An der rechten Dachschräge lehnten viele dunkle und noch unbenutzte Schieferplatten, mit denen die Dächer und zum Teil auch Giebel und Fassaden eingedeckt und verkleidet wurden. Wanja nahm eine der Tafeln in die Hand und strich mit den Fingern über die leicht raue Oberfläche. Das war ja die gleiche Beschaffenheit, wie die der gerahmten Schultafel, die der Großvater sorgsam aufbewahrte. Er hatte ihm einmal erklärt, dass früher auf solchen Tafeln im Schulunterricht mit Kreide geschrieben wurde. Vom Großvater erfuhr er auch, wie mühsam die Herstellung war. Im thüringischen Lehesten gab es einen Schieferbruch. Block für Block wurde das abbauwürdige klastische Gestein aus dem Berg gesägt und mit einer Bergbahn in die Endfertigung der Schieferplatten gefahren. In qualifizierter aber auch anstrengender Handarbeit wurden dann aus den Blöcken Stück für Stück etwa 5 Millimeter starke Tafeln abgespalten und zugerichtet. Sorgsam lehnte Wanja die Tafel wieder an den Stapel Dachsteine. Dann sah er sich weiter auf dem Dachboden um. An zwei Stellen schob sich jeweils ein großer Schornstein von den unteren Etagen kommend durch das Dach. Kleine Fenster im Eisenrahmen gaben kaum den Blick nach draußen frei, denn sie waren dicht mit Dreck bedeckt. Hinter einem Schornstein stand ein Puppenwagen. Er bestand aus einem eckigen Rohrkorb mit doppelseitigem Ledertuchbeschlag, Klappverdeck und eingerollter vernickelter Schubstange mit gedrechseltem Holzgriff. Für ein gutes Fahrgefühl sorgte das E-Federgestell mit Kreuzbändern und gummibereiften Metallspeichenrädern. Das Kinderspielzeug war noch erstaunlich gut erhalten. In unmittelbarer Nachbarschaft standen zwei einfache und leere Holztruhen. Drei übereinanderliegende Zementsäcke waren steinhart, als er sie mit der Fußspitze anstieß. Zwei an der Dachschräge abgestellte Zinkwannen waren am Boden löchrig, eine hatte nur noch einen seitlichen Griff, der andere hing lose schräg nach unten. Auf der linken Bodenhälfte lehnte eine Holzleiter an einem Querbalken, der in etwa 2 Metern Höhe quer verlief. Wanja kletterte nach oben und sah einen Bereich des Daches, der von unten nicht einsehbar war. Vom Balken aus waren Querbretter ausgelegt und seitlich befestigt, die nun als Boden eines kleinen Abteiles dienten. Bis zur Dachspitze ergab das einen neuen kleinen und nach vorn offenen Raum, der an der hinteren Seite am Giebel endete. Dicht an dicht standen dort alte Jutesäcke. Die Säcke waren mit grobem Faden zugenäht. Wanja betrat vorsichtig diesen Dachbereich, von dem er nicht wusste, ob die Bodenbretter sein Gewicht tragen würden. Als er den ersten Sack von außen drückte, hatte er den Eindruck, er sei mit Papier gefüllt, und als Wanja ihn öffnete, quoll ihm eine Menge beschriebener Papiere entgegen. Es waren Lieferscheine, Rechnungen und Schriftverkehr aus der Zeit vor dem letzten Krieg. Inzwischen war es aber so spät, dass Wanja nach Hause fahren musste. Er war aufgeregt und nahm sich vor, am nächsten Tag näheres zu erkunden, vor allem aber, den ersten Sack auf den darunter liegenden Dachboden zu werfen und ihn dann genau zu inspizieren. Von seinen Entdeckungen erzählte er nichts zu Hause, da er fürchtete, dass ihm diese Erkundungstouren verboten würden. Am nächsten Tag, der erste Sack lag nun zwei Meter tiefer auf dem Dachboden, schüttete er ihn einfach aus und begann, die einzelnen Schriftstücke zu sortieren. Auf einen kleinen Stapel legte er alte Poststücke, die eine Frankatur oder auch eine Briefmarke enthielten. Es wurde schon dunkel, als er die Papiere des ersten Sackes durchgesehen hatte. Wanja verstaute die Papiere wieder im Sacke, die aussortierten Postsendungen nahm er mit. Am Abend zeigte er seinen Eltern den Fund und berichtete, dass noch elf ungeöffnete Säcke in dem Dachverschlag abgestellt waren. Wolfram nahm ein paar Briefumschläge und verließ die Küche, um seinen Vater im Erdgeschoss zu berichten. Die beiden Männer saßen den ganzen Abend zusammen. Was berieten sie so ausführlich? Am darauffolgenden Wochenende, es war regnerisch und sehr schnell dunkel, fuhren Wanja, sein Vater Wolfram und der Großvater Werner zur einsamen Villa. Sie hatten einen Barkas–Kleintransporter geliehen und stellten ihn nun unter einer Weide ab. Dann gingen sie in das dunkle Haus und stiegen hinauf bis unters

Dach. Gemeinsam trugen sie Sack für Sack der alten Geschäftsunterlagen in das Treppenhaus. Als alles nach unten gebracht war, holte Wolfram den Transporter, und schnell wurden die Säcke verstaut und schließlich nach Hause gebracht. Der Großvater erklärte seinem Enkel, dass er in den nächsten Wochen alles sichten, sortieren und ordnen wolle. Vielleicht wären dadurch Rückschlüsse auf die alten Besitzer der Villa und der ehemaligen Fabrik, auf Geschäftsbeziehungen und auf Ansprüche der Eigentümer zu erkennen. Großvater Werner hatte ja als Rentner Zeit für diese zeitintensive Aufgabe. Wanja holte noch die Postsachen, die er schon in seinem Zimmer liegen hatte und bat, wenn sie nicht gebraucht würden, doch die alten Briefmarken und Poststempel für ihn zur Seite zu legen. Am Abend saß Wanja noch mit den Eltern und Großeltern zusammen und hörte auf die Erzählungen aus alten Zeiten. Damals, als Uropa Wilhelm noch lebte, die Schreiters die Villa bewohnten und die Fabrik leiteten, als Onkel Fritz auf dem Bauernhof arbeitete und in den schlimmen Nazi-Zeiten ein junger Mann versteckt und schließlich aus dem Land geschmuggelt wurde. Wanja war dann aber doch sehr müde, und er verabschiedete sich ins Bett.

Die Weihnachtsfeiertage fielen in diesem Jahr auf einen Dienstag und Mittwoch. Für alle Angestellten des Ambulatoriums gab es am 24. Dezember arbeitsfrei. Chuong und Hanna hatte angefragt, ob sie nicht gemeinsam in Berlin feiern würden. Wolfram, Bärbel und Wanja sollten schon am Freitag vor dem vierten Advent nach Berlin kommen. Wolframs erste größere Fahrt mit dem neuen Auto, das hatten er und seine Eltern gemeinsam finanziert, sollte nun an diesem 21. Dezember in den noch unbekannten Berliner Stadtteil Charlottenburg gehen. In der Großstadt war der Straßenverkehr viel dichter, als im beschaulichen Großtrona, und wesentlich rücksichtsloser kurvten die Berliner Fahrer um Wolframs Ford Fiesta herum. Er verpasste eine Abfahrt und landete im Stadtbezirk Mitte und wenig später in Friedrichshain. Unsicher und nervös schaute er nach links und rechts, bis Bärbel ihn bat, in die nächste Abzweigung nach rechts zu fahren und baldmöglichst zu halten. Kaum stand der Wagen, tauschte Bärbel nun ihren Beifahrerplatz mit dem Sitz am Steuer. Ruhig fuhr sie los, wendete an einer geeigneten Stelle, und fuhr wieder zurück. So als wäre sie schon immer in Westberlin mit dem Auto unterwegs gewesen, fand Bärbel auf Anhieb die

Adresse der Freunde. Das Auto wurde abgestellt, und während Wolfram und Wanja die Gepäckstücke auf den Gehweg stellten, hatte Bärbel schon den Klingelknopf gedrückt. Wenig später lagen sich die Freunde in den Armen, und schnell stiegen sie gemeinsam mit allem Gepäck die Treppe zur Wohnung hinauf. Chuong und Hanna hatten jeweils ihre Arbeitszimmer für die Gäste hergerichtet. Wanja war begeistert, denn er durfte in Chuongs Arbeitszimmer schlafen, und da gab es viel zu entdecken. Wanja stand fasziniert im Zimmer und bestaunte die Vielfalt im Raum. Mikroskop und Modelle von Körperteilen standen in den deckenhohen Regalen neben unzähligen Büchern und fernöstlichen Kunstgegenständen. „Komm essen, Wanja," sprach ihn Chuong an, der gerade ins Zimmer gekommen war, und die umherstreifenden Augen des Jungen gesehen hatte. „Du darfst alles anfassen und genau ansehen. Keine Angst, es kann nichts kaputt gehen. Aber jetzt wollen wir zusammen essen, du hast ja noch ein paar Tage Zeit alles zu erkunden." Lange noch saßen die Freunde an diesem Freitagabend zusammen, denn es gab so viel zu erzählen, von dem, was sich in der schnelllebigen Zeit ereignet hatte. Pläne für das

Wochenende und die Feiertage wurden nicht besprochen, denn gerade die beiden Frauen waren sich einig, besonders viel Zeit miteinander und zum Reden zu verbringen. Aber ein Vorschlag von Chuong fand sofort die Zustimmung aller. Er wollte morgen den großen Weihnachtsmarkt an der Gedächtniskirche und anschließend den auf dem Alexanderplatz besuchen, um auch Wanja eine Freude zu bereiten.

Am 4. Advent gab es noch eine besondere Überraschung für Wanja. Nach dem Mittagessen forderte ihn Chuong auf, seine Winterjacke und die Stiefel anzuziehen. Er selbst ergriff eine Große Tasche, die im Flur bereitstand. Dann fuhr er den jungen Gast mit seinem Auto durch Berlin, bis sie schließlich in einer Straße ankamen, die dem Jungen noch bekannt war. Vor dem Wohnhaus seines Freundes Karsten hielten sie, und wenig später lagen sich die Jungen in den Armen. Karsten hatte ebenfalls eine Winterjacke angezogen, und so fuhren sie in Chuongs Auto wieder durch Berlin. „Karsten, du wusstest wohl, dass wir uns sehen? War das abgesprochen, und was machen wir jetzt gemeinsam?" „Klar, ich habe alles schon in der letzten Woche erfahren, denn Chuong war bei uns zu Hause. Also wir fahren jetzt in die Wilhelm-Foerster Sternwarte. Die Volkssternwarte auf dem Insulaner in Schöneberg kenne ich nämlich auch noch nicht. Die haben eine besondere Veranstaltung, die wir mitmachen. „Der Weihnachtsstern – Mythos oder Wahrheit" ist das Thema. Aber natürlich werden wir auch das Linsenfernrohr sehen, genau heißt das aber 12-Zoll-Bamberg-Refraktor. Die Kuppel hat einen Durchmesser von 11 Metern, aber es gibt auch noch eine kleinere von 5 Metern, die ein 6-Zoll-Fernrohr hat. Ich habe das alles in der letzten Woche nachgelesen, weil Chuong mir zum Glück einige Prospekte mitgebracht hat. Ich habe in einem Buch auch gelesen, dass es eine Königliche Sternwarte, die Urania, gab. Stell dir vor, die entdeckten den Neptun, den äußersten der acht Planeten, der 4,5 Milliarden Kilometer entfernt ist." Karsten hatte sich in Eifer geredet und saß mit glänzenden Augen und roten Ohren neben Wanja im Auto, das gerade auf dem Parkplatz der Volkssternwarte einbog. Der Nachmittag und Abend wurde zu einem besonderen und einmaligen Erlebnis für Wanja und Karsten. Chuong war bei ihnen und sorgte unentwegt für das Wohlbefinden der zwei Freunde. Nach der Veranstaltung und der Besichtigung brachte er schließlich die

Zwei in die Wohnung der Bauers. Dort hatte schon Karstens Mutter den Tisch gedeckt, aber Chuong verabschiedete sich schnell, um sich wieder seinen Gästen zu widmen. „Wanja, ich hole dich morgen Mittag wieder ab. Deine Mama hat alles eingepackt, was du für die Nacht brauchst. Also viel Freude euch beiden und bis morgen." Beim Verabschieden gab er Frau Bauer die Hand. „Na die Überraschung ist uns gemeinsam doch gut gelungen. Danke für alles, und bis morgen."

Die Nacht wurde für Wanja sehr kurz, denn noch lange erzählte er mit Karsten und berichtete, was es Neues in Großtrona gegeben hatte. Der Freund aber war einfach nur glücklich, über den erlebnisreichen Tag, vor allem aber, dass Wanja bei ihm war.

Kurz vor dem Mittagessen kamen Chuong und Hanna mit Wolfram und Bärbel zu den Bauers. Nach der kurzen Begrüßung gingen sie gemeinsam in ein etwa 500 Meter entferntes Restaurant. Dort hatten sie einen großen Tisch reserviert, um gemeinsam zu essen. Nachdem sie nach dem Mittagessen die Bauers wieder nach Hause gebracht hatten, verabschiedeten sie sich voneinander und fuhren in die Wohnung, die von Hanna schon für das Kaffeetrinken vorbereitet war. Am Abend dieses 24. Dezembers sollte es dann asiatische Spezialitäten geben, vor allem aber die Bescherung sein.

Was für Stunden waren das, besonders für Wanja. So viele schöne Ereignisse, neue Eindrücke und Begegnungen, die da auf ihn eingestürmt waren. Es war kein Wunder, dass er gegen 22 Uhr seine Augen kaum noch aufhalten konnte. Er schlief tief und fest in den ersten Feiertag hinein, und als er wach wurde erschrak er, denn es war bereits nach elf, als er sich zur Wanduhr umwandte.

Die Stunden an den Feiertagen rannen nur so davon, und am 27. Dezember hieß es Abschied nehmen. Wieder zu Hause in Großtrona, gab es bei den Großeltern viel zu berichten. Großmutter Hilde hatte sich um das Essen für alle gekümmert, und so blieb auch für Bärbel etwas mehr Zeit, um mit allen zusammen zu sitzen und vom erlebnisreichen Weihnachtsfest zu berichten.

Wanja hatte sich zum Jahreswechsel einer Gruppe von Gleichaltrigen angeschlossen, die sich im Pfarrhaus zum Feiern trafen. Zu Hause geblieben, feierten Wolfram, Bärbel, Werner und Hilde zusammen. Nach dem gemeinsamen Essen, Hilde hatte ihren wohlschmeckenden Kartoffelsalat bereitet, dazu gab es Schichtsalat, Würstchen und Frikadellen, holte Werner einen dünnen Aktenordner aus dem Wohnzimmerschrank. Er schlug ihn auf und verwies auf ein Inhaltsverzeichnis gleich auf der zweiten Seite. „Ich habe alle Schriftstücke, den Schriftverkehr, die Lieferscheine und Rechnungen aus den elf Säcken geordnet. Du weißt schon, Wolfram, alles das, was wir sichergestellt haben. Da gab es sehr interessante Papiere, die eindeutig belegen, dass die Schreiters damals die Eigentümer der Sächsischen Tuchfabriken waren. Damals in den Zwanzigern und zu Beginn der Dreißiger war das ein gesundes und solide geführtes Unternehmen. Wichtige Dokumente habe ich in Ordnern abgeheftet, und die Zusammenfassungen hier in dieser Mappe notiert. Schade, dass mein Vater nicht mehr lebt, der hätte sich sehr gefreut, dass das alles gerettet werden konnte. Mein Vater Willi war Prokurist bei den Schreiters, und dann sollte er ja die

Firmenleitung übernehmen. Ich erinnere mich noch ganz genau, wie er im Januar 1934 von der Gestapo verhaftet wurde. Mutter versuchte, uns Kinder zu beruhigen und die Ereignisse herunterzuspielen. Ich weiß aber auch noch, dass Renate jede Nacht im Bett weinte. Vater blieb zwei Wochen im Gefängnis der Gestapo, und als er entlassen wurde, war er ruhiger und auch ein ganzes Stück vorsichtiger. Das war eine schlimme Zeit, damals, überall in Deutschland. Von den Schreiters kamen nur noch wenige Informationen. Sie müssen alle in Amerika ganz gut Fuß gefasst haben. Was wird wohl aus dieser ganzen Familie geworden sein? Ich habe nicht einmal eine Adresse von ihnen, denn in der braunen Zeit hat mein Vater alle Unterlagen aus Vorsicht vernichtet. Was meinst du, Wolfram, ob dein Freund Wanja nicht helfen könnte, näheres von Schreiters zu erfahren?" Die Erfolgsaussichten wären sicher nicht hoch, aber einen Versuch wollte Wolfram starten. Wanja Kessler wohnte ja inzwischen in der Texanischen Hauptstadt Austin, und wenn die Schreiters noch immer in New York ihr Zuhause hatten, waren sie rund 2.500 Kilometer voneinander entfernt. Aber vielleicht konnte Wanja Kessler über Regierungsstellen oder den Sitz des Jüdischen

Weltkongresses Informationen bekommen? Wolfram wollte gleich am nächsten Tag in einem ausführlichen Brief an seinen Freund das Anliegen erklären und um Hilfe bitten.

Nun schrieb man das Jahr 1992. Wie schnell die letzten Jahre vergingen, konnte man im Rückblick ersehen. Viele Ereignisse, obwohl erst geschehen, verblassten sehr schnell in den Erinnerungen. In Sachsen regierte die CDU unter einem Ministerpräsidenten, der im Land allgemein „König Kurt" genannt wurde. Sein Innenminister, als „Pfarrer Gnadenlos" bekannt geworden, hatte vorher noch in seinem Wahlkreis alle kommunistischen Führungskräfte entlassen. Er versuchte durch die Gründung der SOKO REX, gegen rechtsextreme Gruppen vorzugehen. Im Nachbarland Brandenburg gab es eine Frau, die in aller Munde war, Regine Hildebrandt. Die promovierte Biologin war Ministerin für Arbeit, Soziales, Gesundheit und Frauen in der ersten brandenburgischen Landesregierung. Aufgrund ihrer natürlichen und menschenzugewandten Art und der aktiven Hilfe, die sie immer wieder leistete, wurde sie häufig brandenburgische Mutter Theresa genannt. Die politischen

Veränderungen verdeckten aber nicht die immer größer werdenden Arbeitslosenzahlen in den fünf neuen Bundesländern. Der Umbruch und die Veränderungen im Gesundheitswesen hatten Wolfram ermutigt, sich als Physiotherapeut eine eigene Praxis aufzubauen. Er konnte Inventar und die Räumlichkeiten im Ambulatorium übernehmen bzw. anmieten. Arbeit gab es für ihn nach wie vor viel, aber die Verwaltungsaufgaben und buchhalterischen Erfordernisse brachten ihn an den Rand seiner Möglichkeiten. Schließlich entschied er sich, Ulla Schmidtke einzustellen. Sie hatte ihre Arbeit verloren, als die Betriebsakademie geschlossen wurde. Bärbel, die die Weiterbildungseinrichtung gegründet und geleitet hatte, arbeitet inzwischen auch wieder als Krankenschwester und Arzthelferin bei einem Orthopäden. Arbeit und damit der Verdienst für den Lebensunterhalt waren sicher. Wirtschaftlich gab es keine Probleme, aber immer wieder mussten sich die Menschen auf Änderungen, Neuerung, neue Gesetze und Regeln einstellen. Wanja durchlebte wieder eine krisenhafte Zeit. In seiner Schulklasse hatte ein Mitschüler in einer großen Pause auf dem Schulhof gerufen: „Wanja, du Russenbengel, wann geht dein Zug nach Moskau? Deutschland den Deut-

schen und keine Russen mehr!" Die aufsichts-
führende Lehrerin nahm den Rufer mit ins
Schulhaus, aber alle hatten das gehört und
standen nun hämisch lachend um Wanja herum. Der war nach einigen Schreckminuten aus
der Erstarrung erwacht und in das Schulhaus
gestürmt. Aus seinem Klassenraum holte er
die Schulmappe und rannte nach Hause. Den
Schulbesuch an den nächsten Tagen verweigerte er mit dem Hinweis auf Magenproble-
me. Seine Eltern konnte zunächst nicht verstehen, was mit ihm war, denn er verweigerte
alle Gespräche. Erst nach zwei Tagen war er
bereit, darüber zu sprechen. „Mutti, warum
heiße ich auch Wanja, so russisch? Habe ich
noch einen zweiten Vornamen? Kann ich meinen Namen nicht einfach abändern lassen? Es
war furchtbar, so von allen in der Schule aus-
gelacht zu werden." Lange saß die Mutter mit
ihm zusammen. Ihr drückte es nahezu das
Herz ab, als sie die ganze Geschichte erfuhr.
Wolfram kam immer recht spät nach Hause,
aber geduldig hörte er die Geschichte an, die
ihm sein Sohn noch einmal erzählte. Was lief
nur schief im veränderten Sachsen? War es
noch immer die Heimat, oder lag das Fami-
lienglück in einer anderen Region? Unzählig
viele Menschen hatten ihr Glück im Westen

gesucht und gefunden. Aber Weggehen war nicht die Lösung der umfassenden Probleme, darüber waren sich Wolfram und Bärbel einig. Sie ermutigten ihren Sohn, das Erlebte in einem Brief an Onkel Wanja Kessler zu schildern.

In der Schule war das Thema „Wanja" schnell vergessen. Von einigen älteren Schülern wurde ein Computerclub gegründet und über Windows 3 von Microsoft diskutiert. Wanja interessierte sich sehr für die Computertechnik, denn er besaß inzwischen auch die entsprechenden Endgeräte, wie Personal-Computer, Drucker und Scanner. Auch wenn ihm die Büro-Programme, im Office-Paket erworben, bekannt waren, wollte er viel besser die Zusammenhänge und Hintergründe verstehen. Er verstand einiges von Word für Textverarbeitung, Excel für Tabellenkalkulation, Access für die Datenbankverwaltung und Outlook, aber ihm war wichtig, auch die Technik und das Zusammenspiel zu begreifen. Als Mitglied des „CC Großtrona" verbrachte er nun fast jeden Nachmittag mit den anderen Mitgliedern des Computerclub. Er hatte die Schmähungen vom Schulhof längst vergessen, als ein langer Brief aus Texas ankam. Onkel Wanja hatte seinen Brief ausführlich beantwortet. „Mein lieber Wanja," schrieb er, „wie gut kann ich dich verstehen. Es tut so unendlich weh, wenn man falsch beurteilt und geschmäht wird. Ich kenne das aus meiner Kindheit. Wie oft hat man mir vorgeworfen, kein richtiger Amerikaner zu sein, ja, sogar eine Agententätigkeit wurde mir unterstellt. Ich wurde immer wieder auf meine demokratische Gesinnung überprüft. Als ich mich für ein Studium an der Brown University in Providence, in der Hauptstadt des Bundesstaates Rhode Island bewarb, bekam ich eine Absage. Eine andere Universität forderte einen Beleg, dass ich US-Amerikaner sei. Ich konnte studieren und beweisen, was ich leisten kann. Dann kam meine Zeit im diplomatischen Dienst in Polen und Bulgarien, und da erwies sich mein Vorname oft als Türöffner und Vorbereiter für viele Kontakte. Ich bin dankbar für meinen Namen, denn er erinnert mich an meine Wurzeln. Du trägst deinen Namen, weil deine Eltern an etwas sehr Kostbarstes erinnern wollten – Freundschaft. Ich versichere dir, mein lieber Wanja, du gehörst für mich und meine Frau auch zu einem kleinen Teil zu uns, und deshalb freuen wir uns darauf, dass du

irgendwann zu uns kommen wirst, und Amerika und seine Möglichkeiten kennen lernst. Ich umarme Dich in Gedanken und bleibe dein Onkel Wanja, der echte Amerikaner mit russischem Namen und im Herzen Kosmopolit."
Der Brief an Wanja enthielt auch eine kürzere Nachricht für Werner, den Großvater. Wanja berichtete von seinen Bemühungen, die Schreiters ausfindig zu machen. Er hatte inzwischen Kontakt mit Donald Schreiter aufgenommen, er war ein Sohn von Michael. In zwei Monaten wollten sie sich in New York treffen und dann viele Einzelheiten besprechen. Mit herzlichen Grüßen und dem Versprechen, später Einzelheiten zu berichten, verabschiedete sich der Wahltexaner. Werner war bewegt und sehr erfreut über diese kurze Nachricht. Was würde die Zukunft noch an Überraschungen bereit halten? Er war ja inzwischen auch schon 71 Jahre alt, und viel Lebenszeit blieb ihm wohl nicht mehr.

Die Krisensituation in der Balkanregion spitzte sich immer mehr zu. Am 5. April wurde der Flughafen von Sarajevo militärisch von Serben eingenommen. Die Stadt, in der die olympischen Winterspiele 1984 stattfanden, wurde zunehmend isoliert und am 2. Mai die offizielle Blockade durchgesetzt und verkündet. Damit begann eine Belagerung, die furchtbare Auswirkungen auf die Bewohner hatte. Schnell wurden Brot und Brennmaterial knapp, und es herrschte große Not. Internationale Vermittlungsbemühungen scheiterten, und die bewaffneten Auseinandersetzungen zwischen den drei großen Volksgruppen in der ehemaligen Sozialistischen Föderativen Republik Jugoslawien eskalierten. Auslöser der Einkesselung Sarajevos waren die Ausrufung einer bosnisch-serbischen Republik und die Anerkennung des unabhängigen Bosnien und Herzegowina durch westliche Staaten. Die Belagerung der Stadt endete erst im Februar 1996 durch das Eingreifen westlicher Staaten.

In den fünf neuen Bundesländern gestaltete sich der vom Bundeskanzler angekündigte Aufbau Ost immer mehr zum Abbau. Die Stimmung in der Wirtschaft wurde immer schlechter. Der Stellenabbau auf breiter Front bedrückte besonders die ehemals starke Braunkohlenindustrie im Osten. Während Möllemann zur Sparsamkeit mahnte, streikte die ÖTV für höhere Löhne. Am Ende der Verhandlungen stimmten die Arbeitgeber einer Lohnerhöhung von 5,4 % zu. Fast wie eine weltweite Atempause wirkten die Olympischen Sommerspiele in Barcelona, Spanien. Interessiert wurde das Ereignis begleitet. Am 25. Juli starteten die Sommerspiele, an denen auch Südafrika wieder teilnehmen durfte, und wo auch eine gesamtdeutsche Mannschaft vertreten war. Die Sowjetunion, die 1991 aufgelöst wurde, war durch die Nachfolgestaaten mit einer gemeinsamen Mannschaft unter der Bezeichnung „Vereintes Team" angetreten. Erkennungsmelodie dieser Spiele in Barcelona war das Lied „Barcelona" von Freddie Mercury und Montserrat Caballé. Mercury erlebte diese Spiele aber nicht mehr, er verstarb Ende 1991. Der spanische König Juan Carlos I eröffnete die XXV Olympiade an der 169 Nationen teilnahmen. Die mit 463 Sportlern drittgrößte teilnehmende Nationalmannschaft war Deutschland. Sie errangen 82 Medaillen, davon 33 in Gold. Am 9. August waren die Spiele zu Ende, und auch in Großtrona sprach man wieder über alltäglich Ereignisse und Beschwernisse.

In den Sommerferien kam Karsten für eine Woche nach Großtrona. Wanja hatte es sich gewünscht und versichert, sich um den Freund zu kümmern. Seine Großmutter Hilde versprach, jeden Tag ein Lieblingsessen zu kochen, und so holten Wanja und sein Vater den Berliner Freund zu Hause ab. Inzwischen war in der Wohnung der Großeltern im Erdgeschoß des Hauses das Gästezimmer gerichtet, und das Abenteuer für eine Woche konnte beginnen. Wolfram und Bärbel würden arbeiten, und alle Betreuung ihrem Sohn überlassen. Sie waren sehr gespannt, wie er alles bewältigen würde. Für die beiden jungen Männer wurde es eine erholsame Zeit, denn Großmutter Hilde fühlte sich verantwortlich für die Beiden. Jeden Tag fuhr sie der Großvater mit seinem Auto zu einer anderen Sehenswürdigkeit in der Umgebung. Besonders beliebt waren aber auch die gemeinsamen Zeiten an den Nachmittagen im Garten, wenn es Kaffee und Kuchen gab. Großmutter hatte ein ganzes Blech gefüllten Streuselkuchen gebacken, aber auch bei dem berühmten Prasselkuchen und der Kirschrolle langten sie tüchtig zu. Wenn Opa Werner aus früheren Zeiten erzählte, dann herrschte immer eine gespannte Stille. Nur die Frage nach seinen

Erlebnissen im Krieg wehrte er ab. Das sei kein Thema für die jungen Leute, sagte er nur. Karsten war traurig, als er die Heimfahrt antreten musste. Er hatte sich so wohl gefühlt, aber nun ging es wieder zurück nach Berlin. Natürlich freute er sich auf seine Mutter, aber manchmal wünschte er sich schon mehr Freunde in seiner recht isolierten Welt. „Wanja, es war so schön bei euch. Komm doch möglichst bald nach Berlin. Wir können dort auch gemeinsam einiges unternehmen."

Das neue Schuljahr begann für Wanja schon im August. Es war sein 11. Schuljahr, und noch zwei Jahre lagen bis zur Hochschulreife, dem Abitur, vor ihm. Für ihn wurde der sehnlichst herbeigewünschte USA-Aufenthalt immer greifbarer. Morgens fuhr Wanja mit dem Bus in die Stadt. Die größere Anzahl der Unterrichtseinheiten und zusätzlich die Mitgliedschaft in einer Arbeitsgruppe für Computertechnik, ließen Wanja oft erst nach 17 Uhr nach Hause kommen. Aber er fand schnell in die hohen Anforderungen der elften Klasse und durch seine perfekten Englischkenntnisse wurde auch die Mitarbeit in der Computergruppe wesentlich unterstützt. Es gab viel

Fachliteratur aus Amerika, die er mühelos studieren konnte. Wanja wurde in seinen Bemühungen um alles, was mit Computern zu tun hatte, von seinen Eltern und auch Großeltern finanziell unterstützt. So verfügte er immer über die neuesten technischen Geräte und Programme. Ihm hatte sich eine Welt eröffnet, die ihn faszinierte, und in die er immer tiefer eintauchen wollte. Für seine Zukunft konnte er sich auf jeden Fall ein Elektronikstudium oder ähnliches vorstellen.

Im Oktober erschütterte ein Flugzeugabsturz die Welt. Ein Frachtflugzeug der staatlichen israelischen Fluggesellschaft El Al, eine Boeing 747, stürzte auf einen Wohnblock in Amsterdam-Zuidoost. Alle 4 Besatzungsmitglieder und 39 Menschen am Boden starben. Während des Steigfluges riss das innere Triebwerk von der rechten Tragfläche wegen Materialfehler ab. Kurz darauf brach auch das Triebwerk Nr. 4 von der rechten Tragfläche ab. Nach Stabilisierungsmanöver und eingeleiteter Rückkehr zum Flughafen Schiphol stürzte die Maschine fast senkrecht in ein zehnstöckiges Wohnhaus. Auslaufendes Kerosin setzte mehr als 50 Wohnungen, zudem Bäume,

Sträucher und Rasenflächen in Brand. Nach knapp drei Stunden war an diesem Sonntagabend der Brand unter Kontrolle, und 20 Verletzte geborgen.

Reichlich einen Monat später begann am Berliner Landgericht der Prozess gegen den ehemaligen Staats- und Parteichef der DDR, Erich Honecker, der seit dem 29. Juli in Untersuchungshaft in Berlin-Moabit saß. Ihm und den Mitangeklagten Erich Mielke, Willi Stoph, Heinz Kessler, Fritz Strelitz und Hans Albrecht wurden vorgeworfen, in der Zeit von 1961 bis 1989 am Totschlag von insgesamt 68 Menschen an der Mauer durch Schießbefehl beteiligt gewesen zu sein. Eine zweite Anklageschrift legte Honecker zur Last, Vertrauensmissbrauch in Tateinheit mit Untreue zum Nachteil sozialistischen Eigentums begangen zu haben. Das Verfahren wurde aufgrund der lebensbedrohlichen Krebserkrankung und nach einigem Hin und Her am 12. Januar 1993 eingestellt und der Haftbefehl aufgehoben. Honecker flog unmittelbar darauf nach Santiago de Chile zu Ehefrau Margot und Tochter Sonja.

Die akute Konjunkturkrise hielt die Arbeitslosenzahlen auf hohem Niveau, eine Besserung für das begonnene Jahr war nicht in
Sicht. „Blühende Landschaften" hatte Bundeskanzler Kohl für das Gebiet der ehemaligen
DDR versprochen. Aber erst nach und nach
wurde klar, wie desolat die wirtschaftliche
Lage nach vier Jahrzehnten SED-Herrschaft
wirklich war. Die Innenstädte waren herun-
tergekommen und alte Bausubstanzen kaum
noch zu retten. Dazu kamen die verheerenden
Umweltschäden in den Industriezentren von
Kohle und Chemie. Auch die schlechte Infra-
struktur gehörte zu den drängendsten Problemen, die bewältigt werden mussten. Nur
drei Jahre nach der Wiedervereinigung war
die Einheitseuphorie beendet. Die gewaltigen
Herausforderungen verlangten aber nach Lö-
sungen, und deshalb einigten sich alle Ministerpräsidenten unter dem Schlagwort „Aufbau
Ost" in Potsdam auf den sogenannten Soli-
darpakt zur Finanzierung der Deutschen Einheit. Am 13. März kam es auch zur Einigung
der Länder mit der Bundesregierung und der
oppositionellen SPD unter Engholm. Fortan
gab es nun Transferleistungen, die im Rahmen
des Länderfinanzausgleiches an die neuen
Länder gezahlt wurden.

Großvater Werners 72. Geburtstag fiel auf einen Mittwoch. Als am Morgen Wolfram, Bärbel und Wanja gratulierten, lächelte er leise vor sich hin. Wie gut geht es mir doch, dachte er, als er seine Familie ansah und Blumen, einen neuen Schlafanzug und ein Buch entgegennahm. Ihm war wieder bewusst, wie häufig seine Ehe auf der Kippe gestanden hatte. Sein zeitaufwendiges Engagement in der kirchlichen Mitarbeit, vor allem aber seine kompromisslose Haltung in religiösen Fragen hatten seiner Verbindung mit Hilde sehr zugesetzt. Inzwischen hatte sich vieles entspannt und seit er nicht mehr den Gemeinschaftskreis leitete, war es auch erstaunlich ruhig um ihn geworden. An seinen letzten vier Geburtstagen war auch kein Besuch mehr aus der Gemeinschaft gekommen, sondern nur noch eine Geburtstagkarte per Post. Werner hatte seinen Nachfolger noch kennen gelernt, der gleich nach der Wende aus dem Westen zugezogen war, und sich der Gemeinschaft angeschlossen hatte. Dieser Jürgen Gertold war Mitarbeiter einer Bank und beauftragt, eine Filiale in Großtrona zu errichten. Was hatte ihn gerade nach Großtrona gebracht? Jürgen hatte nach seiner Bankkaufmannslehre in Norddeutschland in einer kleinen Bankfiliale als Kassierer gearbeitet. In der Wendezeit wurden von allen Geldinstituten Pläne erarbeitet, wie die DDR erschlossen und mit Filialen „beschenkt" werden sollte. Dazu benötigten die Vorstände viele Mitarbeiter, die bereit waren, in den Osten zeitweise oder auch für immer umzuziehen. Für größere Städte war es kein Problem, geeignetes Personal zu gewinnen, aber für Kleinstätte wie Großtrona fand sich niemand Die Bankvorstände versprachen deshalb Leitungsposten und ein höheres Gehalt. Auch Jürgen Gertold hatte auf einem Rundschreiben an alle Mitarbeiter der Westfilialen ein solch lukratives Angebot entdeckt. So gab es für ihn nur wenig zu bedenken, und er entschied sich für Großtrona, da für die unbekannte Kleinstadt noch niemand gefunden wurde, der eine Zweigstelle gründen und leiten würde. Das Angebot für Jürgen war verlockend. Er durfte sich stellvertretender Direktor nennen und erhielt eine Gehaltszulage von knapp 400 DM. Innerhalb eines Jahres hatte er in einem Arbeitscontainer eine Bankstelle eingerichtet und betrieb dort, zusammen mit einer Mitarbeiterin, die ehemals bei der Sparkasse des Ortes gearbeitet hatte, die Filiale der Großbank, die von Frankfurt aus ihre Geschäfte betrieb. Das Willkommensangebot für neueröffnete Kundenkonten war eine Gutschrift von 5 DM. Den eigentlichen Boom erlebte er aber kurz vor der Einführung der DM, als eine Vielzahl von Sparkonten eröffnet und große Beträge an DDR-Mark eingezahlt wurden. Im Juli konnte er in der Summe der eröffneten Konten auf einen Betrag von 1,3 Millionen DM verweisen. In einem Dankschreiben wurden ihm ein Sonderbonus und der Aufstieg zum Bankdirektor mitgeteilt. Nach wie vor hatte er nur eine Angestellte, und Kredite durfte er auch nur bis maximal 1.000 DM genehmigen. Aber im Gegensatz zu den Aufstiegsmöglichkeiten in seiner norddeutschen Heimat hatte er es in Großtrona weit gebracht. Wichtiger war ihm aber sein gestiegenes Ansehen. Nach den Sonntagsgottesdiensten wurde er an der Kirchentür mit „Auf Wiedersehen, Herr Direktor" verabschiedet. Ganz anders als in Norddeutschland, wo er immer ängstlich auf die letzten Monatstage schaute, weil wieder alles Geld ausgegeben war, ging es ihm nun wirtschaftlich viel besser. Da die Lebenshaltungskosten nur etwa bei einem Drittel des Westniveaus lagen, und seine kleine angemietete Wohnung unvorstellbar preiswert war, hatte er schnell ein beträchtliches Sparguthaben. In der Kirchgemeinde hatte er sich geschickt positioniert, und als der Gemeindeleiter bestätigt oder ein Neuer gewählt werden sollte, wurde er als Nachfolger vorgeschlagen und nahezu einstimmig gewählt. Zu Werner wahrte er eine große Distanz. Er fürchtete den geradlinigen und erfahrenen Mann. Geburtstagsbesuche fanden nicht mehr statt, jeder bekam nur noch eine Spruchkarte, für die eine ältere alleinstehende Frau die Verantwortung übertragen bekam.

Werner hielt seinen Geburtstagsgruß in der Hand und las die allgemein formulierten Wünsche. Auf der Vorderseite der Karte war ein Spruch abgedruckt. Ohne Schnörkel stand dort in einfachen Buchstaben: „So sind wir nun Gesandte an Christi statt, indem Gott gleichsam durch uns ermahnt; wir bitten für Christus: Lasst euch versöhnen mit Gott!" Was wollen sie mir damit sagen, grübelte Werner. Hielten ihn seine Glaubensgeschwister für einen Mann, der von Gott abgefallen war? Mit einem Kopfschütteln legte er die Karte auf den Tisch, aber da hatte es bereits an der Tür geklopft. Hilde ging zur Tür, öffnete sie und lächelte: „Wie schön dass du kommst, Renate. Dein Bruder braucht eine Aufmunterung. Der Geburtstaggruß aus der Gemeinschaft hat ihn nicht gerade erfreut." Hilde umarmte die

225

Besucherin. Die legte ihre Jacke ab und stand nun vor ihrem Bruder. „Lass dir gratulieren, mein Lieber. Na, hat der Herr Gemeindeleiter wieder sein Gift verspritzt?" Renate machte keinen Hehl daraus, wie sehr sie Jürgen Gertold ablehnte. Sie hielt ihn für einen „großkotzigen Schaumschläger", wie sie bei allen Gelegenheiten betonte. Sie war bisher nie die regelmäßige Gottesdienstbesucherin, aber seit er das Sagen hatte, ging sie nun gar nicht mehr zu den Veranstaltungen. Gemeinsam Kaffee trinkend, gab es viel zu erzählen. Renate liebte es, über alle und jeden im Ort Bescheid zu wissen. So breitete sie genüsslich all die Informationen, Meinungen und Spekulationen aus, bis es Werner zu viel wurde und er abwehrend die Hände hob: „Nun aber genug, Renate, du bist ja kaum in deinem Redefluss zu bremsen. Außerdem sollst du nicht immer Vermutungen und Gerüchte als Tatsachen hinstellen. Wenn du dich nicht änderst, dann wird dich irgendjemand mal nachts auflauern und kräftig vermöbeln." Werner lachte auf, denn das Bild, was er vor seinen Augen erschuf, zeigte eine wild fuchtelnde Furie, die alle Angreifer laut keifend in die Flucht scheuchte. Renate blieb fast drei Stunden bei ihrem Bruder.   Sie berichtete auch, dass bald Renovierungs-arbeiten beginnen würden. Renate hatte ja das Elternhaus in der Hauptstraße übernommen und nach dem Tod von den Eltern Inge und Willi nichts verändert. Nur einzelne Wohnräume waren zwischenzeitlich gemalert worden, aber nun sollten grundsätzliche Umbauten stattfinden. Endlich würden auch die Kachelöfen verschwinden und einer modernen Zentralheizung Platz machen. Renate berichtete noch, wie sie in der Bank um einen Kredit für die Umbauten ersucht hatte, aber von „Direktorchen Gertold", wie sie ihn verächtlich nannte, eine Ablehnung erhalten hatte. Die Sparkasse schließlich sei bereit gewesen, zur Überbrückung kurzfristig die nötige Summe bereitzustellen.

Im Frühjahr kam ein Brief aus Amerika. Wanja Kessler schickte eine Einladung für einen dreiwöchigen Besuch. Wolfram, Bärbel und Wanja sollten nach Texas kommen und Land und Leute kennen lernen. Die Freude bei Wanja war besonders groß, denn er wartete sehnsüchtig auf den Schulabschluss, um dann für ein Jahr nach Amerika gehen zu können. In den nächsten Tagen erkundete er

Flugverbindungen und Preise, auch die Landkarte von Texas hing schon bald darauf an der Wand seines Zimmers.

Ob sie nach Amerika fliegen konnten, war von einer Stunde auf die andere plötzlich ungewiss. Der Großvater klagte an einem Morgen im Mai über starke Kopfschmerzen. Hilde forderte ihren Werner auf, sich einfach auf das Sofa zu legen und noch ein wenig auszuruhen. Sie war sich sicher, dass es ihm nach dem Frühstück wieder besser gehen würde. Das war eben so, wenn man älter ist, da gibt es hier und da ein Zwicken und Zwacken. Immer wieder sah sie nach ihrem Mann, der mit geschlossenen Augen da lag und sich nicht rührte. Als sie ihn ansprach, öffnete er kurz seine Augen und sagte: „Es geht bestimmt schon bald wieder." Hilde war erschrocken, denn Werner war kaum zu verstehen. Sie setzte sich neben ihn auf die Sofakante und sah ihrem Mann ins Gesicht. Der rechte Mundwinkel zeigte deutlich nach unten, und in der Hand, die sie ergriffen hatte, spürte sie keine Kraft. Mir ist schwindelig, und mein Bein kribbelt furchtbar, versuchte er ihr zu sagen. Die Sätze waren nur bruchstückhaft und Hilde ahnte, dass er einen Schlaganfall erlitten hatte. „Ich bin gleich zurück" sagte sie im Hinausgehen. Zum Glück hatten die Kinder ein Telefon, und Hilde konnte mit ihrem Wohnungsschlüssel nach oben gehen. Wenige Minuten später rief sie ihren Wolfram an, schilderte ihm den Zustand des Vaters und war erleichter, als der zusicherte, schnellstens mit einem Arzt vorbei zu kommen. Dann ging alles schnell mit der Versorgung des Vaters. Wolfram war mit einem Arzt gleich im Krankenwagen vorgefahren, und nur wenig später war Werner auf dem Weg ins Krankenhaus. Dort begannen sofort die wichtigen diagnostischen Untersuchungen, die in erste Behandlungen mündeten. Als Hilde im Krankenhaus eintraf, Bärbel hatte sie mit dem Auto hingefahren, denn selbst zu fahren war unmöglich, konnte sie schon bald mit dem Stationsarzt sprechen. „Es war ein ischämischer Schlaganfall. Ursache war eine plötzliche Minderdurchblutung des Gehirns und damit eine Unterversorgung mit Sauerstoff und Glukose. Wir haben eine Magnetresonanztomografie durchgeführt und einen Bereich mit Minderdurchblutung erkannt. Alles Nötige ist eingeleitet, und die Thrombolyse zeigt Erfolge. Ein blutgerinnungsauflösendes Mittel wurde verabreicht und wirkt zu unserer Zufriedenheit. Zum Glück waren sie so schnell und geistesgegenwärtig, dass Hilfe schon schnell möglich war. Ihr Mann wird weiter stabilisiert, die kontinuierliche Überwachung aller wichtigen Parameter wie Blutdruck, Herzaktion, Sauerstoffgehalt im Blut, Blutzucker, Körpertemperatur und Blutfluss zum Gehirn erfolgt ständig. Die gezielte Therapie mit Medikamenten wird sich bald erfolgreich auswirken. Also Frau Starke, wir haben alles gut im Griff und die Aussichten, alles gut zu überstehen, sind für ihren Mann recht gut."

Wenig später saß Hilde am Bett ihres Mannes. Sie hielt vorsichtig seine Hand und betete still, dass es ihm bald wieder gut gehen möge. Wenig später kamen Wolfram und Bärbel und sahen nach Werner. Sie blieben nur kurz am Bett stehen und verabschiedeten sich bald. „Mutter, sollen wir dich nach Hause fahren?" fragte Wolfram. Aber Hilde schüttelte nur den Kopf und meinte, sie wolle später lieber laufen, um den Kopf etwa frei zu bekommen.

Am Ende des Tages saßen Wolfram, Bärbel und auch Wanja in der Küche im Erdgeschoss. Sie sprachen noch einmal über die Ereignisse das Vormittages und alle vier betonten, wie sehr sie auf volle Genesung hofften. „Es ging ja alles so schnell, dank dir, Wolfram. Vater war so schnell im Krankenhaus, dass eine Heilung möglich ist. Morgen werde ich sicher mehr erfahren, wie es ihm geht, und was alles noch gemacht wird." Auch wenn die Gedanken und Gefühle um den Ehemann, Vater und Großvater kreisten, war es zwei Stunden später im ganzen Haus still, und alle schliefen.

Am Morgen fragte Wanja am Frühstückstisch, ob denn die Reise nach Amerika ausfallen würde, wenn es Opa nicht besser gehen würde. „Nein Wanja", sagte der Vater, „Wir fliegen ja erst Mitte Juli. Bis dahin wird Opa wieder zu Hause sein, und ich übe mit ihm jeden Tag, dass alles wieder in gewohnter Weise funktioniert. Ich bin heute zu physiotherapeutischen Behandlungen im Krankenhaus und werde ganz sicher mit dem Stationsarzt sprechen können. Wir werden sehen, wie weit sich die Symptome verändert und gebessert haben. Also mach dir jetzt keine Sorgen, es wird alles gut."

Werner erholte sich erstaunlich schnell, was der Arzt auf die schnelle Hilfe zurückführte.

Auch die Krankengymnastik mit seinem Sohn war ein wesentlicher Faktor für die schnelle Gesundung. Hilde war erleichtert und sehr froh über die Fortschritte. So waren sich alle einig, dass der Reise nach Amerika nichts im Wege stehen würde.

Am 22. Juli, das war ein Donnerstag, startete das Abenteuer Amerika. Am Nachmittag fuhren die drei Starkes, jeder mit einem großen Koffer ausgestattet, mit dem Zug nach Frankfurt am Main. Sie hatten für die Nacht eine Übernachtung im Flughafenhotel gebucht, um am nächsten Tag stressfrei und ausgeruht in den Flieger steigen zu können. Im Hotelzimmer sprachen sie noch darüber, was sie wohl alles in den nächsten drei Wochen erwarten könnte, aber das stachelte eher die Aufgeregtheit an, ohne dass konkrete Sachen greifbar wurden. Auch als sie schon längst in den Betten lagen, kamen sie nicht wirklich zur Ruhe. Wanja stand in dieser Nacht ganz gegen seine sonstigen Gewohnheiten dreimal auf, um die Toilette aufzusuchen. Am Morgen machten sie sich schließlich, nicht wirklich ausgeruht, für den Abflug und die lange Reise fertig. Der Nonstopflug nach

Dallas sollte 11:10 Uhr vom Internationalen Flughafen Frankfurt starten. Obwohl das Frühstücksangebot sehr vielfältig und reichlich war, konnten sie nicht viel essen, lediglich Kaffee und Mineralwasser fanden regen Zuspruch. Das Treiben auf dem internationalen Flughafen faszinierte Wanja, und da es so viel zu bestaunen gab, verging die Zeit bis zum Einchecken sehr schnell. Die Koffer waren aufgegeben und mit den Bordkarten in der Hand suchten sie bald darauf ihren Platz im Flugzeug. Im vorderen Drittel der Sitze bekamen sie ihre Plätze gezeigt, es waren zwei Sitze in der linken Fensterreihe und dahinter der Fensterplatz für die dritte Person. Wanja setzte sich auf den Platz hinter seinen Eltern. „Mutti, so kannst du wenigstens Vatis Hand halten, wenn er auf dem Flug zu aufgeregt ist" sprach er lachend nach vorn zu seinen Eltern. „Na du nun wieder, wer mag wohl wirklich aufgeregt sein, doch wohl eher du", entgegnete lachend der Vater. Dann saßen sie erwartungsvoll auf ihren Plätzen und beobachteten die anderen Fluggäste, die zum Teil noch umfangreiches Handgepäck über ihren Köpfen verstauten. Wanja saß am Fenster und beobachtete die Abfertigung und Kontrolle des Flugzeuges, die draußen vorgenommen wurde. Dann

entdeckte er in der Rückenlehne des Vordersitzes die Tasche, in der Informationen über
das Flugzeug, die Notfallanweisungen und
eine Papiertüte steckten. Das Faltblatt über das
Flugzeug enthielt Grundinformationen und
Daten zum Flugzeugtyp dem Baujahr und der
Fluggesellschaft, für die es unterwegs war.
Wanja las interessiert: Boeing 767 - 223ER,
zweistrahliges Großraumflugzeug mit einer
Reichweite von mehr als 12.200 Kilometern;
mit 2 – 3 – 2 Sitzen je Reihe und Platz für insgesamt 224 Passagiere. Der Tiefdecker fliegt
von Frankfurt in Richtung London, überquert
Irland und steuert dann direkt über den Atlan-
tik in Richtung Nordamerika; etwa in der
Höhe von Philadelphia fliegt er dann wieder
über dem Festland, und in einer langgezoge-
nen Kurve von Ost nach West, um nach Dallas
in Texas zu gelangen. Die voraussichtliche
Flugzeit beträgt rund 11 Stunden bei einer Ge-
schwindigkeit von etwa 850 Kilometer pro-
Stunde und in einer Reisehöhe von etwa
10.700 Metern. Die Reisedaten, so stand es im
Informationsblatt, seien immer abhängig von
Wind- und Wetterverhältnissen und der Jahreszeit. Wanja war beeindruckt und wollte
gerade zwischen den beiden Vordersitzen
hindurch seinen Eltern das Blatt reichen, als

neben ihm der Sitzplatz belegt wurde. Es war ein junger Mann, kaum älter als Wanja, der ihn freundlich anlächelte und mit einem „Hallo" grüßte.

Eine halbe Stunde später rollte das Flugzeug in Richtung Startbahn, hielt kurz an, und nur eine Minute später beschleunigte es mit starker Kraft. Es fuhr immer schneller und hob schließlich ab, um kurz darauf steil nach oben zu ziehen. In Wanjas Bauch kribbelte es, aber fasziniert lehnte er am Fenster und sah auf die immer kleiner werdenden Häuser und Fahrzeuge am Boden. Als sie kurz darauf über den Wolken flogen, lehnte er sich entspannt zurück. Sein Sitznachbar blätterte in einem Buch, legte es aber nun in die Ablage des Vordersitzes und stellte sich als Jimmy vor. Schnell und unkompliziert kamen sie ins Gespräch, und schon bald wussten sie voneinander, weshalb sie im Flieger saßen, woher sie kamen und was am Ende der Reise auf sie wartete. Jimmy würde in Dallas einen Anschlussflug nehmen und weiter an die Westküste der USA fliegen. Erst in San José war dann seine Reise zu Ende, wo ihn die Eltern erwarteten. Er war ein ganzes Jahr als Austauschschüler in München gewesen, und hatte dabei viel Neues gelernt und beeindruckende Erlebnisse gehabt. Seine

Deutschkenntnisse waren beachtlich und würden ihm zu Hause auf der Universität sehr nützen. Jimmy war in Kalifornien zu Hause, dem bevölkerungsreichsten Bundesstaat der Vereinigten Staaten von Amerika. Er liegt im Westen des Landes, direkt am Pazifischen Ozean. Während des langen Fluges erzählte Jimmy aus seiner Heimat und seiner Familie. Viele Fotos, die er aus seinem Rucksack genommen hatte, veranschaulichten die Berichte. „In Kalifornien gibt es alpine Berge, Nebelküsten, heiße Wüsten und das fruchtbare Längstal, zwischen der Sierra Nevada und dem Küstengebirge. Im Yosemite-Nationalpark kann man Riesenmammutbäume bestaunen. Die Mojave Wüste im Südosten mit einer Größe von etwa 35.000 Quadratkilometer hat nur eine jährliche Niederschlagsmenge von maximal 150 Millimeter pro Jahr. In der Wüste befindet sich der heißeste Ort, das Death Valley (Tal des Todes), ein Tal, das über 80 Meter unter dem Meeresspiegel liegt. Obwohl das Tal des Todes nur wenige hundert Kilometer vom Pazifischen Ozean entfernt liegt, ist es eine der trockensten Regionen der Erde und eine der heißesten Gegenden Amerikas. Stell dir vor, die Durchschnittstemperaturen im Juli und August liegen in der Regel über 45 Grad

Celsius." Interessiert betrachtete Wanja die vielen Fotos in dem kleinen Album. Einige Informationen hinterfragte er, um noch mehr zu erfahren. Besonders interessant wurde es aber, als Jimmy von seiner Familie berichtete. Der Vater war Revierleiter bei der Feuerwehr der Stadt, und die Mutter arbeitete an der San José State University. Viele Studenten der Uni arbeiteten im Silicon Valley, dem weltweit bekanntesten Standort der IT- und High-Tech-Industrie. Das war plötzlich ein Thema, was Wanja ganz brennend interessierte, und immer wieder fragte er nach Einzelheiten und Details. Zusammenfassend bekam er von Jimmy folgende Informationen:

Das Silicon Valley, eine Region zwischen dem südlichen Teil von San Francisco Bay Area und San José, entstand ab 1951 mit der Einrichtung des Stanford Industrial Park. Nach und nach gründeten ehemalige Mitarbeiter von Elektronikfirmen und Absolventen der Universitäten kleine Unternehmen und entwickelten neue Ideen und Produkte. Mit der Verbreitung der Computertechnik seit den 1960ern siedelten nun auch Unternehmen der Hochtechnologie an, so unter anderem der Halbleiterhersteller Intel, im Jahr 1968 gegründet, und ein Jahr später der

Chip-Entwickler AMD. Mit Apple etablierte sich ab 1976 ein weiteres Unternehmen, das Computer, Mobiltelefone, Unterhaltungselektronik, aber auch Betriebssysteme und Anwendungssoftware entwickelte und vertrieb. Es war abzusehen, dass die Ansiedelung weiterer Firmen der Technologiebranche vorangetrieben wurde. Jimmy berichtete eifrig und engagiert von dieser ganzen Technologieregion, und Wanja verstand sofort, wie interessiert und begeistert der Amerikaner war. Er würde, so hatte er schon angedeutet, in diesem technologischen Fachbereich ein Studium an der Universität in seiner Heimatstadt beginnen. Genau das wollte Wanja auch, und so ging der Gesprächsstoff zwischen den beiden jungen Männern auf dem Flug nach Amerika nicht aus, nur kurz unterbrochen von den Mahlzeiten an Bord des Langstreckenfliegers. Kurz vor der Ankunft in Dallas tauschten Jimmy und Wanja noch ihre Adressen aus. Sie waren sich beide sicher, dass ihre Begegnung nicht einmalig bleiben würde. Als das Flugzeug zum Terminal rollte und die Passagiere endlich aussteigen konnten, umarmten sich die beiden jungen Männer und versprachen, bald von sich hören zu lassen. Wanja erzählte auf dem Weg zur Gepäckausgabe von der interessanten Reisebegleitung, aber die Eltern hatten das eine oder andere schon von ihren Vordersitzen aus mitbekommen. Sie freuten sich, denn so war der Start in den Amerikaurlaub gerade für Wanja besonders schön und interessant. Die Uhr im Terminal zeigte 15:15 Uhr Ortszeit. Fast eine halbe Stunde warteten die Passagiere des Atlantikfluges auf ihr Gepäck, aber dann begaben sich alle zum Ausgang des Terminals. Was für eine Freude! Wanja Kessler stand in der Ankunftshalle und winkte den deutschen Freunden zu. Bei der Umarmung flossen dann einige Freudentränen. „Wir freuen uns so sehr, dass ihr endlich bei uns in Amerika seid. Christina lässt euch schon ganz lieb grüßen. Ein Anschlussflug nach Austin wäre erst am späten Abend möglich, aber bis dahin sind wir auch mit dem Wagen bei uns zu Hause. Also steigt ein, wir werden erst gemeinsam in der Stadt essen, und dann fahren wir die rund 300 Kilometer nach Süden." Hunger hatte sie alle nicht, denn es gab im Flugzeug reichlich zu essen, und deshalb bat Wolfram, gleich durchzufahren. Auf der Fahrt wurde zwischen Wanja Kessler und Wolfram viel geredet, nur Bärbel und ihr Sohn hatten auf der Rückbank ihre Köpfe seitlich angelehnt und waren bald darauf eingeschlafen. Sie wachten erst wieder auf, als das Auto eine breite Toreinfahrt passierte und schließlich vor dem Portal eines stattlichen Hauses hielt. An der Tür stand schon Christina, die bald darauf die Gäste aus dem fernen Deutschland begrüßte.

Es war Sonntag, kurz nach 11 Uhr, und einigermaßen ausgeruht begannen die Starkes in Amerika den neuen Tag. Nach einem reichhaltigen Frühstück wollte der Gastgeber zu einer Rundfahrt durch die Texanische Hauptstadt starten. Natürlich fuhren sie zuerst zum State Capitol in Austin. Das Innere des Gebäudes war in seinen Dimensionen nicht mit deutschen Rathäusern vergleichbar, aber die deutschen Gäste hatten schnell verstanden, dass es in Amerika immer irgendwie schneller, größer und weiter zuging. Auf der Fahrt durch die Stadt zeigte Wanja Kessler dann auch die bekannte Innenstadt, mit den berühmten Straßen Fouth Street, der 4. Straße, und Sixth Street, der 6.Straße. Dort gab es zahlreiche Musikkneipen, in denen Life-Musik gespielt wurde, vor allem Blues-Rock und Country. Einen Abend, so versprach Wanja Kessler, würden sie durch einige der

Musikkneipen ziehen. Wieder zurück im Haus der Gastgeber wollte Wolfram nun auch das geräumige Gelände am Haus sehen. Gemeinsam standen sie zunächst an der Vorderseite des zweigeschossigen Hauses. Dann gingen sie nach links zum Quertrakt und außen vorbei bis zur seitlichen Eingangstür, die direkt in die Küche führte. Rund 12 Meter weiter standen sie an der Rückseite des großen Hauses. Auch dort gab es eine Tür für den direkten Zugang aus der großen Diele des Hauses in den parkähnlichen Garten. Der breite Weg von der Tür ging bis zum Springbrunnen, etwa 30 Meter entfernt, der inmitten eines großen Rundbeetes und von Gartenbänken eingerahmt, ein friedliches Bild vermittelte. Der Garten war mit seinem dichten und kurzgeschnittene Rasen und den seitliche begrenzenden Blumenrabatten sehr gepflegt. „Wir haben einen sehr tüchtigen Gärtner", erklärte Wanja Kessler. „Allein wäre das nicht machbar, alles in Ordnung zu halten." Wenig später gingen sie alle ins Haus, wo schon ein gedeckter Tisch auf sie wartete. Nach einer kurzen Erfrischung im Gästebad, kamen sie am Tisch zusammen. Während des Essens gab es viel zu erzählen. Die Kesslers wollten möglichst genau wissen, was sich in der Familie in Großtrona ereignet

hatte, und welche Veränderungen die Wendezeit für sie gebracht hatten. Aber auch die
Starkes waren brennend an den Berichten
ihrer Freunde interessiert. Wie war das, von
Sofia wegzugehen, wo sie doch dort eine besonders schöne und große Wohnung gemietet
hatten? Die wurde sofort an einen anderen
Botschaftsangehörigen vermietet, aber die Fül-
le der Aufgaben und die relativen Freiheiten
in Bulgarien vermissten die Kesslers schon
sehr. Im Texanischen Austin hatte sich ihr Leben sehr verändert, weil die politischen und
wirtschaftlichen Verantwortungen um ein
Vielfaches gestiegen waren. Wanja Kessler
arbeitete in der Regel täglich von 8 Uhr bis
gegen 22 Uhr, fuhr dann nach Hause und
nutzte mit seiner Frau Christina noch eine
Stunde zum Reden, bis ihn die Müdigkeit ein-
holte. Sonntags hatte er etwas mehr Zeit, die er
mit seiner Frau zum Gottesdienstbesuch nutzte. Nach dem Mittagessen zog er sich noch für
4 bis 5 Stunden in seinem Arbeitszimmer im
Haus zurück, um wichtige schriftliche Arbeiten zu erledigen. Seine Aufgaben umfassten
aber auch Dienstreisen, und häufig nahm er an
Sitzungen in Washington teil. Aber, so betonte
Wanja Kessler, er sei mit seinem Leben sehr

zufrieden. Für eine Woche hatte er aber für seine Gäste uneingeschränkt Zeit.

Ein besonderes Erlebnis bereitete seinem Patenkind Wanja großes Vergnügen. Mit dem Auto fuhren sie, Christina blieb zu Hause, an den San Marcos River, mitten in der Stadt. Die Wassertemperatur von konstant 22 Grad Celsius lud alle förmlich ein, eine neue Form des Wassersports auszuprobieren – das Tubing. Als Wanja Kessler das empfahl, konnten sich die Starkes noch nicht vorstellen, was sich dahinter verbarg, aber bald sahen sie, was den Leuten großes Vergnügen bereitete. Man setzte sich in einen großen aufgepumpten Autoreifen und ließ sich den Fluss hinab treiben. Es gab ruhige Flussabschnitte, die aber von Steinen und seitlichen Begrenzungen immer wieder in kleine reißende Abschnitte übergingen. Es war ein großes Vergnügen, klatschnass den Fluss zu bezwingen. Am Ende, alle hatten sich die vorsorglich eingepackte trockene Kleidung angezogen, schwärmte Wanja: „Das war so klasse, Onkel Wanja, das müsste man auch bei uns zu Hause machen." „Ich kann mir gar nicht vorstellen", sagte daraufhin der Vater Wolfram, „dass das bei uns genehmigt würde. Deutschland, das Land der Dichter und Denker, ist ja besonders auch das Land der

Paragraphen und Vorschriften." Ein anderes Erlebnis bot dann eine Bootsfahrt. Von Land aus nicht zu erahnen, hatte das Ausflugsschiff in der Mitte einen Glasboden, durch den man den Flussgrund, aber auch viele Fische und Wasserpflanzen sehen konnte. Da das Wasser sehr klar war, konnte Wanja kaum seinen Blick von der Bodenfläche abwenden. Am Abend dieses „Wassertages" waren die Starkes rechtschaffen müde und um ungewöhnliche Erlebnisse reicher.

Einen anderen Tag verbrachten Starkes im Texas Hill Country, einem Weinbaugebiet, westlich von Austin. Überdurchschnittlich viele deutsche Einwanderer hatten die Weingegend geprägt. Als ein verstecktes Juwel im Texas Hill Country entpuppte sich San Marcos. In der Stadt befindet sich die Texas State University mit rund 20.000 Studenten. Aber unter Christina Kesslers Führung landeten sie gemeinsam in den Outlet-Malls, dem größten Outlet-Center in den USA. Mehr als 250 Geschäfte auf einer Verkaufsfläche von 111.000 Quadratmetern erforderten schon einige physische Kraft, weil die Starkes ja möglichst viel sehen und erleben wollten. Große weltweite Firmennamen, aber auch typisch amerikanische Erzeugnisse wurden angeboten, sehr oft mit Rabatten bis zu 65 Prozent. Spät am Abend kamen sie wieder in Austin an, sehr müde und mit bleischweren Beinen. Nur schnell ins Bett, war da der einzige noch offene Wunsch.

Die erste Urlaubswoche in Amerika war zu Ende, als Wanja Kessler seine Freunde bat, einen Koffer zu packen. Er wollte sie am nächsten Tag zum Flughafen in Houston fahren und von dort auf die Reise nach New York schicken. In der Riesenstadt an der amerikanischen Ostküste würden die drei dann von einem Überraschungsgastgeber abgeholt. Mehr wollte Wanja Kessler nicht verraten, nur noch so viel, dass sie vor dem Rückflug nach Deutschland noch ein paar Tage in Austin sein würden.

Ein neues Abenteuer konnte starten, als die drei Starkes im Wagen von Wanja Kessler saßen und in das 170 Kilometer entfernte Housten fuhren. Von Austin in die Küstenstadt am Golf von Mexiko würden sie etwa 2 Stunden benötigen. Der Regionalflughafen William P. Hobby Airport war das erste Etappenziel der Reise. Von dort ging es dann am Mittag mit einer Boeing der Southwest Airline nach New York LaGuardia Airport (LGA), an der Flushing Bay im Stadtteil Queens. Als die Maschine nach knapp 3 ½ Stunden Direktflug zur Landung ansetzte, konnten die deutschen Fluggäste das beeindruckende Panorama der Millionenstadt bewundern. Das Auschecken und die Abholung der beiden Koffer, die sie in Austin gepackt und mitgenommen hatten, gingen unkompliziert und schnell. Am Ausgang wurden sie schon erwartet, denn dort stand ein Mann mit einem Pappschild: Familie Starke, Germany, stand darauf. Als sie sich gegenüber standen, sprach sie der Mann fließend in Deutsch an: „Ich bin Donald Schreiter. Herzlich willkommen in New York. Wir fahren gemeinsam zu meinen Eltern, dort werdet ihr die nächsten Tage verbringen. Vater hatte es sich so sehr gewünscht, nach der Kontaktaufnahme mit Mister Kessler, euch zu sehen. Aber ihr werdet noch viel Gelegenheit haben, alles zu erfahren und in Ruhe mit meinen Eltern zu sprechen." Die Fahrt dauerte eine gute Stunde, bis sie am Haus der Schreiters ankamen. Das Stadtbild mit   Vorstadtcharakter wurde von villenartigen Häusern, umgeben von Grünanlagen, geprägt. Der Trubel der Millionenstadt schien unendlich weit weg zu sein. Am Haus erwartete sie ein älterer Herr, etwa im Alter des Großvaters aus Großtrona. „Ich bin Michael Kessler, herzlich willkommen!" begrüßte er die drei Gäste aus dem fernen Deutschland. „Herzlichen Dank für ihre Einladung und die liebe Begrüßung", antwortete Wolfram, dabei die ausgestreckte Hand des Gastgebers ergreifend. „Du bist Wolfram, Werners Sohn? Du kannst mich ruhig Michael nennen. Ich freue mich sehr, dass ich endlich mehr aus der alten Heimat erfahre, und wie es mit den Starkes in den letzten Jahrzehnten so stand."

In den folgenden Tagen gab es in der Riesenstadt viel zu entdecken, aber wichtig waren die Gespräche mit Michael, der von seiner Familie berichtete, aber auch vieles aus dem fernen Deutschland erfahren wollte.

Zusammenfassend ein Kurzüberblick über die Familie Schreiter. Jonas und Debora Schreiter, die Erbauer der Schreiterschen Villa und Besitzer der Sächsischen Tuchfabriken in Trona kamen mit ihrer Tochter Miriam nach Amerika, eigentlich um eine Tochterfirma in den USA zu gründen. Die Kontakte, dann aber die aktive Mitarbeit im Jüdischen Weltkongress, veranlassten das Ehepaar, in New York ein Haus zu kaufen und zu bleiben. Miriam hatte bald einen jungen Mann, Karl Miller, kennengelernt und schließlich 1933 geheiratet. Die beiden ließen sich drei Jahre nach der Hochzeit im Westen der USA in Kalifornien nieder. Im Großraum von Los Angeles bewohnten sie ein großes Haus, und ihre Kinder Arthur, Charlotte und Elsie, alle drei in Kalifornien geboren, hatten inzwischen erfolgreich in San Francisco studiert. Aaron, verheiratet mit Sara, leitete dann bis zu seinem Weggehen die Fabriken in Sachsen. Er hatte in Wilhelm, dem Großvater von Wolfram, einen loyalen und kompetenten Prokuristen an seiner Seite, der die Verwaltung und Weiterführung der Fabriken nach der Flucht Aarons übernehmen sollte. Von Notaren bestätigt und rechtlich abgesichert, wurde diese Firmenübergabe an Wilhelm durch die Nazis zunichte gemacht. Wilhelm wurde verhaftet, weil er der Enteignung zunächst nicht zustimmte. Aaron befand sich zu diesem Zeitpunkt noch in der Schweiz, in die er am Heiligabend ausgereist war. Wenige Wochen später war er aber mit seinen Kindern Ruth und Michael schon auf einem Schiff von Genua nach New York. In Amerika war durch seinen Vater Jonas alles so vorbereitet, dass nicht nur ein erworbenes Haus zur Verfügung stand, sondern auch geschäftliche

Kontakte den amerikanischen Zweig der Sächsischen Tuchfabriken stärkten, und ein Jahr später eine rein amerikanische Neuausrichtung der Firma gegründet wurde. Das Haus, in dem sie zu Gast seien, war das Haus, in dem Aaron mit seiner Familie den Neuanfang in New York wagte. Aaron war 1971 im Alter von 73 Jahren, und seine Frau Sara zwei Jahre später mit 74 Jahren gestorben. Ruth blieb ledig, und sie starb 1991 mit 74 Jahren. Michael war inzwischen 71, und durch gesundheitliche Problemen ziemlich eingeschränkt. Wie es ihm ergangen war, berichtete er kurz. Im Krieg der Alliierten gegen Deutschland war er als Offizier nach Europa gekommen, blieb aber in Frankreich stationiert, bis zu seiner Entlassung aus dem aktiven Militärdienst. Nach Deutschland war er auch nach der Kapitulation nicht gereist. Als er wieder zurück in New York war, heiratete er 1950 seine Julia. Sie war vier Jahre jünger und gebar 1952 Richard, 1953 Donald und 1957 Diana. Donald hatten die Starkes ja kennen gelernt, denn er hatte sie vom Flughafen abgeholt. Seine beiden Geschwister und er würden am Sonntag zum großen Familientreffen mit ihren Familien, insgesamt immerhin sieben Enkel, kommen, um den Besuch der deutschen Familie zu feiern. Michael betonte, wie gut es ihnen in den USA ging, aber er verspürte schon seit langem den Wunsch, noch einmal seine Heimat zu sehen und vor allem, Werner zu begegnen. Mit Tränen in den Augen hatte Wolfram dem, hier nur gekürzt wiedergegebenen, Bericht gelauscht. „Onkel Michael, wenn du kannst und es möchtest, dann komm nach Deutschland. Unser Haus steht dir und deiner Familie immer offen, und mein Vater wäre ganz sicher sehr glücklich, dich zu sehen. Er hat übrigens in wochenlanger Arbeit alte Firmenunterlagen gesichert, geordnet und archiviert. Vielleicht wird das von Bedeutung, wenn irgendjemand aus deiner Familie Ansprüche aus das Haus, das Grundstück oder die ehemalige Firma stellt."

Der Sonntag wurde wirklich zu einem fröhlichen Fest, denn nicht nur die Familie von Michael war anwesend, sondern außerdem noch ein Ehepaar mit drei erwachsenen Kindern und sechs Enkeln. Als sie eintrafen, stellte Michael vor: „Das sind unsere engsten Freunde Simon und Rahel Kaufmann mit ihrer ganzen Familie. Sie waren schon sehr gespannt darauf, euch endlich kennenzulernen. Ihr könnt natürlich nicht wissen, wer sie sind, aber das klärt sich nach dem Essen auf. Simon wird dann berichten, was er erlebt hat."

Gespannt saßen alle im großen Garten, als Simon seinen Bericht begann. „Ich bin Simon, geboren 1921 in Berlin. Meiner Familie ging es wirtschaftlich gut, und mit zwei Schwestern wuchs ich unbeschwert auf, bis, ja bis die Nazis die Herrschaft übernahmen und eine beispiellose Hetzjagd auf uns Juden einsetzte. Wir wurden gewarnt, dass in der Stadt die Juden verhaftet und in ein Konzentrationslager gebracht werden sollten. Mein Vater schob mich durch das kleine Toilettenfenster in den Innenhof des Hauses, noch rechtzeitig, bevor die Gestapo mit SA-Angehörigen unsere Wohnung stürmten. Ich floh zunächst in eine angrenzende Kleingartenkolonie. Aber dort konnte ich nicht bleiben, denn die Gärten waren von umliegenden Häusern aus gut einzusehen. Von meinem Versteck aus hörte ich das Gegröle, als immer mehr Juden aus den Häusern gezerrt und auf bereitstehende Lastwagen geschoben wurden. Wer nicht schnell genug war, bekam mit Gewehrkolben einen Stoß versetzt, und wer hinfiel, auf den traten die SA-Stiefel ein. Als es wieder ruhiger wurde und die Lastwagen abgefahren waren, wagte ich es, meinen Unterschlupf zu verlassen. Ich lief durch Nebenstraßen in Richtung Süden, und irgendwann in der Nacht verließ ich Berlin. Mein Gefühl für Raum und Zeit hatte mich verlassen, und ich wusste nicht, wo ich mich befand, und wie spät es war. Als es wieder hell wurde, suchte ich mir einen Platz in einem ausgedehnten Wald. In einer Kuhle neben einem umgestürzten Baum konnte ich mich geduckt an das Wurzelwerk, das wie eine senkrechte Wand einen kümmerlichen Schutz für mich bot, lehnen. Ich muss einige Stunden, wenn auch sehr unruhig, geschlafen haben. Als es wieder dunkel wurde, suchte ich nach etwas essbarem, aber ich kannte mich mit den Bedingungen im Wald nicht aus. Hungrig und müde durchquerte ich den Wald, lief geduckt und gehetzt über ein Feld und versuchte, Berlin so weit wie möglich hinter mir zu lassen. Irgendwann verlor ich auch den Überblick, in welcher Richtung ich unterwegs war. Noch eine Nacht, einen Tag im Brombeergestrüpp eines kleinen Wäldchens und eine Nacht verbrachte ich irgendwo in mir unbekanntem Gelände. In der darauffolgenden Nacht sah ich einen kleinen Ort. Vielleicht gab es da irgendetwas, was ich essen könnte? Ich lief quer über eine bestellte Feldfläche, und da muss ich wohl ohnmächtig geworden sein. Als ich wieder richtig zu mir kam, lag ich auf einem Sofa in einem Haus, umringt von einigen Leuten, die mich aufmerksam musterten. Ich erschrak, aber eine Frau strich mir über die Wange und gab mir einen großen Topf mit warmer Milch. Sie reichte mir auch ein Stück Brot, auf das dick Butter gestrichen war. Nach dem Essen schlief ich bald darauf erschöpft wieder ein. Als ich wach wurde, sprach ein Mann lange mit mir, der sich als Willi Starke vorstellte. Er wollte wissen, woher ich gekommen war. Dann erklärte er, dass es kein Zurück nach Berlin geben konnte, weil ich in höchster Lebensgefahr sei. Mein Platz sei erst einmal hier, als Verwandter der Familie, um als Knecht die nötigen Handgriffe in der Landwirtschaft zu erlernen. An diesem 16. November 1938 wurde aus Simon Kaufmann der Knecht Klaus Brenner, und neun Tage später besaß ich neue Papiere, die das bestätigten. Zuvor hatte mir Lina kurzerhand die schwarzen Haare gebleicht und blondiert. Oma Anna, die gute Seele im Haus, sorgte immer liebevoll für mich. Sie war es auch, die mir im Frühjahr 1940 Geld und Papiere in das Jackenfutter einnähte. Willi wollte mich auf eine Versorgungsfahrt für die Fabrik mitnehmen. Es sollten Stoffe in Südtirol gekauft werden. Willi hoffte, eine Möglichkeit zu finden, um mich in die Schweiz und damit in Sicherheit zu bringen. Er hatte extra sein erspartes Geld, es waren fast 5.000 Reichsmark, auf der Bank auszahlen lassen. Dort gab er an, davon die Stoffe zwischen zu finanzieren. Die Fahrt verlief ruhig und ohne gefährliche Situationen. In einem abseits gelegenen Bauernhof in Tirol hielten wir an, um nach einem Quartier für eine Nacht zu fragen. Wir wurden freundlich aufgenommen, und schließlich stellte sich heraus, dass gerade dort ein wichtiger Treffpunkt für illegale Grenzübertritte sei. Dann ging alles sehr schnell. In den frühen Morgenstunden wurde ich geweckt, und dann gingen wir in die Berge, um schon eine Stunde später die Schweiz zu erreichen. Ein Grenzpolizist der Schweiz nahm mich in Empfang. Ein Umschlag mit Geld für meine Weiterreise wurde an ihn übergeben, und zwei Tage später saß ich schon in einem Zug nach Norditalien, ausgestattet mit einem Schweizer Pass und mit neuer Identität. Aus dem deutschen Jungen Klaus Brenner war wieder Simon Kaufmann geworden, aber nun als Schweizer Bürger, der auf der Reise nach Amerika war. Dann ging alles schnell und unkompliziert. Von Genua aus fuhr ich mit einem Transportschiff nach

Portugal und nach kurzem Aufenthalt weiter nach Amerika. Dort nahmen mich Aaron und seine Frau in ihrem Haus auf. Deine Verwandten, lieber Wolfram, haben mir das Leben gerettet. Meine Frau Rahel und ich haben 1944 geheiratet, ziemlich bald, nachdem wir uns kennenlernten. Meine Ältester Steven wurde dann drei Jahre später geboren, dann kam zwei Jahre danach Mark und die Dritte im Bunde war dann 1953 Maisie. Wir haben schon vor Wochen beschlossen, im nächsten Frühjahr nach Berlin zu fliegen. Ich will meiner Frau und den Kindern die Orte meiner Kindheit zeigen. Ihre Ehepartner und die Enkel bleiben in Amerika. Was meinst du, Wolfram, ob wir deinen Vater besuchen könnten? Geht es ihm nach seinem Schlaganfall wieder so, dass er einen Besuch verkraften würde?" „Ihr seid herzlich nach Großtrona eingeladen. Wir alle, besonders natürlich Vater, würden euch sehr gern wiedersehen. Auch du, Onkel Michael, wenn du es kannst, solltest zu uns kommen. Vielleicht können wir euch helfen, euer Eigentum wieder zu bekommen. Das Haus in der Hauptstraße steht noch, aber ist in einem sehr schlechten Zustand. Vielleicht können wir gemeinsam dort wieder neues Leben ermöglichen?"

Bepackt mit Fotos und einem dicht beschriebene Tagebuch, mit vielen Geschenken für Werner und Hilde, und mit unvergesslichen Erinnerungen flogen Wolfram, Bärbel und Wanja wieder zurück nach Houston, wo sie von Christina vom Flugplatz abgeholt wurden. Es gab noch sehr erholsame Tage in Texas, aber schon bald mussten die Koffer gepackt und der Rückflug nach Deutschland angetreten werden. Am Abend vor der Rückreise saßen Wolfram, Bärbel und die beiden Kesslers, Wanja und Christina, bei einem Glas Wein zusammen. Sie sprachen ausführlich über ein Studienjahr des Sohnes in Amerika. Wanja Kessler hatte viele detaillierte Vorschläge, und wie alles ganz praktisch durchgeführt werden könnte. „Wolfram, euer Sohn hat ein Sparbuch, auf das ich jeden Monat einen kleinen Betrag eingezahlt habe. Er kann darüber verfügen, wenn er 18 Jahre alt ist. Dann müssten mehr als 10.000 DM vor Zinsen zur Verfügung stehen. So wäre es ihm möglich, ein ganzes Jahr hier zu studieren, ohne sich finanziell Sorgen machen zu müssen, und ohne dass es euch finanziell überfordert. Wohnen kann er in unserem Haus, oder wenn er andere Wünsche hätte, könnten wir ihm bei der Suche nach einer Studentenunterkunft helfen. Wir wären auf jeden Fall in der ganzen Zeit für ihn da, und ihr müsstet euch keine Sorgen um euren Sohn machen. Wanja interessiert sich ja brennend für alles, was mit Datenverarbeitung und Computern zu tun hat. Ich kann mich kundig machen, wie ein Studium an der Westküste aussehen würde, und ob es Chancen für Praktika im Sillicon Valley gibt. Aber er hat mir ja auch von seiner Flugbekanntschaft berichtet, und vielleicht kann mir der junge Mann aus Kalifornien wertvolle Tipps geben."

Der Rückflug nach drei Wochen in Amerika begann tränenreich und mit einer gedrückten Abschiedsstimmung. Wanja Kessler und seine Christina fuhren die drei Starkes zum Flughafen in Dallas. Der Nonstopflug nach Frankfurt startete erst am Abend nach 20:35 Uhr. Die geplante Ankunft, knapp 10 Stunden später, war mit 13:10 angegeben. Wanja rechnete nach, aber das waren ja einige Stunden mehr, bis ihm einfiel: „Vati, wie ist der Zeitunterschied von Dallas zu Frankfurt?" „Das sind 7 Stunden, die du dazu zählen musst. Wenn wir abheben, ist es in Frankfurt schon 2:35 Uhr."

Auf dem Rückflug konnten Wanja und Bärbel einigermaßen gut schlafen. Nur Wolfram fand kaum Ruhe, denn zu viele Eindrücke beschäftigten ihn in Gedanken. Da waren nicht nur die beeindruckenden Erlebnisse, sondern vor allem die Begegnungen mit all den Menschen, die ihn mit ihren Erzählungen tief berührt hatten. Besonders beschäftigte ihn der Bericht von Simon Kaufmann. Was hatte dieser Mann alles erdulden müssen. Und doch war er nicht verbittert oder auf die Deutschen schlecht zu sprechen, sondern sah positiv auf seine Vergangenheit und lebte mutig und selbstbewusst im Hier und Heute. „Wolfram, niemand ist für das verantwortlich, was andere tun und sagen. Ich bin für das verantwortlich, was ich tue oder unterlasse und für das, was ich sage. Und denke daran, du bist auch nicht dafür verantwortlich, was andere von dir zu hören glauben." Wolfram hatte so viel erlebt, gehört und gesehen, dass er ganz sicher viel Zeit brauchte, um alles zu verarbeiten und einzuordnen. Je näher sie der Heimat kamen, umso mehr freute er sich wieder auf das Zuhause und vor allem auf seine Eltern Werner und Hilde. Es gab so viel zu berichten, und am meisten freute er sich, besonders innige Grüße von Michael ausrichten zu können.

Wieder zu Hause gab es ein besonders langes Gespräch zwischen Wolfram und seinem Vater. Die Grüße von Michael trieben Werner Tränen in die Augen. Er schwieg lange und sagte dann, wie sehr er sich gerade über diesen Gruß freute. Dann berichtete er seinem Sohn, was damals in der Nazizeit vor der Villa der Schreiters vorgefallen war, und wie sich der Freund und Spielgefährte enttäuscht abgewandt hatte. Damals war eine Wunde entstanden, die nach so langer Zeit jetzt die Chance zur Heilung hatte. Wie gern würde Werner seinen Freund aus Kindertagen sehen und in die Arme nehmen, und ihn noch einmal um Vergebung bitten. Ob sich sein Wunsch je erfüllen würde, war sehr ungewiss, denn beide inzwischen über 70jährigen konnten aufgrund ihrer gesundheitlichen Einschränkungen keinen so langen Flug wagen.

Die Schule begann für Wanja am 26. August. An diesem Donnerstag wurden neue Schulbücher verteilt, der Stundenplan bekannt gegeben und zwei neu zugezogene Schüler vorgestellt. Im anschließenden Englischunterricht sollten kurze Urlaubserlebnisse berichtet werden, was Wanja mit seinen Sprachfertigkeiten und dem großen Wortschatz sehr gut gelang. Er berichtete von dem Tag auf dem San Marcos River, von Tubing, dem Schiff mit Glasboden und den angenehmen Temperaturen in Texas. Nach nur vier Unterrichtsstunden war der erste Tag des neuen Schuljahres schnell vorbei. Auf dem Weg nach Hause ging Wanja noch einmal die Reise nach Amerika durch den Kopf. Er musste besonders an Jimmy, seinen Flugnachbarn, denken. Ob er inzwischen mit dem Studium begonnen hatte? Wann war eigentlich Studienbeginn in Kalifornien? Wanja nahm sich vor, in den nächsten Tagen einen Brief zu schreiben und nach den Studienbedingungen zu fragen. Er hatte noch diese 12. Klasse vor sich, bevor dann das Abenteuer USA für ihn starten konnte. Die beiden neuen Mitschüler in der Abschlussklasse waren aus Berlin zugezogen. Warum sie die Großstadt verlassen hatten, und nun hier im Kleinstadtmilieu lebten, konnte die übrige Klasse zunächst nicht verstehen. Bald aber kamen Gerüchte auf, man hätte die „Neuen" rauchend an der alten Eiche gesehen. Das war zunächst nicht ungewöhnlich, weil auch andere Schüler der Oberstufen rauchten, aber irgendjemand schien zu wissen, dass sie keinen Tabak, sondern Cannabis geraucht hätten.

Schon bald erhärtete sich das Bild, was von den beiden weitergesagt wurde: sie rauchten regelmäßig Rauschmittel. Als das die Runde gemacht hatte, boten die beiden kurz darauf völlig ungeniert ihren Mitschülern selbstgedrehte Zigaretten mit Cannabis an. Wanja war von ihrer Dreistigkeit abgestoßen aber auch irgendwie fasziniert. Die beiden hatten ja ein großes Selbstbewusstsein, wenn sie nicht einmal Strafen für ihr Verhalten fürchteten. Auch ihm boten sie in einer Schulpause eine Zigarette an, nachdem sie ihn in die Hofecke gelotst hatten. Wanja schüttelte den Kopf und lehnte ab. Nein, damit wollte er nichts zu tun haben. Er war sich sicher, alles, was die Gedanken umnebeln würde, generell zu meiden. Auch mit Alkohol in jeder Form hatte er nichts im Sinn. Er trank weder Kaffee noch Cola, liebte aber Pfefferminztee mit mäßiger Süße und trank Mineralwasser. In der Nähe des Schreibtisches in seinem Zimmer zu Hause, stand immer ein Pack Mineralwasser. Täglich sorgte seine Mutter für ein frisches Glas, die sich aber ansonsten kaum um das Zimmer des Sohnes kümmerte. Nach den schwierigen Jahren während der Pubertät hatte Wanja auch wieder seine Ordnungsliebe entdeckt. Was ihn damals nicht interessierte, stand nun wieder hoch im

Kurs. Wanja wischte regelmäßig Staub im Zimmer, denn er fürchtete sonst Fehlfunktionen seiner Computer- und Zubehörteile.

Im September ging eine Meldung durch die Presse, die auch die Menschen in den neuen Bundesländern kaum noch interessierte. Die mit Erich Honecker angeklagten ehemaligen Parteigrößen Erich Mielke, Willi Stoph, Heinz Kessler, Fritz Strelitz und Hans Albrecht wurden wegen Totschlages von insgesamt 68 Menschen, die durch den Schießbefehl an der Mauer umgekommen waren, am 16.September 1993 zu Freiheitsstrafen zwischen vier und siebeneinhalb Jahren verurteilt.

Das neue Jahr 1994 brachte Neuerungen im Schienenverkehr in Deutschland. Die Deutsche Bundesbahn und die Deutsche Reichsbahn wurden zusammengeführt und in die Deutsche Bahn AG umgewandelt. Die Angst um den Verlust des Arbeitsplatzes ging um, denn im Zusammenhand mit der Rationalisierung und Modernisierung baute die Bahn ihr Personal rigoros ab. Im März beschloss die Bundesregierung den Bau der Magnetschwebebahn Transrapid. In einem Zeitfenster von

10 Jahren und mit einem Budget von 5,6 Milliarden DM sollte eine Hochgeschwindigkeitsverbindung zwischen den beiden Großstädten Berlin und Hamburg entstehen. Ein europäisches Großprojekt wurde endlich fertig gestellt, denn am 6. Mai wurde nach siebenjähriger Bauzeit der Eurotunnel unter dem Ärmelkanal eröffnet. Die 50 Kilometer lange Verbindung zwischen dem englischen Folkestone und dem französischen Calais, bestehend aus zwei eingleisigen Fahrtunneln und einem dazwischenliegenden Servicetunnel für schmale Straßenfahrzeuge, nahm ihren Betrieb auf.

Inzwischen begannen die Abschlussprüfungen an den Gymnasien in Sachsen. Wanja musste die schriftlichen Prüfungen in den beiden Leistungskursfächern und einem Grundkursfach ablegen. Die mündlichen Prüfungen in zwei Grundkursfächern schlossen sich an. Mit durchweg sehr guten bis guten Benotungen bestand Wanja die Abiturprüfungen. Nach der Verabschiedung des Abschlussjahres am Gymnasium begannen schon am 30. Juni seine letzten Sommerferien. Mit dem Moped war Wanja fast täglich unterwegs. Er besuchte alle die Orte, mit denen er besondere Erinnerungen verknüpfte. Er besaß eine Digitalkamera von Apple, ein Geschenk zum bestandenen Abitur. Dieses mit Kodak entwickelte Modell „Quick Take 100" begleitete ihn, und so entstanden unzählige Fotos, die dann unter Windows 95 am Computer betrachtet werden konnten. Auch die Villa in der Hauptstraße wurde von ihm vielfach fotografiert und so dokumentierte er auch den Verfall des vormals repräsentativen Baues. Vielleicht ergab sich in Amerika eine Gelegenheit, Michael Schreiter in New York zu besuchen, denn für ihn waren die Bilder gedacht.

Der 10. Juli war heiß und trocken, wie schon die vorherigen Tage. Noch spät am Abend dieses Sonntages saßen Wolfram und Bärbel bei weit geöffneten Fenstern in ihrer Wohnung und tranken ein gut gekühltes Mineralwasser, das mit jeweils einer Zitronenscheibe leicht aromatisiert war. Das Klingeln des Telefones ließ sie aufhören und Bärbel fragte erstaunt: „Wer will denn jetzt noch so kurz nach 11 etwas von uns?" Sie hob den Hörer ab und meldete sich mit Namen. Lange blieb sie still und lauschte dem Anrufer, bis sie schließlich freudig sagte: „Natürlich seid ihr willkommen! Kommt bitte und seid unsere Gäste. ….. Wir erwarten euch so gegen Mittag bei uns. …..

Danke für den Anruf, ... gute Nacht und bis morgen!" Als sie den Hörer auf die Gabel aufgelegt hatte, sah sie ihrem Mann in die Augen und sagte: „Das war Simon, Simon Kaufmann. Er hat aus einem Hotel in Berlin angerufen. Er ist mit seiner Familie seit zwei Tagen in Berlin. Er würde uns gern besuchen, und könnte schon morgen Mittag bei uns sein." „Wie schön, dass er sein Vorhaben, nach Deutschland zu kommen, wahr gemacht hat. Ich werde gleich nach dem Frühstück in der Brauereigaststätte anrufen, und Plätze für das Mittagessen reservieren. Dann muss niemand die kostbare Zeit mit Kochen verbringen, und wir alle können einen Rundgang durch Großtrona machen, vor allem aber in Ruhe miteinander reden."

Gegen 11 Uhr kamen ein Auto mit Berliner Kennzeichen in Großtrona an. Am Steuer saß ein junger Mann, den Wolfram sofort als Mark erkannte. Neben ihm saß sein Vater Simon, auf der Rückbank hatten die Mutter Rahel, Steven, der ältere Sohn, und die Tochter Maisie die Fahrt nach Großtrona angetreten. Die Begrüßung noch am Gartentor, durch Wolfram und Bärbel, war herzlich, und auch ihre Eltern Werner und Hilde kamen schnell aus dem Hauseingang auf die Gäste zu. Gemeinsam gingen alle in das Haus, wo den Gästen die Wohnungen gezeigt und erklärt wurden. Bald darauf saßen alle in der Erdgeschosswohnung, und die ersten Grüße aus Amerika wurden übermittelt. Lange berichtete Simon von Schreiters, vor allem hatte er persönliche Grüße von Michael an Werner mitgebracht. Es war ein dicker Brief, eng beschriebene Blätter, viele Fotos mit Erklärungen auf den Rückseiten und Kopien von alten Firmendokumenten der Tuchfabriken. Werner legte alles sorgsam in seinen Wohnzimmerschrank, verschloss ihn und sagte zu Simon: „Ich werde das alles in Ruhe studieren. Hab aber von Herzen Dank für deine Mühe, als Bote dieser kostbaren Nachrichten." Das gemeinsame Mittagessen in der Gaststätte verlief fröhlich und lebhaft. Simons erwachsene Kinder waren an all den Erinnerungen interessiert, die sie nach und nach erfuhren. Nach dem Essen gingen alle durch den Ort, besuchten nicht nur die ehemalige Schreitervilla und das Grundstück mit dem angrenzenden Teich. Sondern wandten sich auch dem Wohnhaus der Starkes zu, dem Zuhause von Willi und Inge, das jetzt von Renate bewohnt wurde. Auch am ehemaligen Bauernhaus der Familie, dem Ursprung der Familiengeschichte Starke, standen sie nachdenklich vor der Eingangstür. Auch wenn man das ehemalige Bauernhaus in seiner Form noch erkennen konnte, hatten sich doch die äußeren Bedingungen verändert, es war um- und ausgebaut und hatte sein Gesicht deutlich verändert. Zum Haus gehörte nur noch ein kleiner Garten, der von den Bewohnern neu angelegt wurde. Die einstmals umliegenden Felder und Ackerflächen waren längst bebaut, und in relativ kurzer Entfernung zum Wohnhaus standen vier Wohnblocks. In den beginnenden 80er Jahren wurden in Plattenbauweise vier Häuser mit jeweils sechs Stockwerken errichtet. Dadurch hatte sich natürlich auch das Gesamtbild der Gegend verändert, so dass Simon kaum noch erkennen konnte, wo er damals als Klaus Brenner gelebt und gearbeitet hatte. Seine Erinnerungen ließen ihn eine ganze Weile verharren, und mit Tränen in den Augen wandte er sich schließlich Werner zu. „Ihr habt mir als Familie das Leben erhalten und meinen großen Schmerz gelindert. Meine ganze Familie kam ja in der furchtbaren Nazizeit um. Ich habe in Berlin nicht einmal mehr mein Wohnhaus gefunden, weil die ganze Straße durch die Luftangriffe zerstört wurde. Aber meine Erinnerungen sind noch immer lebendig, meinen Kindern konnte ich leider nur noch annähernd die Orte zeigen, die mich geprägt haben, wo ich lebte und auch litt. Umso wertvoller ist es für mich, hier in Großtrona zu sein. Ich habe Oma Anna und Tante Lina, Onkel Fritz und auch den alten Pfarrer nie vergessen. Ich bin kein sehr religiöser Mann, auch wenn ich Mitglied der Jüdischen Gemeinde bin, aber eines weiß ich ganz sicher: Der Gott Abrahams, Isaaks und Jakobs wird die besonders segnen, die seinen Kindern Gutes getan haben. Und das Besondere ist, dass der Segen des Allmächtigen auch den Kindern und Kindeskindern zuteil wird. Bis in die dritte und vierte Generation wird so ein besonderer Segen wirken." Simons Worte wirkten noch lange nach, und ließen Wolfram nicht mehr los. Aber es stimmte doch auch, musste er oft denken, wenn er seine Familiengeschichte vor Augen hatte. Sein Großvater Wilhelm war ihm immer ein Vorbild, und nun, nach Simons Aussagen, konnte er dessen Verständnis nur bestätigen. Seit Großvater Wilhelm war die Familie immer bewahrt und gesegnet. Es war nicht selbstverständlich, dass sie alle auch unruhige Zeiten überstanden und wirtschaftlich gesegnet wurden.

Spät am Abend fuhr die Familie Kaufmann wieder zurück nach Berlin. Die gemeinsamen

Stunden waren für alle besonders wertvoll und intensiv, und ihre Freundschaft wurde ungewöhnlich gefestigt. Eine Verabredung nahmen sie als Angebot auch nach Amerika mit. Maisie, die Jüngste der Familie, hatte einen 18jährigen Sohn, Ron. Der wünschte sich, in zwei Jahren für ein Jahr nach Deutschland zu kommen. Wanja hatte von seinem bevorstehenden Amerika-Jahr erzählt, und dass er danach in Dresden studieren wolle. „Wie wäre das, wenn Ron dann nach Großtrona kommt und mein Zimmer bewohnt? Grüß ihn bitte von mir, und ab September in zwei Jahren kann er deutsche Luft schnuppern."

Mit zwei großen Koffern flog Wanja Ende August nach Dallas in Texas. Für ein paar Tage sollte er im Hause der Kesslers in Austin bleiben, bevor es dann an die National University im Herzen von Kalifornien ging. Neben Los Angeles war San Diego der zweite Hauptstandort der Universität, bekannt durch ihr einzigartiges Kurssystem. Sie ermöglichte den ganzjährigen Studieneintritt. Die Kesslers hatten für den Studienbeginn in San Diego umfassend vorgesorgt. Wanja verfügte über ausreichend finanzielle Mittel, es gab ein

Studentenzimmer und die nötigen Versorgungsstrukturen, die ihm einen guten Start in Kalifornien ermöglichten. Schon kurz nach seiner Ankunft erstaunte ihn die Vielfalt auf dem Campus. Studierende aus nahezu 70 verschiedenen Ländern waren vertreten. Die gezielte Konzentration auf die Kursinhalte verschaffte Wanja einen schnellen Zugang zu seinem Computer Science, den Computerwissenschaften. Fasziniert nahm er im Dezember an einer Informationsfahrt nach Sunnyvale teil. In dieser Stadt im Santa Clara County war der Hauptsitz des Chip-Entwicklers Advanced Micro Devices, AMD. Wanja nutzte die Gelegenheit und fragte nach, ob er ein Praktikum in der Firma machen könne. Sein forscher und selbstbewusster Auftritt kam dabei offensichtlich gut an. Wanja wurde sogar vom Personaldirektor empfangen und nach einem fast einstündigen Gespräch hielt er die Zusage für ein Praktikum für den gesamten März in den Händen.

Die Tage und Wochen vergingen schnell, und Wanja nutzte alle Gelegenheiten, um sich so viel Wissen wie nur irgend möglich anzueignen. Nur selten besuchte er eine angesagte Studentenkneipe mit Live-Musik. An einem der für ihn seltenen Abende begegnete er einer jungen Asiatin, die ihn mit ihrem Aussehen und der Ausstrahlung auf Anhieb faszinierte. Hinako war eine junge Japanerin, die ihr Studium der Wirtschaftswissenschaften in Amerika komplettieren wollte. Wanja war von ihr so fasziniert, dass er nun alle Gelegenheiten nutzte, um sie möglichst oft zu sehen. Ihre anfängliche Zurückhaltung verlor sich nahezu, aber immer noch verspürte Wanja eine Distanz, die ihn zurückwies. Wanja war das erste Mal richtig verliebt, und so versuchte er immer wieder, Hinako nahe zu sein, und wenn möglich, auch zu küssen. Was war nur mit ihr los? Sie hielt ihn immer wieder auf Distanz, wandte sich vor seinen Küssen seitlich ab, so dass er nur ihre Wangen streifte. Es war inzwischen Juni, und die Reise zurück nach Europa musste geplant werden. Wanja besuchte so oft wie möglich die junge Japanerin. Immer wieder versuchte er sie zu überreden, mit ihm nach Deutschland zu fliegen. Er könne sich vorstellen, mit ihr zusammen in Deutschland zu leben, und ihr Studium könne sie ja auch an einer deutschen Universität beenden. Hinako wehrte lächelnd seine Vorschläge ab und schüttelte den Kopf. Nein, sie würde dem Werben des jungen Deutschen nicht nachgeben, sondern im Herbst nach Japan zurückgehen. Eine Einladung von ihr zu einem gemeinsamen Essen in ihrem Studentenzimmer ließ Wanja neu hoffen. Hatte er sie doch umstimmen können, und eine Chance bekommen, um sie zu werben? Das Essen, typisch japanisch von Hinako bereitet, verlief ziemlich schweigsam. Die junge Frau antwortete nur einsilbig auf die vielen Fragen. Es war schon recht spät, als sie Wanja verabschiedete und zum Gehen aufforderte. „Wanja, ich kann dich nicht lieben und schon gar nicht mit dir nach Deutschland gehen. Für uns kann es keine gemeinsame Zukunft geben." Verständnislos sah ihr Wanja in die Augen. „Aber ich liebe dich doch, Hinako. Das wird auch so bleiben, und auch unsere unterschiedliche Herkunft kann meine Gefühle für dich nicht verhindern." „Wanja, ich will dir den Grund sagen, aber dann musst du bitte gleich gehen, in Ordnung?" Als Wanja ergeben nickte, sagte sie: „Ich bin als Junge geboren und bis zu meinem 13. Lebensjahr als solcher aufgewachsen. Schon sehr früh in meinem Leben wusste ich aber, dass ich eine Frau bin und nur im falschen Körper geboren wurde. Ich litt sehr unter meinem Leben und nur meine Großmutter schien mich zu verstehen. Sie half mir auch bei meinen ersten Arztbesuchen, mich mit den

Problemen meiner Identität zu beschäftigen. Als ich in die Pubertät kam, stimmten meine Eltern einer Hormontherapie zu, die die Ausbildung männlicher Körpermerkmale unterdrückte. Meine Stimme blieb heller, und meine Körperformen wurden weiblicher. Der kleine Unterschied von Mann und Frau ist aber immer noch an meinem Unterleib. Zunächst musste ich mich damit abfinden. Dann begann ich mein Studium in Japan und setzte es hier bis zum Abschluss fort. Die Forderung meiner Eltern, mit einer Geschlechtsumwandlung bis zur Volljährigkeit zu warten, ist erfüllt. Ich habe mich entschieden, nach Japan zurück zu gehen und endlich die Operation durchführen zu lassen. Dann ist der Makel weg, und ich bin das, was ich immer war, eine junge, moderne Frau. So, Wanja, nun weißt du alles, und nun geh auch, so wie du versprochen hast." Wanja war zu sehr verwirrt, als das er hätte irgendwie sinnvoll reagieren können. Stumm wandte er sich zur Tür und verließ das Zimmer. Auf dem Weg zu seiner Studentenunterkunft ließ er das eben Gehörte noch einmal Revue passieren. Er war sich im Klaren, den Kontakt nicht abreißen zu lassen, und auch später von Deutschland aus die entstandene Freundschaft zu pflegen. Gleich am nächsten Tag besuchte er noch einmal Hinako und sprach mit ihr über seinen Rückflug und den Wunsch, wenigstens eine Brieffreundschaft zu bewahren. Als sie leicht dazu nickte, umarmte er sie lange und küsste sie auf den Mund, dann verließ Wanja die junge Asiatin und drei Tage später saß er schon im Flieger nach Deutschland.

Wieder zu Hause, verglich Wanja das Leben in Amerika mit dem, was er in Deutschland aktuell vorfand. Einerseits war er froh, wieder in der gewohnten Umgebung zu sein, aber er vermisste auch deutlich die freie Lebensart und Weltoffenheit der Amerikaner. Dort war es normal und Alltag, verschiedenen Kulturen zu begegnen. Zu Hause wurden Fremde noch immer eher gemieden und man sprach über sie und nicht mit ihnen. Innenpolitisch gab es gerade auch in Sachsen vieles, was die Bürger des Landes erregte. Durch die vielen Entlassungen stiegen die Arbeitslosenzahlen, denn die Treuhand hatte inzwischen über 14.000 Betriebe der ehemaligen DDR abgewickelt. Aber es waren eben nicht nur Zahlen, sondern unzählige Einzelschicksale, die die Menschen bewegten. In Berlin gedachte man des Kriegsendes vor 50 Jahren und der Schrecken, die von Deutschland aus die Welt erschüttert hatten. Das Versprechen, nie wieder mit bewaffneten Truppen in ein fremdes Land zu gehen, wurde aktuell wieder hart diskutiert. Deutsche Truppen kämpften nämlich im Rahmen einer internationalen Friedensmission in Bosnien, und der Verteidigungsminister Volker Rühe wurde dafür immer wieder hart attackiert. In diesen turbulenten und umwälzenden Zeiten trat am 10. Juli der sächsische Innenminister nach einer beispiellosen Medienkampagne wegen angeblicher Homosexualität zurück. Für ihn war „die Grenze des Erträglichen" erreicht.

Eine eher ungewöhnliche Panne hatte den planmäßigen Start der „Discovery" Mission unter der Bezeichnung STS-70 verhindert. Im Juni befand sich das Space Shuttles auf dem Startplatz und die Startvorbereitungen liefen, als ein Specht 105 Löcher in die Isolationsschicht des Externen Tanks hämmerte. Die Discovery musste zur Behebung der Schäden wieder in die Montagehalle zurückgefahren werden. Am 13. Juli hob sie schließlich problemlos vom John F. Kennedy Space Center auf Merritt Island in Florida ab. Für Wanja war diese Meldung von besonderem Interesse, da er selbst ein halbes Jahr zuvor den Weltraumbahnhof besichtigt hatte. Besonders beeindruckten ihn damals die großen Triebwerke der Mondflugrakete Saturn V, die er in einer Ausstellung bewundert hatte.

Rechtzeitig vor dem Beginn des Herbstsemesters bekam Wanja per Post die Studienzusage für die Technische Universität Dresden. An dieser Volluniversität begann für ihn ein neuer Lebensabschnitt. Nach dem Studienaufenthalt in Kalifornien sollten nun an der Fakultät Informatik die Grundlagen geschaffen werden, die seinen Lebensweg entscheidend prägen würden. In den Jahren nach der Wende waren viele Dresdner in den Westen Deutschlands gezogen. Sie mussten auf der Suche nach Arbeit neu orientieren. Das hatte aber zur Folge, dass es relativ einfach war, eine kleine Wohnung für Wanja im Dresdner Ortsteil Prohlis anzumieten. Von diesem Stadtteil im Südosten von Dresden gab es eine Busverbindung zum Hauptcampus der Technischen Universität. Informatik als Universalwissenschaft hatte inzwischen alle Lebensbereiche durchdrungen. Was würde Wanja alles lernen? Er würde eintauchen in theoretische, technische und angewandte Informatik, in das breite Spektrum künstlicher Intelligenz, aber auch vieles in den Bereichen Software, Multimediatechnik und Systemarchitektur lernen.

Wanja startete erfolgreich in sein Studium, er wusste sich am richtigen Platz. Und doch gingen seine Gedanken oft zurück nach Kalifornien. Vor allem die Erinnerung an Hinako beschäftigte ihn oft. Was mag wohl aus ihr geworden sein? Hatte sie die entscheidende geschlechtsangleichende Operation schon hinter sich? Immer wieder nahm er sich vor, endlich einen Brief zu schreiben, aber im so vielseitigen und interessanten Alltag blieb dieses Vorhaben immer wieder auf der Strecke.

Regelmäßig telefonierte Wanja mit seinen Eltern. Er nutzte dazu sein mobiles Telefon im D2 Netz von Mannesmann Mobilfunk. Kurz vor Weihnachten kam er nach Hause, um die Feiertage und die Woche vor dem Jahreswechsel in Großtrona zu verbringen. Es gab Neuigkeiten, die ihn sehr interessierten. Der Großvater berichtete von einem Besuch im November. Ein Sohn von Michael Schreiter war aus New York angereist, es war Donald. Wanja konnte sich noch gut an den 42-jährigen Familienvater erinnern. Lebhaft kamen die Erinnerungen an den besonderen Sonntag im Haus von Michael Schreiter zurück, wo er auch Simon Kaufmann kennen lernen konnte. Großvater Werner hatte sich riesig über diesen Besuch gefreut, und dass Donald ein paar Tage bleiben konnte, war ihm sehr wichtig. So ergaben sich noch viele Gelegenheiten, über Michael und seine Frau Julia, die drei inzwischen erwachsenen Kinder und die Enkel zu sprechen. Michael hatte seinem Sohn einen langen Brief für Werner mitgegeben.

„Mein lieber Freund Werner, dieser Brief muss uns helfen, unsere Freundschaft neu zu beleben, denn persönlich kann ich nicht mehr so weit reisen, um Dich in Deutschland zu besuchen. Meine gesundheitlichen Probleme lassen mir keinen Spielraum für abenteuerlichere Unternehmungen. So müssen also meine Zeilen als Brücke dienen. Ich bin ja ein Jahr jünger als Du, aber eine Herzerkrankung zwingt mich schon seit fast vier Jahren zu mehr Ruhe und körperlicher Zurückhaltung. Auch mein geliebtes Golfen musste ich aufgeben. Von Deinem Sohn erfuhr ich von Deinem Schlaganfall. Wie mag es Dir inzwischen gehen? Hast Du Dich einigermaßen erholt und für den Alltag stabilisiert? Ich denke in den letzten Jahren viel an Deutschland und die Zeit, die wir gemeinsam erlebten. Was für wichtige und ereignisreiche Zeiten waren das, und sie haben viele Spuren bei uns und natürlich auch in unseren Seelen hinterlassen. Welchen zerstörerischen Ideen und Ideologien wir ausgesetzt waren, konnten wir damals nicht verstehen. Wir waren Kinder und unvorbereitet für das, was dann über Deutschland hereinbrach. Mir tut noch immer unendlich leid, dass ich mit so harten Worten unsere Freundschaft aufgekündigt hatte. Als wir dann über die Schweiz nach Amerika gingen, verstand ich erst nach und nach das ganze Ausmaß der Naziverbrechen, und wie diese Barbaren die Jugend, auch unsere, zerstört hatten. Du sollst wissen, dass ich Dich immer als Freund im Herzen hatte. Nach dem Kriegsende, ich war ja auch aktiv mit dabei, hatte ich keinen Mut, nach Deutschland zu fahren. Ich bin sehr schnell nach Amerika zurück und habe noch ein Studium als Techniker abgeschlossen. Noch vor meinem Abschluss habe ich geheiratet, mit meiner Frau drei wunderbare Kinder bekommen und unser Leben eingerichtet. Dann forderten uns die Lebensumstände, denn wir wollten Erfolg und ein sicheres Leben. Als der Freund Deines Sohnes mit mir Verbindung aufnahm, war das nicht nur eine Riesenüberraschung, sondern vor allem eine große Freude. Ich wusste, dass endlich meine Sehnsucht nach Dir gestillt sein würde, und ich einmal in großem Frieden mein Leben beenden kann. Dann kamen Wolfram mit seiner Frau Bärbel und dem wunderbaren Sohn Wanja zu uns. In Deinem Sohn konnte ich Dich sehen, denn er sieht Dir sehr ähnlich. Du bist mit Deiner Familie ein gesegneter Mann, und ich freue mich, dass Ihr die wechselvolle Geschichte Deutschlands bewahrt und gestärkt überwunden habt. Mein lieber Freund, in Gedanken umarme ich Dich. Ich weiß nicht, was uns erwartet, wenn wir hier gehen, aber vielleicht gibt es doch irgendwo in anderen Sphären ein Wiedersehen? Ich grüße Dich und die Deinen mit innigen Grüßen, Dein Michael."

Wie oft hatte Werner diesen Brief wohl schon gelesen hatte? Das Papier war an den gefalteten Stellen schon etwas brüchig. Michaels Sohn nahm von seinem Aufenthalt in Großtrona nicht nur viele Erinnerungen mit, sondern vor allem auch Fotos und eine Vereinbarung, die das Schicksal der Schreiter-Nachkommen mit Großtrona neu verknüpfte. Ein Anwalt aus Berlin war beauftragt, die Besitzansprüche an das Grundstück und die

Hausruine in der Hauptstraße geltend zu machen. Ihm wurden die von Werner aufbereiteten und sortierten Papiere übergeben, als er an einem Tag angereist war und die mündlichen Vereinbarungen in Notizform festhielt. Wenn alles in die Wege geleitete werden konnte und die Erben ihren Besitz zurück erhielten, dann sollte das Haus wieder neu erstehen. Für den Fall, dass alles gelingen würde, sollte nach Donalds Willen, Wolfram als Bauleiter den Wiederaufbau in die Wege leiten, und nach Fertigstellung dort eine Erholungs- und Kureinrichtung mit großer Physiotherapie einrichten. Die finanziellen Mittel für das große Vorhaben, so beteuerte Donald, stünden dann auch zur Verfügung.

Mit all den Neuigkeiten wurde Wanja nun vor dem Weihnachtsfest überrascht, aber sie verblassten, weil die Vorbereitungen für die Feiertage viel Zeit in Anspruch nahmen. Wanja besuchte noch seine Tante Renate, weil er bei dieser Gelegenheit auch das Gebäude auf der anderen Straßenseite ansehen wollte. Ein Baugerüst war in den letzten Wochen aufgestellt und mit großen Planen bespannt worden. Ansonsten gab es noch keine weiteren

Sicherungs- oder gar Reparaturarbeiten. In das Innere des Gebäudes kam Wanja nicht mehr, weil der Vordereingang und die kleine Tür des Wirtschaftseinganges auf der Rückseite doppelt gesichert und mit großen Vorhängeschlössern versehen waren. Wanja lief zwei Mal um das eingerüstete Wohnhaus, dann wandte er sich dem Garten zu und schritt die ehemaligen Wege ab, die mit Brombeergestrüpp und anderem Gehölz zugwuchert waren. Es würde mit Sicherheit eine Menge Arbeit bedeuten, alles freizulegen und wieder in den Zustand zu versetzen, wie es vor knapp 90 Jahren ausgesehen hatte. Am Abend wollte Wanja den aktuellen Stand der Rückübertragungsansprüche wissen, als er mit seinen Eltern und den Großeltern zusammen saß. Die konnten ihm positive Antworten geben, denn im neuen Jahr rechneten sie mit konkreten Ergebnissen. Auch eine Ausschreibung für Baufirmen war vorbereitet, und im Frühjahr sollten dann konkrete Sanierungsvorschläge auf dem Tisch liegen. Eine polnische Firma hatte sich auch um den Bauauftrag beworben. Die in Krakau ansässigen Fachleute besaßen große Erfahrungen in historischen Sanierungen und waren über ihre polnische Heimat hinaus bekannt für außerordentlich hohe Qualitätsarbeit. Wanjas Vater Wolfram erklärte das voraussichtlich weitere Vorgehen. Ortsansässige Handwerker, der Dachdecker und der Sanitärinstallateur, aber auch Maler und Stuckateur, könnten laut Vorgesprächen die Facharbeiten durchführen. Die polnische Firma sollte voraussichtlich die Außenfassade sanieren. Das ehemalige Fabrikgebäude, es stand schon einige Jahre leer, war für den Abriss vorgesehen. Stattdessen sollte ein Seitentrakt an der Villa anschließen und später einmal den Platz für die benötigten Hotelbetten schaffen. Viel wichtiger war aber das Ergebnis einer Probebohrung auf dem Grundstück. Das zutage geförderte Wasser wurde von einem unabhängigen Institut aufwendig und genauestens untersucht. Die Untersuchungsergebnisse waren vielversprechend und begeisterten Wolfram, der das Gutachten erhalten hatte. Die Fördertemperatur des Wassers betrug 27 Grad Celsius. Das fluorid- und kohlensäurehaltige Thermalwasser wäre demnach gut für Wasseranwendungen geeignet, denn es würde entspannend und entzündungshemmend wirken. Ein Außen- und ein Innenbecken mit Wassertemperaturen von 31 bis 37 Grad, mit Nackenduschen und Massagedüsen würden das Freizeitvergnügen enorm steigern. Auch eine Saunalandschaft mit finnischer Trockensauna und russisch-römischem Dampfbad wurden in die Planungen mit aufgenommen. Wolfram hatte inzwischen einen Architekten, einen Landschaftsgärtner und einen Fachmann für Wellness- und Badebetrieb mit den Vorplanungen und ersten Skizzen beauftragt. Wenn er sich mit dem ganzen Vorhaben beschäftigte, dann wurde ihm aber schon auch schummrig, denn alles würde sich bei der Finanzierung im mehrstelligen Millionenbereich bewegen. Aber es war auch sicher angeraten, die Gunst der neuen Zeit zu nutzen, und die zum Teil großzügigen Fördermöglichkeiten aus dem Aufbau Ost zu nutzen. Auch das Land war bereit, Genehmigungen und Fördermittel beizusteuern. Die Aufgaben in der Planungsphase waren aber für Wolfram viel zu groß, und so hatte er auf Anraten des Berliner Anwaltes einen Fachmann hinzugezogen. Der Mittvierziger kam aus Hessen und verfügte über genügend Kenntnisse, um den Überblick für das gesamte Vorhaben zu behalten.

Wanja war tief beeindruckt, als er den Stand der Dinge sah. Im neuen Jahr, angedacht war ab Herbst 1996, sollten die konkreten Pläne umgesetzt werden, wenn alle Genehmigungen vorlagen. Für alle Vorhaben wurde eine Bauzeit von rund drei Jahren eingeplant. Wolframs Wunschtermin für die Eröffnung der Gesundheits- und Erholungseinrichtung Großtrona war der 1. Januar 2000. Für das ehemalige Bauerndorf würde dann das neue Jahrtausend zu einer zukunftsweisenden Weichenstellung werden. Aber so weit war alles natürlich nicht, und zuerst mussten die dringend benötigten Genehmigungen auf dem Tisch liegen.

Die Weihnachtsfeiertage boten viel Zeit für ausführliche Gespräche, Spaziergänge und vor allem die Erledigung der Briefe, die nach Berlin und in die USA gehen sollten. Wanjas Mutter Bärbel saß gern an ihrem kleinen Schreibsekretär, um Briefe zu beantworten. Sie stellte dann immer ein Foto von den Angehörigen oder Freunden auf, denen sie aktuell schreiben wollte. Der Brief nach Amerika an die Kesslers wurde besonders lang. Darin berichtete Bärbel, wie sehr sich Wanja in Amerika verändert hatte. Er war erwachsener und noch zielstrebiger zurückgekommen, und der Start an der Technischen Universität Dresden gelang ausgesprochen gut. Wanja war eifrig dabei, sein Wissen zu vertiefen, und noch intensiver in die Welt von Computer und Co. einzutauchen. Bärbel war sich sicher, dass er auch nach seinem Abschluss beste Chancen auf dem Arbeitsmarkt haben würde. Ihm standen auch im Ausland die Türen weit offen, denn aufgrund der perfekten Englischkenntnisse gab es nahezu keine unüberwindlichen Hürden. Die praktische Hilfe der Kesslers im Praktikumsjahr in Amerika, aber auch die 18 Jahre lange monatliche finanzielle Zuwendung hatten auf eindrucksvolle Weise Wanjas Wege geebnet. Bärbel musste immer wieder ihre Bewunderung und ihre Dankbarkeit ausdrücken.

Ein anderer langer Brief ging nach Berlin an Chuong und Hanna. Diese beiden prachtvollen Ärzte waren auch Wegbegleiter, die den Starkes in den vielen Jahren der Freundschaft selbstlos und großherzig beigestanden hatten. Wie viel den beiden zu verdanken war, ging Bärbel sehr häufig durch den Kopf. Mit ihrer Hilfe konnten sie damals den kirchlichen Dienst hinter sich lassen. Auch wirtschaftliche Engpässe in den alten DDR-Zeiten, halfen die regelmäßigen Pakete aus Westberlin zu überwinden. Bärbel saß während des Schreibens der Weihnachtspost oft still auf ihrem Stuhl,

ein Foto in der Hand haltend und an zurück-
liegende Zeiten denkend. Wie gut es uns doch
geht, dachte sie oft, und regelmäßig sprach sie
in Gedanken ein Dankgebet.

Nun war es da, das neue Jahr 1996. Wanja
hatte mit seinen Eltern und Großeltern den
Jahreswechsel gefeiert. Ein langes Gespräch
mit Großvater Werner hatte ihn nachdenklich
gemacht. Er teilte nicht dessen entschiedene
christliche Lebenseinstellung, aber er hatte
Respekt vor des Großvaters Ehrlichkeit und
Geradlinigkeit. Sein ja blieb immer ein ja, aber
natürlich war er auch konsequent, wenn er
eine Sache ablehnte. Wanja hatte ihm erzählt,
er hätte eine Mitstudentin auf dem Campus
kennengelernt. Sie verstanden sich recht gut,
aber eine feste Freundschaft war noch nicht
daraus entstanden. Wanja erwähnte, dass sie
vorhätten, im Februar zusammenzuziehen,
denn Michaela müsste bis dahin ihr Studentenzimmer räumen. Der Großvater schüttelte
zu diesen Plänen den Kopf und sprach sich
gegen dieses Vorhaben aus. Ausführlich erläu-
terte er seinem Enkel seine christliche Haltung
zu Partnerschaft und Ehe. Er konnte und wollte solche unverbindlichen Zustände nicht

tolerieren. Dann müsse Wanja heiraten, aber ohne Trauschein sei ein Zusammenleben nicht möglich. Wanja war grundsätzlich anderer Meinung, und auch über gelegentlichen und unverbindlichen Sex schloss er sich nicht der Meinung seines Großvaters an. Er musste erkennen, dass es zwischen ihm und seinem Großvater bei allen familiären Verbindungen auch unüberwindliche Gräben gab.

In Amerika hatte Wanja in der Stadt Sunnyvale im Santa Clara County den Chip-Entwickler Advanced Micro Devices, AMD, kennengelernt. Dort konnte er sogar ein einmonatiges Praktikum machen. Mit den guten Erfahrungen vom damaligen Praktikum im Kopf, bewarb er sich im Februar bei dem deutschen Werk von AMD in Dresden. Wanja wollte neue praktische Erfahrungen bei AMD Saxony sammeln, denn die fertigten in ihrer Chip-Fabrik FAB30 CPUs auf 200-mm-Wafern, etwa 1 mm dicken Scheiben, die als Grundplatte für elektronische Bauelemente und Schaltkreise dienen.

Wanja fühlte sich in Dresden sehr wohl. Inzwischen war auch seine Mitstudentin Michaela in seine Wohnung eingezogen. Sie hatte aber schon wenig später einen jungen Mann kennengelernt, mit dem sie nun zusammen lebte. In Wanjas Wohnung befanden sich nur noch ihre wenigen Umzugskartons und zwei große Koffer. Wanja selbst war weniger an Partys interessiert, und so blieb sein Freundeskreis klein und überschaubar. Er verfolgte leidenschaftlich das Studium und war an allen Neuerungen und Entwicklungen interessiert, und seine fachlich fundierte Meinung war auch in den verschiedenen Seminaren gefragt. Noch immer wusste er aber nicht, welchen Studienschwerpunkt er für sich setzen sollte, und so blieben seine Interessen sehr vielseitig. An seinem eigenen Computer veränderte er häufig die Bausteine, um ihn schneller und umfassender bedienen zu können. Wanja war durchaus auch in der Lage, Arbeitsprogramme auf seine Bedürfnisse umzuschreiben. So spärlich die Kontakte in Dresden selbst auch sein mochten, im weltweiten Internet fühlte er sich zu Hause.

Einen rasanten Auftrieb erhielt das Internet, als der erste grafikfähige Webbrowser „Mosaic" veröffentlicht und zum kostenlosen

Download angeboten wurde. Wanja hatte durch die kommerzielle Verbreitung der Internet-E-Mail nun auch Kontakt nach Japan. Mit Hinako tauschte er sich mehrmals in der Woche über neueste technische Entwicklungen aus, soweit sie das verstand und ihm übermittelte. Wanja wagte es aber nicht, nach der Operation zu fragen, die vielleicht schon stattgefunden hatte und aus ihr auch äußerlich eine Frau machen sollte. Auch seinen Wunsch, sie einmal wieder zu sehen, behielt er für sich.

Mit Thomas Reiter startete am 3. September des Vorjahres ein Deutscher an Bord von Sojus TM-22 zur russischen Raumstation Mir. Erst am 29. Februar bestieg er das Sojus-Raumschiff und landete nach 179 Tagen im All wieder auf der Erde. Es war der bisher längste Flug eines nichtrussischen Raumfahrers. Nach diesen interessanten und positiven Nachrichten erschütterte ein Ereignis die Menschen. In der schottischen Kleinstadt Dunblane erstürmte am 1. März ein 43jähriger Mann die Turnhalle einer Grundschule und erschoss 16 Kinder und die Lehrerin, bevor er sich selbst tötete. Am 5. Mai wurde in Berlin und Brandenburg über eine Fusion dieser Länder abgestimmt. Die Mehrheit der Brandenburger stimmte gegen die Vereinigung, und so blieb es bei den beiden Bundesländern.

Natürlich bewegten diese Meldungen die Menschen in Sachsen, aber noch mehr interessierte sie das eigene Ergehen im Land. Das Aktionsprogramm für Investition und Arbeitsplätze sorgte gleich zu Jahresbeginn für Streit. Geplant war die Abschaffung von Frühverrentungen, auch die Lohnfortzahlungen im Krankheitsfall sollten gekürzt und der Kündigungsschutz gelockert werden. Gewerkschaften und Arbeitgeber vereinbarten zunächst Kompromisse, als aber der BDI-Chef Henkel neue Einsparungen forderte, platzt das Bündnis für Arbeit.

In Großtrona begannen die Bauvorbereitungen für die Schreitervilla und den geplanten Anbau. Auch der Erdaushub für die vorgesehenen Schwimmbecken ging zügig voran. Die Villa war innen fast komplett entkernt, und nun wurden Stützpfeiler und Streben eingezogen. Wolfram hatte seine eigene Geschäftstätigkeit in der Physiotherapie eingeschränkt und sich aus der Patientenbetreuung zurückgezogen, dafür gab es eine neue

Mitarbeiterin. Für die Abrechnungen und Verwaltungsaufgaben konnte er sich ganz auf Ulla verlassen, die sich in Großtrona sehr wohl fühlte. Finanziell ging es den Starkes gut, denn für die Bauaufsicht an der Schreiter-Villa überwies der Berliner Anwalt regelmäßig ein Gehalt im Auftrag der Eigentümer. Bärbel arbeitete im Ambulatorium, das sich nun aber ärztliches Kompetenz-Zentrum nannte. Vom Landratsamt wurden die ehemaligen staatlichen Arztpraxen in privat geführte Facharztpraxen übergeben. Das Gesundheitszentrum genoss im ganzen Kreis einen guten Ruf, und die hohe Auslastung der einzelnen Fachärzte hatten sogar Neueinstellungen von neuem Personal zur Folge. Den Starkes ging es wirtschaftlich also recht gut, und auch die Eltern im gemeinsamen Haus konnten ihren Alltag eigenständig gestalten. Großvater Werner hatte sich nach seinem Schlaganfall gut erholt. Je nach Wetterlage werkelte er in seiner Werkstatt im Nebengebäude, oder aber er lief die Hauptstraße entlang, um am Ende in der Nummer 1 den Fortgang der Arbeiten zu begutachten. Die Handwerker sahen ihn nicht gern auf der Baustelle, weil er immer irgendwelche Forderungen oder Änderungen haben wollte. Natürlich wussten sie, dass er keine

Verantwortung trug, und deshalb auch nicht weisungsberechtigt war. Aber dem Mann zu widersprechen war allein schon deshalb schwierig, weil er recht lautstark seine Meinung mitteilen konnte. Nach dem inspizieren der Baustelle ging Werner auf die andere Straßenseite, um seine Schwester Renate zu besuchen. Die ertrug ihren Bruder meist mit großer Gelassenheit. Wenn ihr seine Rechthaberei aber dann doch einmal zu viel wurde, oder seine Einschätzungen der „unfähigen Handwerker" sie nervten, sah sie ihren Bruder nur lange an. Dann sagte sie, mit deutlich erhobener Stimme: „Werner! Es reicht!" Er wusste dann, dass er den Bogen nicht überspannen durfte und sie nicht weiter reizen sollte. Einmal hatte er nicht rechtzeitig gestoppt, sondern weiter auf seine Schwester eingeredet, bis sie ihn einfach aus dem Haus wies. „Raus mit dir, du altes Ekel", hatte sie ihm an den Kopf geworfen. Das war nie wieder vorgekommen, weil Werner rechtzeitig seinen Redefluss und manchen aufkommenden Ärger beendete. Renate brühte ihren wohlschmeckenden Kaffee noch immer auf althergebrachte Weise. Sie hatte sich geweigert, eine Kaffeemaschine anzuschaffen, stattdessen ließ sie das Wasser im Kocher sprudeln und begoss damit dann langsam das Kaffeepulver. Mit einem eigens dafür benutzten Löffel zählte sie vorher die nötige Menge Kaffepulver in die Filtertüte, die im Porzellanfilter steckte. Renate war der festen Überzeugung, dass nur solch ein zubereiteter Kaffee den besten Geschmack entwickeln konnte, und inzwischen war auch Werner ihrer Ansicht. Er blieb meist eine gute Stunde bei seiner Schwester, um sich dann wieder auf den Nachhauseweg zu machen. Dort rief er schon an der Haustür: „Hilde, Renate lässt grüßen!"

Politisch blieb die Lage in Deutschland angespannt. Zur großen Aufgabe, dem Aufbau im Osten des Landes, gesellten sich die Vorbereitungen zur Einführung der gemeinsamen europäischen Währung. Wer dabei sein wollte, musste seinen Haushalt in Ordnung bringen. In ganz Europa herrschte Sparzwang, auch wenn einige Nationalstaaten ihre Zahlen und Fakten beschönigten. In Deutschland machte der Börsengang der Telekom von sich reden. Das Interesse an der T – Aktie war europaweit sehr groß. Mit diesem Börsengang wurde das Telefonmonopol der Telekom beendet.

Was gab es neues in Sachsen? Ein spektakulärer Schatz wurde am 7. Oktober bekannt gemacht. Schatzsucher fanden in der Nähe von Dresden mehrere Kisten mit Kostbarkeiten aus Silber und Gold. Archäologen gruben daraufhin in der Umgebung des Fundes und fanden weitere wertvolle Teile, die sich als der legendäre Wettiner Schatz erwiesen. Es war das Hofsilber der ehemaligen sächsischen Herrscherfamilie. Wer hätte es sich nicht auch gewünscht, einen Schatz in dieser wirtschaftlich angespannten Zeit zu heben, und damit alle Sorgen los zu sein?

Ende des Jahres kam es in Großtrona zu einer Begegnung, die das Leben einer Frau grundlegend änderte. Ansonsten blieb das Geschehen verborgen, und auch die Starkes erfuhren davon erst zwei Tage später. Was war geschehen? Am Samstag, den 7. Dezember, fuhr ein kleiner hellblauer Peugeot 205 durch Großtrona, von niemandem besonders beachtet. Das Auto hielt mehrfach und geschäftige Einwohner wurden um Auskunft gebeten. Eine Stunde später klingelte es an der Haustür des Hauses, in dem Ulla Schmidtke die Dachetage bewohnte. Wenig später öffnete sie die Haustür und stand einer jungen Frau gegenüber, die sie zaghaft ansprach: „Sind sie Frau Schmidtke?" „Ja, die bin ich. Um was geht es denn?" „Darf ich hereinkommen und mit ihnen etwas Persönliches besprechen?" Ulla nickte, lies die junge Frau eintreten und ging an ihr vorbei die Treppe hinauf in ihre Wohnung. Eine eigenartige Unruhe hatte sie ergriffen und ihr Herz schlug wie wild, als sie nach dem Eintreten der jungen Frau die Wohnungstür schloss. Als beide im Wohnzimmer saßen, trug die junge Frau ihr Anliegen vor. „Ich bin Mandy Krause, geboren in Berlin, wo ich auch noch lebe. Mein Vater Gerd starb vor vier Wochen in seiner Wohnung in Magdeburg. Nach der Beisetzung musste ich seine Wohnung ausräumen und an den Vermieter übergeben. Aufgrund des plötzlichen Todes meines Vaters, er hat sich selbst das Leben genommen, machte es mir große Mühe, mit dem Geschehen fertig zu werden. Ich konnte in den ersten Tagen nach der Beisetzung die Wohnung nicht betreten. Dann aber musste ich mich ja um alles kümmern, und so bat ich meine Freundin Petra, mir bei der schwierigen Aufgabe zu helfen. Petra ist innerlich stark und sie gibt mir auch im Alltag oft Kraft und macht mir Mut. Ich bin sehr froh, dass wir zusammen gehören. Aber das ist nicht der Grund, weshalb ich hier sitze. Also Petra hatte es übernommen, alle schriftlichen Dokumente und Unterlagen zu sichten, zu ordnen und für mich zusammenzustellen, damit ich wirklich nur das Wichtigste mit nach Berlin nehmen musste. Mit einem Dokument in der Hand rief sie mich am Nachmittag zu sich in das Wohnzimmer, ich war gerade dabei, alle Kleidungsstücke aus den Schränken in Plastiksäcke zu packen. „Sieh dir das an, Mandy, Krause ist gar nicht dein Geburtsname. Du bist als Karin Schmidtke geboren. Und hier…" Petra hielt ein anderes Schreiben in der Hand und wedelte mir damit zu, „kannst du nachlesen, seit wann du Mandy bist: genau seit dem 15. April 1977." Gemeinsam nahmen wir alle Papiere in die Hand und studierten sehr aufmerksam deren Inhalte, aber weitere Informationen konnten wir zunächst nicht finden. Ich begann später in Berlin, mein Leben und meine Entwicklung zu durchleuchten. Wenn Petra mir dabei nicht geholfen hätte, hätte ich das längst beendet, aber sie wollte einfach genau wissen, was sich in meinem Leben ereignet hatte. Meinen Geburtsnamen wusste ich ja nun, und so suchten wir in Berlin nach der Klinik, in der ich geboren wurde. Das blieb erfolglos, und das Jugendamt, das meine Umbenennung durchgeführt hatte, war nicht bereit oder auch nicht in der Lage, mir Auskünfte zu geben, die mich weiter brachten. Also suchte ich nach Informationen in den Unterlagen der Staatssicherheit, denn irgendwie vermutete ich, dort auch in einer Akte erfasst zu sein. Ich habe lange gebraucht, mich mit den Informationen meines Lebens auseinanderzusetzen. Zweimal musste ich abbrechen, so abscheulich stellte sich meine Vergangenheit dar. Ich bin Karin Schmidtke, geboren am 28. August 1976 in Bautzen. Nach meiner Geburt, ich muss nur wenige Tage alt gewesen sein, kam ich nach Berlin zu meinem Vater. Der lebte mit einer Frau zusammen, die ich als meine Mutter wahrnahm. Die beiden heirateten Anfang April 1977, mein Vater nahm den Familiennamen der Frau an und ich wurde am 15. April umbenannt und war seitdem Mandy Krause. Die Ehe meiner Eltern hielt nur zwei Jahre, wurde geschieden, und mein Vater zog nach Magdeburg. Meine Mutter lehnte es ab, mich großzuziehen. Ich konnte nie verstehen, weshalb sie mich immer abgelehnt hatte, aber nach der Trennung von meinem Vater ist verständlich, dass sie keinen Grund sah, für ein fremdes Kind zu sorgen. Da mein Vater Gerd keine feste Beziehung hatte, er lebte in seinem ganzen Leben immer nur kurz mit irgendwelchen Frauen zusammen, wurde ich in einem Kinderheim im Harz untergebracht. Ich sah die Frau, die kurze Zeit meine Mutter war, nie wieder. Auch mit meinem Vater hatte ich keinen Kontakt. Er besuchte mich nur ein Mal, und das war zu meiner Jugendweihe. Ich wuchs also im Kinderheim auf, beendete die Schule und begann eine Ausbildung zur Erzieherin. Nach dem Lehrabschluss bewarb ich mich in einem Kindergarten in Berlin und zog aus dem Harz weg. Eine kleine Wohnung bekam ich über die Jugendhilfe in Berlin zugwiesen. Ich arbeite gern mit Kindern und seit einem guten Jahr kenne ich Petra, mit der ich zusammen bin." Mandy schwieg und sah mit besorgten Blicken auf Ulla, die weinend neben ihr saß. Nun war es an Mandy, zuzuhören, denn stockend berichtete Ulla, was ihr widerfahren war. Mit entsetzten Blicken sah ihr die junge Frau ins Gesicht, dann begann sie schluchzend zu weinen. Es schien, als sei ein Damm in ihrer Seele gebrochen, und viele Tränen schwemmten das Elend weg, was sich aufgetürmt hatte. Lange saßen sie zusammen, Ulla und ihre wiedergefundene Tochter Karin, die seit 1977 Mandy war. „Mandy, willst du über Nacht bleiben, oder schnell wieder nach Berlin fahren?" Die beiden Frauen saßen noch bis spät nachts zusammen. Sie schwiegen, redeten, lachten, hielten sich an den Händen fest, als wollten sie sich gegenseitig stützen und Kraft geben. Am nächsten Morgen, die Glocken läuteten gerade zum Sonntagsgottesdienst, saßen sie noch gemeinsam am Frühstückstisch. Eine Stunde später rollte der hellblaue Peugeot aus der Stadt. Umarmend hatten sich die beiden zuvor verabschiedet. Mandy versprach, schon am nächsten Wochenende wieder zu kommen. Sie wollte Petra vorstellen und vor allem gemeinsam mit Ulla in den Unterlagen, die sie in der Wohnung des Vaters gefunden hatte, nach weiteren Informationen suchen. Als Ulla wieder allein in ihrer Wohnung war, setzte sie sich in ihre Sofaecke, legte eine Decke über ihre Beine und verharrte schweigend und in Gedanken versunken. Viele Stunden saß sie so in ihrer Wohnung, und erst am Abend bereitete sie sich etwas zu essen, um kurz darauf wieder ihren Sofaplatz aufzusuchen. Einen Tag später besuchte Ulla ihre Freunde und berichtete Wolfram und Bärbel alles, was sich am Sonnabend ereignet hatte.

Den Jahreswechsel feierten Wanja und einige Studienfreunde in Dresden. Sie alle waren mit wichtigen Ergebnissen ihrer Versuche und Forschungen in der rasant entwickelnden Computertechnik beschäftigt. Alle wollten auch die offiziell freien Tage für Tests und Versuche nutzen. Wanja selbst trachtete danach, sein entwickeltes Arbeitsprogramm für Industrieroboter fertig zu schreiben. Im Jahresrückblick schrieben die Zeitungen: „Der Welt im Netz gehört die Zukunft. Inzwischen hat jeder 4. Haushalt einen Personalcomputer." Die Entwicklung in dieser zukunftsweisenden Technologie brachte weltweit täglich neue Erkenntnisse, und es gab keinen Lebensbereich mehr, ohne richtungsweisende Entwicklungen. Ein künstliches Haustier erobert die Welt, das Tamagotchi, ein eiförmiges Gerät mit virtuellem Küken, um das man sich vom Zeitpunkt des Schlüpfens an wie um ein echtes Küken kümmern musste. Es benötigte Zuwendung und hatte Bedürfnisse wie schlafen, essen und trinken. Bei Vernachlässigung starb es. Wanja beschäftigte sich nicht mit solchen Spielereien, dafür war er an komplexeren Fragestellungen und Aufgaben viel zu sehr interessiert.

Während er in Dresden sein Leben eingerichtet hatte, gab es in Großtrona einige Veränderungen. Der Umbau der Schreitervilla zum Gesundheitszentrum machte gute Fortschritte. Im Frühjahr waren auch noch einmal Chuong und Hanna für ein paar Tage in Großtrona. Sie überlegten schon seit einigen Monaten, von Berlin wegzugehen und sich vielleicht hier ein Haus zu kaufen oder zu bauen. Wolfram hatte in Absprache mit dem Berliner Anwalt und den amerikanischen Freunden bei Hanna angefragt, ob sie als verantwortliche Ärztin das Gesundheitszentrum leiten würde. Nun, ein viertel Jahr später, saß sie mit ihrem Chuong mit Wolfram und Bärbel im Haus der Starkes zusammen und gemeinsam überlegten sie, wie das Vorhaben in der Praxis umzusetzen wäre. „Chuong", sprach Wolfram seinen Freund an, „du könntest als niedergelassener Chirurg eine eigene Praxis aufbauen. Das Einzugsgebiet dazu wäre groß genug, und du müsstest keinen Patientenmangel befürchten. Ich könnte euch beiden auch bei der Suche nach einem Haus helfen, denn vier schöne Objekte stehen leer, weil die Eigentümer in westliche Bundesländer gezogen sind. Ein Haus in der Bergstraße wäre besonders gut geeignet, denn im Erdgeschoss könnten Praxisräume entstehen, und die gesamte erste Etage mit 150 Quadratmetern Grundfläche wäre als Wohnraum gut geeignet. Ein kleiner Hausgarten würde euch auch arbeitsmäßig nicht überfordern. Was meint ihr dazu?" Gemeinsam mit Wolfram gingen Chuong und Hanna zur Bergstraße, um wenigstens von außen das verschlossene Zweifamilienhaus zu begutachten. Lange saßen sie nach diesem Spaziergang noch zusammen, um Pläne zu schmieden und erste Überlegungen für eine Finanzierung zu bedenken.

Ostern und Pfingsten vergingen, und die Sommermonate bestimmten das Leben in Großtrona. Anfang Juli brachten die Tiefdruckgebiete Xolska und Zoe starken Dauerregen im Riesengebirge und Altvatergebirge. Flüsse traten über die Ufer, vor allem die March und die Oder. Innerhalb weniger Tage waren weite Landesteile in Südpolen und in Tschechien überflutet und in der Folge tausende Menschen obdachlos. Die Überflutungen breiteten sich aus und erfassten auch die deutsche Seite der Oder. Am 17. Juli erreichte die Flut bei Ratzdorf, das ist am Zusammenfluss von Oder und Neiße, mit 6,20 Metern einen Höchststand, der damit 3,50 Meter über dem langjährigen Sommerwerten lag. Die Polder wurden geflutet und Notdeiche mussten errichtet werden. Wenige Tage später verursachten erneute starke Regenfälle einen weiteren Anstieg der Pegelstände. Die „Ziltendorfer Niederung" war geflutet und 20.000 Menschen akut in Gefahr. Aber der Deich hielt, auch weil 30.000 Soldaten halfen, um Bruchstellen mit Sandsäcken zu stopfen. Erst am 10. August sanken die Pegelstände und die Bewohner kehrten in ihre Dörfer zurück. Den damaligen brandenburgischen Minister für Umwelt, Naturschutz und Raumordnung, Matthias Platzeck, nannten seine Brandenburger aufgrund seines erfolgreichen Krisenmanagements „Deichgraf". Die Flut löste eine bundesweite Spendenbereitschaft aus, und auch Wolfram und Bärbel entnahmen ihrem Sparguthaben 2.000 DM als Spende für die so arg gebeutelten Bewohner der Region.

Kaum war diese Katastrophe aus den Medien verschwunden, beschäftigte ein Ereignis in Frankreich die Menschen weltweit. Am 31. August verunglückte Diana, Princess of Wales, in einem Pariser Autotunnel mit ihrem Freund

Dodi Al Fayed und dem Fahrer des Wagens. Die Männer waren sofort tot, Diana, die „Königin der Herzen" starb später im Krankenhaus an den Unfallfolgen. Vor dem Palast in London häuften sich Berge von Blumen. Entgegen den Regeln des Protokolls wurde für Diana aufgrund der überwältigenden Trauer in der Bevölkerung am 6. September eine öffentliche Beerdigungszeremonie in der Westminster Abbey organisiert. Als enger Freund der Verstorbenen sang der britische Popmusiker Elton John bei dieser Feier „Goodbye, England´s Rose", eine mit neuem Text versehene Version der als „Candle in the Wind" bekannt gewordenen Komposition. Etwa 3 Millionen Menschen sahen den Trauerzug durch London und etwa 2,5 Milliarden Menschen verfolgten weltweit in 180 Ländern die Trauerfeier. Dianas Leichnam wurde dann im engsten Familienkreis in Althorp auf dem Familiensitz der Spencers beigesetzt.

Im September kam Ron Kaufmann nach Großtrona. Für ein Jahr, so war es vorerst geplant, sollte er das Zimmer von Wanja bewohnen und Deutschland kennen lernen. Es gab noch keine konkreten Planungen für den

Aufenthalt des jungen Amerikaners. Ron war ein mittelgroßer, leicht übergewichtiger junger Mann. Er trug eine Nickelbrille mit kleinen, kreisrunden Gläsern, die ihm immer wieder zur Nasenspitze rutschte und ständig zurück auf den Nasenrücken geschoben wurde. Ron lachte gern und oft, und er ließ sich trotz seines Gewichtes nicht davon abbringen, tägliche Yogaübungen zu machen. Es sah schon drollig aus, wenn er, bei schönem Wetter im Garten, ansonsten in seinem Zimmer, im Kopfstand an der Wand mehrere Minuten verharrte. Nach dem Frühstück besuchte er immer erst Großvater Werner im Erdgeschoß. Die beiden mochten sich von der ersten Begegnung an, und Ron sprach besonders gern mit dem lebenserfahrenen Mann. Dabei wurden oft auch religiöse Fragen erörtert, bei denen sich Werner als sehr verständnisvoll und tolerant zeigte. Ron war Mitglied einer jüdischen Gemeinde, sehr geprägt vom heimischen Rabbi, der in seine Lehren auch weltbekannte Philosophen und Theologen einbezog. Dadurch kannte Ron auch Texte von Dietrich Bonhoeffer, Khalil Gibran, Lao-Tse, Siddhartha Gautama und dem biblischen Apostel Paulus. So gab es natürlich viel Gesprächsstoff über Gott und die Welt.

Inzwischen war Oktober, und Ron wohnte seit ein paar Tagen bei Wanja in dessen Wohnung in Dresden. Der hatte ihm den Zugang zu den Fakultäten der Universität ermöglicht. Aber natürlich war das auch eine guter Gelegenheit, die Kunstschätze zu besichtigen und zu bestaunen. Ron war begeistert von der Baustelle der Dresdner Frauenkirche. Im Jahr 1994 begann der Wiederaufbau des Kirchenbaues, weltweit unterstützt von Fördervereinen und Spendern. Von Dresden aus erkundete Ron auch das Elbsandsteingebirge am Oberlauf der Elbe. Leider regnete es ausgerechnet an diesem Tag in Strömen, und Rons Besichtigung fiel sprichwörtlich ins Wasser. In Meißen war es dafür sonnig. Ron besichtigte Albrechtsburg und Dom auf dem linkselbischen Burgberg, konnte aber auch die berühmte Porzellanmanufaktur besuchen.

Nach einem guten Monat in Dresden sollten vier Wochen in Berlin sein Bild von Deutschland abrunden. Chuong und Hanna nahmen den jungen Amerikaner bei sich in der Wohnung auf. Hanna hatte ein paar freie Tage, und natürlich nutzte sie die Gelegenheit, dem jungen Amerikaner die Sehenswürdigkeiten der Stadt zu zeigen. Mit ihm war sie sehr gern unterwegs, denn wie ein trockener Schwamm nahm er alle Informationen auf. Er interessierte sich für alles und durch seine Kontaktfreude gab es zudem immer interessante Begegnungen und Zufälle. Ron scheute sich nicht, ihm fremde Menschen einfach anzusprechen und in ein Gespräch zu verwickeln. Seine Offenheit und Freundlichkeit waren häufig Türöffner zu interessanten Informationen und Geschichten.

Wenige Tage vor dem Weihnachtsfest kam Ron wieder zurück nach Großtrona. Er würde die Feiertage mit den Starkes verbringen. Auch Wanja hatte sich aus Dresden angemeldet, und nun stand ein zweites Bett in seinem Zimmer. Das Gästezimmer in der Wohnung von Werner und Hilde war schon für Chuong und Hanna aus Westberlin vorbereitet, die auch die Weihnachtsfeiertage in Großtrona verbringen wollten. Sie hatten zudem einen wichtigen Termin für den 29. Dezember vereinbart, zu dem sie sich mit dem Hausverkäufer ihres Wunschobjektes verabredeten. Wenn der Hauskauf wie geplant stattfand, sollten schon ab Mai die Umbauarbeiten geplant und alle nötigen Anträge gestellt werden. Ob dann die nötigen Baumaßnahmen noch im gleichen Jahr beginnen könnten, war aber noch unklar.

Das Weihnachtsfest war trotz des vollen Hauses entspannt und romantisch schön. Bärbel und Hanna hatten nicht nur den Weihnachtsbaum geschmückt, sondern im ganzen Haus auch viele Dekorationsideen verwirklicht. An einem der Feiertage kochte Chuong typisch asiatische Köstlichkeiten. Auch Werner war von der Vielfalt der Speisen begeistert. An den Abenden saßen alle entspannt zusammen, und jeder wusste von vergangenen Erlebnissen und Ereignissen zu berichten. Ron war ganz selbstverständlich Teil der Runde, wie auch Chuong und Hanna, die ja schon viele Jahre lang zu den Starkes gehörten. Interessant waren Chuongs Berichte aus Vietnam und von seiner weit verzweigten Familie. Er berichtete, wie oft er sie in den ersten Jahren in Deutschland vermisst hatte. Aber inzwischen war alles für ihn so weit weg, zumal er in Hanna eine fürsorgliche und liebevolle Frau gefunden hatte. Auch seine Freundschaft zu Wolfram und Bärbel hatte sich stark und beständig entwickelt. „Wolfram, du bist mir nicht nur bester Freund, sondern noch viel mehr ein Bruder geworden. Ich freue mich darauf, bald hier im Ort zu wohnen." „Dann bist du wohl adaptiert" versuchte Ron seine Deutschkenntnisse anzuwenden. Alle lachten fröhlich auf und Wanja berichtigte den jungen Amerikaner. „Du meinst bestimmt adoptieren, aber adaptieren stimmt auch irgendwie, denn das heißt ja anpassen, und das ist unser Chuong ja auch. Er ist mehr Deutscher, als mancher hier geborene."

Der 29. Dezember wurde für Chuong und Hanne zum zukunftsweisenden Tag. An diesem Montag waren sie mit dem Hausbesitzer verabredet, für dessen Zweifamilienhaus sie sich interessierten. Es war regnerisch aber ausgesprochen mild, als sie mit Regenschirmen ausgestattet in die Bergstraße aufbrachen. Sie wurden bereits erwartet und noch einmal gingen sie von Zimmer zu Zimmer des Hauses. Sie hatten schon vor Wochen das Gebäude begutachtet, aber inzwischen sahen sie die Gegebenheiten mit anderen Augen. In Gedanken nahmen Umgestaltungen und Bauvorhaben Gestalt an. Der Kaufpreis ließ keine Wünsche offen, und da Chuong und Hanna auch die nötigen Zusatzfinanzierungen geklärt hatten, war man sich über den Preis und die Modalitäten der Übernahme sofort einig. Eine dicke Mappe mit Unterlagen, Dokumenten und sogar alten Bauzeichnungen wechselten nun die Besitzer. Der Verkäufer verabschiedete sich kurz darauf und ließ die neuen Eigentümer im Haus zurück. Chuong und Hanna gingen Hand in Hand noch einmal durch alle Räume im Erdgeschoß, dann stiegen sie die breite Treppe hinauf und auch in dieser Wohnetage schritten sie langsam von Raum zu Raum. Chuong blieb im großen Zimmer, dass mit einem Balkon versehen in den Garten wies, stehen und betete laut: „Danke, lieber Gott, du hast uns bis hierher geführt und unsere Wege begleitet. Wir wollen mit dir auch unseren neuen Lebensabschnitt hier in Großtrona beginnen und bitten um deinen Segen. Amen"

Der Abschied von den Freunden einen Tag später fiel Chuong und Hanna recht leicht, wussten sie doch, bald im Ort ihr neues Zuhause zu haben. Sie würden im nächsten Monat wieder kommen, um die nächsten Schritte einzuleiten. Auch Ron, das wussten die beiden Noch-Berliner, würden sie wieder sehen. Er hatte vor, für eine Zeit nach Halle zu gehen, um an der dortigen Universität als Gast in das Studienfach Philosophie einzutauchen. Für ihn hatte sich, vielleicht auch durch seine vielen

Gespräche mit Großvater Werner, diese Studienrichtung herauskristallisiert. Dazu wollte er Journalismus als zweites Studienfach wählen. Aber die Entscheidungen darüber standen hier in Deutschland nicht an. Wolfram hatte an der Universität angefragt, ob ein Gasthörer aus den USA zugelassen würde. Nach der Abklärung der Bedingungen dafür war nun klar, dass Ron im März und April Vorlesungen besuchen konnte. Dafür stellte ihm Großvater Werner sein Auto zur Verfügung, und Ron konnte weiter im Haus in Großtrona wohnen.

Wanja war nun schon seit zwei Jahren in Dresden. Für die Semesterpause im Sommer hatte er sich um ein Praktikum in Oslo beworben. Er war brennend daran interessiert, die europäischen Technologiezentren kennenzulernen. Er war sich sicher, dass in der Zukunft nur internationale Zusammenarbeit auch die nationalen Interessen voranbringen könne.

Was für Schlagzeilen beherrschten die Berichterstattungen im Land? Nur einige Beispiele dafür:

Am 3.Mai beschloss der EU-Gipfel in Brüssel, den Euro zunächst in 11 EU-Staaten einzuführen. Die neue Währung soll ab 1. Januar 1999 als Buchgeld und drei Jahre später, am 1. Januar 2002 als Bargeld eingeführt werden.

Ein ICE - Unglück am 3.Juni in Eschede forderte 101 Menschenleben.

Bei der Bundestagswahl am 27.September verlor die CDU ihre Mehrheit, und Bundeskanzler Kohl wurde nach 16 Regierungsjahren abgelöst. Der Neue im Kanzleramt, Gerhard Schröder, ging eine Koalition mit den Grünen ein und berief Joschka Fischer zum neuen Außenminister und Oskar Lafontain zum Finanzminister. Auf dem Parteitag der CDU am 7. November wählten die Delegierten Wolfgang Schäuble zum neuen Vorsitzenden und als Generalsekretärin Angela Merkel.

Ein bedrückender Brief kam aus Amerika. Donald Schreiter, der zweite Sohn von Michael, schrieb von der akuten Erkrankung seines Vaters. Seine Herzprobleme hatten sich verstärkt, und nun war er kaum noch in der Lage, sein Bett zu verlassen. Die Familien seiner Kinder waren immer in seiner Nähe. Ob er noch lange leben würde? Im Brief von Donald klang ein Stück Mutlosigkeit mit, und die Trauer über das Leiden des Vaters quoll förmlich aus den Zeilen. Donald schrieb, wie intensiv sein Vater über seine Kindheit nachdachte und dabei immer wieder auf Werner zu sprechen kam. Wolfram las am Abend den ausführlichen Brief, den ihm sein Vater stumm gereicht hatte. „Wenn ich das schaffen würde, dann würde ich so gern nach Amerika zu Michael reisen. Aber ich fürchte, daraus wird wohl nichts..." Werner wandte sich seinem Sohn zu, er hatte Tränen in den Augen. „Ich habe Michael nie sagen können, wie leid mir mein Verhalten getan hat, und dass ich ihn um Vergebung bitte. Es ist so schlimm, dass es für vieles im Leben keine Gelegenheit gibt." „Komm doch morgen ins Ärztezentrum, ich vereinbare einen Termin bei unserem Kardiologen. Mit unserem Hausarzt spreche ich und lass mir für dich eine Überweisung geben. Du solltest abklären, ob Du nicht vielleicht doch einen Flug wagen könntest." Ungläubig sah Werner in die Augen seines Sohnes. „Nein, Wolfram, das bleibt doch nur ein Wunschtraum. Aber gut, ich werde mich untersuchen lassen." Eine Woche später saß Werner in der Praxis des Allgemeinmediziners, seines Hausarztes. „Die Werte und Untersuchungsergebnisse sind eigentlich gut, es gibt nur wenige Einschränkungen. Ihr Wolfram hat mir von einem eventuellen Flug nach Amerika berichtet, und wie wichtig das für sie sei. Wir könnten die Medikamente abstimmen und beraten, was im Notfall zu tun wäre. Für Amerika müssten sie einen Arzttermin besorgen, um vor Ort den Gesundheitszustand zu überprüfen. Natürlich können sie nicht allein über den großen Teich fliegen. Aber mit ihrer Frau an der Seite sollte das schon gelingen. Kommen sie beide in einer Woche zu mir, dann planen wir die Details und ihre Frau wird genauestens eingewiesen."

Die nächsten Tage waren angefüllt mit Planungen und Details einer eventuellen Reise. Dazwischen gab es immer wieder Zweifel, und Werner verwarf alle bis dahin bewegten Ideen und konkreteren Pläne. Wolfram und seine Mutter bestärkten ihn aber, um Michaels willen nicht aufzugeben. Wenn überhaupt, dann war das die einzige und einmalige Chance, den Freund aus Kindertagen zu sehen. Wanja, der von den Planungen des Großvaters wusste, hatte inzwischen regen Emailkontakt mit Donald. Völlig unkompliziert hatten die amerikanischen Freunde einen Kontakt über ihren Hausarzt zum Interfaith Medical Center, einer Klinik in Brooklyn, hergestellt. Dazu schrieb Donald per eMail: „Lieber Wanja, ich bin sehr glücklich, dass Ihr als ganze Familie einen Besuch von Werner bei uns vorbereitet. Möge der Allmächtige Euch alle dabei stärken und ermutigen. Meinen Vater haben wir bisher noch nichts von dem Vorhaben gesagt. Sein derzeitiger Zustand ist zum Glück stabil, er isst und trinkt wieder regelmäßig, und es gibt Tageszeiten, da kann er in seinem geliebten großen Sessel sitzen. Aber nun ein paar wichtige Informationen. Unser Hausarzt Dr. Smith würde Werner direkt am Flugplatz empfangen und sofort nach der Landung untersuchen. Die nötigen Genehmigungen vom Gouverneur und der Gesundheitsbehörde liegen vor. Dann ist auch schon unsere Klinik über die Reisepläne informiert. Du müsstest einen aktuellen Gesundheitsbericht und letzte Werte übermitteln. Dazu befindet sich im Anhang ein ausführlicher Gesundheitscheck, den Euer Arzt ausfüllen muss. Du findest die Adresse zur Datenübermittlung im Anhang zwei. Vielleicht noch ein paar Informationen zur Klinik. Seit 1982 arbeitet das Interfaith Medical Center als

Zusammenschluss von zwei Kliniken. Das Jewish Hospital of Brooklyn, ein jüdisches Krankenhaus, in dem alle unsere Kinder geboren wurden, schloss sich 1984 mit dem St. John´s Episcopal Hospi tal zusammen. In dieser Klinik würde im Bedarfsfall sofortige Hilfe für Werner zur Verfügung stehen, aber wir beten und denken, das wird nicht nötig werden. Für den Flug nach New York haben wir zwei Tickets der British Airways mit einer Boeing 747 – 400 in der First Class gekauft. Ihr müsstet nur noch den konkreten Termin mit der Fluggesellschaft abstimmen. Wir alle freuen uns auf Werner und Hilde und wünschen, dass der Allmächtige alles gelingen lässt" Wanja war überwältigt von der liebevollen Zuwendung für seine Großeltern Werner und Hilde. Nun musste es doch gelingen, dass sich zwei alte Freunde nach Jahrzenten endlich in die Arme nehmen können!

Die Vorbereitungen für die Reise nach Amerika waren schon nach kurzer Zeit abgeschlossen. Das Abenteuer sollte für Werner und Hilde am 17. Dezember starten. Einen Termin für den Rückflug gab es noch nicht. Donald hatte alles zu Hause so vorbereitet,

dass die beiden Starkes bis Mitte Januar bleiben konnten. Vor einem Rückflug würde erst
noch der Arzt konsultiert, um Risiken rechtzeitig zu erkennen und auszuschließen.

In den verbleibenden Tagen bis zur Abreise
nahm Werner immer wieder eine Postkarte
zur Hand und betrachtete das Foto der darauf
abgebildeten Boeing. Dieses Flugzeug mit dem
markanten Höcker würde ihn also in vielen
Stunden nach Amerika bringen. Von den 14
First Class Plätzen waren zwei für ihn und
seine Hilde reserviert. Werner hatte nicht ge-
wagt, nach dem Preis für diesen Flug zu
fragen. Sein Enkel Wanja hatte aber einmal
die Preise im Internet abgefragt und dabei
erfahren, dass die Kosten mindestens 10 mal
so hoch waren, als in der Business-Class.
Dafür gab es ein vollwertiges Bett, Speisen wie
im Spitzenrestaurant und eine individuelle
Betreuung.

Der 17.Dezember hielt mit dem Wetter zum
Glück keine Überraschungen bereit. Am Vorabend waren Werner und Hilde mit Sohn und
Enkel in Frankfurt angekommen und hatten
eine Nacht in Flughafennähe im Hotel verbracht. Sie hatten für diesen ersten Abschnitt

der Reise ein gut ausgestattetes, bequemes Auto gemietet, das abwechselnd von Wolfram und Wanja in die Hessenmetropole gesteuert wurde. Werner fühlte sich am Morgen frisch und ausgeruht. Wolfram überprüfte noch den Blutdruck, und dann ging das Abenteuer los. Auf dem großen Flughafen war geschäftiges Treiben, aber alle Formalitäten und das Einchecken verliefen unkompliziert und schnell. Auch die Maschine stand schon, aus London kommend, bereit, und eine halbe Stunde vor allen anderen Fluggästen wurden Werner und Hilde von einer Flugbegleiterin in die Maschine und zu ihren Plätzen begleitet. Eine Stunde später rollte die Boeing zur Startbahn, um bald darauf abzuheben und in Richtung Westen den Himmel zu erstürmen. Werner bewunderte die schubkräftigen Turbinen, die Inneneinrichtung der individuellen First - Class - Kabine und die dezente aber sehr persönliche Betreuung durch die Stewardess.

Die Ankunft in der Riesenmetropole New York war schon im Anflug auf die Stadt beeindruckend und für Werner und Hilde ein unvergleichliches Erlebnis. Nach der Landung wurden die beiden separat in eine VIP – Lounge begleitet, wo ein älterer Herr sie erwartete. „Doktor Smith", stellte er sich vor.

„Darf ich fragen, wie es ihnen geht? Wie war der Flug? Darf ich sie kurz untersuchen?" Es dauerte nur einige Minuten, bis Dr. Smith sein Stethoskop abnahm und zufrieden nickte. „Danke, Mister Starke, es klingt alles gut. Viel Freude und eine gute Zeit in New York. Wenn irgendetwas sie beunruhigen sollte, komme ich bei den Schreiters vorbei, goodbye." Eine halbe Stunde danach saßen Werner und Hilde im großen Wagen von Donald, nachdem sie sich herzlich begrüßt und die Koffer verstaut hatten. Die Fahrt durch die Großstadt, hinaus in den Vorort und das Haus von Michael, verlief schweigend. Alle hingen ihren unterschiedlichen Gedanken nach. Donald hatte seinem Vater am Morgen nur gesagt, sie würden noch Gäste erwarten. Außerdem würde der Hausarzt noch vorbeischauen, und einen kurzen Besuch machen. Donald wollte unbedingt sicher stellen, dass sein Vater die unerwartete Begegnung verkraften würde.

Die Begegnung der beiden Männer Michael und Werner rührte alle Anwesenden zutiefst im Herzen an. Als sie sich sahen, brachen beide in lautes Schluchzendes aus. Dann hielten sie sich weinend in den Armen, unfähig, irgendetwas zu sagen. Viele Minuten verharrten sie so, sich aneinander klammernd. Dann entließ Michael seinen Freund aus den Armen, ergriff mit beiden Händen links und rechts seinen Kopf und gab ihm einen innigen Kuss mitten auf den Mund. Hilde, aber auch alle Familienmitglieder von Michael und auch sein Arzt hatten Tränen in den Augen. Sie alle wussten, dass eine jahrzehntealte innere Wunde auszuheilen begann.

In Großtrona sprachen Wolfram und Bärbel täglich über die Eltern in Amerika. Wanja war nach der Rückfahrt von Frankfurt nicht mehr nach Dresden gefahren, sondern blieb, auch angesichts des bevorstehenden Weihnachtsfestes, zu Hause. Er hatte per Internet täglichen Kontakt mit den amerikanischen Freunden, und so bekamen alle immer die neuesten Informationen übermittelt. Michael hatte durch den Besuch seines Freundes scheinbar noch einmal neue Kraft gefunden, sogar kleinere Spaziergänge traute er sich am Arm von Werner wieder zu.

Das Weihnachtsfest war in diesem Jahr ruhig und erholsam. Natürlich fehlten Werner und Hilde, und die ganzen Vorbereitungen der Feiertage verliefen anders, als in den vorhergegangenen Jahren. Alle waren glücklich und dankbar für die Ereignisse des Jahres, vor allem über den Besuch Werners bei Michael.

Dann kam der Jahreswechsel mit neuen Herausforderungen und dem Wissen, dass das Jahrtausend zu Ende gehen würde. Immer wieder gab es besorgte Stimmen und Meinungen, dass es zu einem großen Crash kommen würde, denn ob die Computer, die inzwischen alle Arbeits- und Lebensbereiche bestimmten, den Wechsel der Jahrtausendzahl verarbeiten könnten, sei ungewiss. Wanja schüttelte zu all diesen Spekulationen nur den Kopf. Es würde alles normal weiterlaufen, und alle Warnungen als haltlos entlarven.

Ihn beschäftigte vielmehr eine Nachricht aus Berlin. Seine japanische Freundin Hinako lud ihn zu einem Besuch ein. Sie war seit einem Monat in Berlin und arbeitete als PR-Managerin für die japanische Takeda Pharma GmbH. Dieses weltweit tätige, forschende Pharmaunternehmen mit Sitz im japanischen Osaka hatte ein Büro in Berlin eröffnet. Schon seit 1981 in Deutschland vertreten und mit der Herstellung und dem Verkauf von pharmazeutischen Produkten befasst, gab es zu Beginn der Tätigkeit zunächst eine Kooperation mit der deutschen Grünenthal GmbH. Nun sollten verstärkt Spezialpräparate und Gesundheitslösungen vertrieben werden. Hinako, so hatte sie nur kurz erwähnt, würde die Präsentation und Werbung für Anwendungen der 5 Fachgebiete voranbringen, in denen Takeda tätig war: Gastroenterologie, Onkologie, Urologie, Pneumologie und Chirurgie. Aber viel mehr als die Firmendetails interessierte Wanja natürlich das persönliche Ergehen der jungen Frau. Er freute sich schon sehr auf die Begegnung mit ihr, auch wenn er nicht sicher war, ob er jemals erfahren würde, wie es mit der Geschlechtsangleichung ausgegangen war.

Erst im Februar kamen Werner und Hilde wohlbehalten aus Amerika zurück. Werner war wie ausgewechselt, milde und feinfühlig. Wanja fieberte der Begegnung mit Hinako entgegen, die er im Mai treffen wollte. Chuong und Hanna waren jede Woche in Großtrona. Die Umbauarbeiten in ihrem Haus waren abgeschlossen, und ab Ende April sollten die Praxisräume für Chuong eingerichtet werden. Der Bau eines sterilen Raumes nahm noch einige Zeit in Anspruch. Hanna besuchte regelmäßig die Wellness- und Therapieeinrichtung, ihren neuen Arbeitsplatz. Der Termin der festlichen Eröffnung im Januar konnte sicher gehalten werden. Werner besuchte täglich seine Schwester, der es gesundheitlich nicht mehr so gut ging. Wenn sie es verkraftete saßen die beiden zusammen und schrieben ihre Erinnerungen an die Familiengeschichte und eigene Erlebnisse in dicke Schulhefte. Wanja hatte wichtige Zwischenprüfungen bestanden und arbeitete oft in einem Labor der Universität. Über ihn gab es regelmäßig Informationen aus Amerika, von den Kesslers aus Texas, von mehreren Familienmitgliedern der Schreiters, von Ron und auch Simon und Rahel.

Niemand in der Familie Starke stellte sich bange Fragen, was das neue Jahrtausend bringen könnte. Vielmehr wussten sie alle aus der Familiengeschichte und aus eigenen Erfahrungen, von Bewahrung und Hilfe, und dass es sich lohnt, neue Wege mutig zu beschreiten. Auch wenn jeder für sich eine eigene Definition von Segen hatte, fühlten sie sich geborgen, eingebettet in Familienstrukturen, Freundschaften, und vielleicht auch in Gemeinschaften mit anderen, vor allem aber, ein kleiner Teil der großen Gemeinschaft der Sachsen zu sein.

Zeitfracht Medien GmbH
Ferdinand-Jühlke-Straße 7
99095 Erfurt, Deutschland
produktsicherheit@kolibri360.de